스토리텔링 애니멀

인간은 왜
그토록 이야기에
빠져드는가

스토리텔링 애니멀

인간은 왜
그토록 이야기에
빠져드는가

조너선 갓셜

노승영 옮김

THE
STORYTELLING
ANIMAL:
How Stories Make Us Human

민음사

THE
STORYTELLING
ANIMAL:

How Stories Make Us Human
by Jonathan Gottschall

네버랜드의 용사
애비게일과 애너벨에게

신은 이야기를 사랑하여 인간을 만들었다.

—엘리 위젤, 『숲의 문』

차례

서문

영생 불사의 원숭이를 잡아다가 타자기가 놓인 방에 가두고 아주아주 오랫동안 자판을 두드리게 하면 언젠가는 『햄릿』을 토씨 하나 틀리지 않고 똑같이 써낼 수 있을까? 통계학자들은 그렇다고 말한다. 여기에서 중요한 것은 원숭이가 영생 불사라는 전제이다. 통계학자들도 인정하듯 아주아주 오랜 시간이 걸릴 테니까.

그런데 다르게 생각하는 사람도 있다. 2003년에 영국 플리머스 대학 연구진은 이른바 영생 불사 원숭이 이론에 대한 예비 실험을 진행했다.[1] '예비'라는 말을 쓴 데는 다 이유가 있다. 최종 결과를 도출하려면 죽지 않는 초원숭이 군단이나 무한한 시간이 필요한데 둘 다 없었기 때문이다. 하지만 그 대신 낡은 컴퓨터 한 대와 셀레베스검은원숭이 여섯 마리가 있었다. 연구진은 원숭이 우리에 컴퓨터를 넣고 문을 닫았다.

원숭이들이 컴퓨터를 빤히 쳐다본다. 뭐라고 웅얼거리며 컴퓨터를 둘러싼다. 손바닥으로 어루만진다. 죽이려고 돌멩이로 내리친다. 키보드

위에 쪼그려 앉아 몸에 힘을 주더니 응가를 눈다. 키보드를 집어 들어 맛을 본다. 맛이 없자 바닥에 내동댕이치고 고함을 지른다. 키를 꾹꾹 누르기 시작한다. 처음에는 천천히, 그러다 점차 빠르게. 연구진은 의자에 등을 기댄 채 기다린다.

일주일이 지나고 또 일주일이 지났다. 게으른 원숭이들은 아직 『햄릿』 제1장도 완성하지 못했다. 하지만 서로 힘을 합쳐 결국 다섯 장짜리 문서를 만들어 냈다. 의기양양해진 연구진은 『셰익스피어 전집이 될 수고(手稿)』의 복사본을 인터넷에 올리고는 원본을 접어 근사한 가죽 바인더에 보관했다. 대표적인 구절을 여기에 인용한다.

Sssssssssssssssssssssssssssssssssssssssssssssssssssssssssssssssssssssnaaaaaaaaa
Aaaaaaaaaaaaaaaaaaaaaaaaaaaaaaaasssssssssssssssssssfsssssfhgggggggsss
Assfsssssssggggggggaaavmlvvssajjjlssssssssssssssssssa[2]

이번 실험에서 가장 흥미로운 발견은 셀레베스검은원숭이가 알파벳 스물여섯 자 중에서 's'를 유독 좋아한다는 것이다. 물론 이 발견이 정확히 무엇을 의미하는가는 아직 밝혀지지 않았다. 연구를 총괄한 동물학자 에이미 플라우먼이 진지하게 내린 결론은 이렇다. "흥미로운 실험이었지만 학술적 가치는 거의 없었다. '영생 불사 원숭이 이론'에 결함이 있음을 밝혀낸 것이 유일한 소득이다."[3]

영생 불사의 초원숭이가 써낸 『햄릿』을 읽을 수 있으리라는 모든 통계학자의 원대한 꿈은 백일몽으로 드러났다.

하지만 실망하기에는 아직 이르다. 문학 연구자 다나카 지로 말마따나 『햄릿』은 엄밀히 따져서 원숭이가 쓴 것은 아니지만 어차피 영장류가, 구체적으로는 유인원이 썼으니 말이다. "선사 시대 아주 오래전에 아주아주 많은 침팬지 닮은 오스트랄로피테쿠스에서 두 발로 걷는 호미니드가 꽤 많이 갈라져 나왔고, 이 최초의 잡다한 두 발 집단에서 몇 안 되는 털 없는 영장류 한 무리가 갈라져 나왔다. 그리고 매우 짧은 시간 안에 이 영장류(중 하나)가 실제로 『햄릿』을 썼다."[4]

이 영장류 중 누군가가 『햄릿』이나 할리퀸 로맨스나 해리 포터 이야기를 쓰겠다고 생각하기 오래전에, 아니 쓰기라는 행위조차 상상하기 전에 이들은 모닥불가에 둘러앉아 용감한 요정과 젊은 연인, 사심 없는 영웅과 영리한 사냥꾼, 슬픈 족장과 현명한 노파, 해와 별의 기원, 신과 정령의 본성 등 온갖 주제에 대해 이야기를 지어냈다.

수만 년 전, 인류의 정신이 미숙하고 인구가 소수이던 시절에 우리는 서로에게 이야기를 들려주었다. 그로부터 수만 년 뒤, 지구상에 인류가 넘쳐 나는 지금도 대다수 인간은 사물의 기원을 설명하는 신화에 귀를 쫑긋 세우며 종이 위에서, 무대에서, 스크린에서 펼쳐지는 살인 이야기, 섹스 이야기, 전쟁 이야기, 음모 이야기, 진실 이야기, 거짓 이야기

등 온갖 픽션에 열광한다. 인간이라는 종은 이야기 중독자이다. 몸이 잠들었을 때조차 마음은 밤새도록 깨어 스스로에게 이야기를 들려준다.

이 책은 호모 픽투스(Homo fictus, 이야기하는 인간),[5] 즉 스토리텔링의 마음을 가진 유인원에 대한 책이다. 아직 모르는 사람도 있겠지만, 여러분은 네버랜드라는 상상 속 나라의 주민이다. 네버랜드는 여러분의 고향이며 여러분은 네버랜드에서 오랜 세월을 보낼 것이다. 아직 이 사실을 몰랐더라도 낙심하지 말라. 인간에게 이야기는 물고기에게 물과 같은 것, 다시 말해 어디에나 있지만 지각할 수 없는 것이니 말이다. 여러분의 몸은 늘 시공간 속 특정한 점에 고정되어 있지만 여러분의 마음은 늘 상상의 나라를 마음껏 돌아다닐 수 있다. 지금도 돌아다니고 있다.

하지만 네버랜드는 아직 발견되지 않았으며 지도에서도 찾을 수 없다. 우리는 왜 우리가 이야기에 열광하는지 모른다. 애초에 네버랜드가 왜 생겨났는지도 모른다. 네버랜드가 정확히 어떻게 개인적 존재이자 문화적 존재로서의 우리를 형성하는지, 아니 형성하는지 아닌지조차 모른다. 인간에게 이토록 본질적이면서 이토록 이해가 일천한 분야가 또 있을까?

이 책을 쓰기로 마음먹은 계기는 한 곡의 노래였다. 어느 화창한 가을날, 고속 도로를 달리면서 흥겨운 기분으로 이리저리 라디오 다이얼을 돌리는데 갑자기 컨트리 음악이 잡혔다. 여느 때 이런 참사가 일어났다면 소음에서 벗어나려고 라디오를 사정없이 후려쳤을 것이다. 그런데 이날은 왠지 모르게 가수 목소리가 심금을 울렸다. 그래서 채널을 고정하고 여자 친구 아버지에게 결혼 허락을 받으러 찾아간 젊은 남자의 노래에 귀를 기울였다. 여자 친구 아버지가 자기를 거실에 남겨 두고 방에 들어간 사이 남자는 여자 친구가 어릴 적에 신데렐라를 연기하는 사진,

자전거 타는 사진, "환하게 미소 지으며 스프링클러 사이를 달리고, 아빠를 올려다보며 춤추는" 사진을 바라본다. 그 순간 남자는 자신이 그에게서 소중한 것을 빼앗고 있음을, 신데렐라를 훔치고 있음을 깨닫는다.

노래가 끝나기도 전에 눈물이 펑펑 쏟아져 길가에 차를 댈 수밖에 없었다. 척 윅스의 「신데렐라를 훔치는 남자」는 딸 가진 아버지가 자신이 언제까지나 딸의 인생에서 가장 중요한 남자일 수는 없음을 깨닫는 순간의 달콤한 고통으로부터 보편적 감성을 포착한 노래다.

나는 한참을 울먹거리며 앉아 있었다. 한편으로는 윅스의 짧은 노래에 담긴 이야기가 다 큰 어른에다 눈물도 헤프지 않은 나를 이토록 빨리 녹여 완전히 무장 해제시켰다는 사실이 놀라웠다. 아름다운 가을날 이야기가 몰래 다가와 우리를 웃기고 울리고, 사랑하거나 화나게 만들고, 소름 돋게 하고, 자신과 세상을 다르게 상상하도록 한다는 사실이 어찌나 신기하던지. 책에서든 영화에서든 노래에서든 우리는 이야기를 경험할 때 화자가 머릿속을 헤집고 다니도록 내버려 둔다. 이상하지 않은가? 이야기를 만드는 사람은 우리의 두개골 속으로 침투해서 뇌를 조종한다. 척 윅스는 내 머릿속 캄캄한 구석에 무단으로 정착해서 눈물샘을 자극하고 뉴런을 발화(發火)했다.

이 책은 생물학, 심리학, 신경 과학을 동원해 그 화창하던 가을날 내게 무슨 일이 일어났는지를 설명하고자 한다. 네버랜드에 과학을, 번들거리는 기계와 차가운 통계와 추한 전문 용어를 들이대는 것이 거북한 사람도 많을 것이다. 픽션, 공상, 꿈은 인문학적 상상력의 성소이며 마법의 마지막 보루이니까. 이곳은 과학이 침투할 수 없는, 침투해서도 안 되는 영역이다. 고대의 신화를 뇌 속의 전기 화학 작용이나 이기적 유전자 간의 영원한 전쟁으로 환원할 수는 없는 것이다. 우리는 네버랜드의 힘을 해명하면 모든 신비가 사라져 버릴까 봐 두려워한다. 워즈워스가 말했듯 해부하는 것은 곧 죽이는 것이니 말이다. 하지만 내 생각은 다르다.

코맥 매카시의 소설 『로드』의 마지막 장면을 떠올려 보자. 매카시는 죽은 세계인 '용암지'를 걷는 한 남자와 그의 어린 아들의 여정을 서술한다. 두 사람이 찾는 것은 살아남기 위해 가장 필요한 두 가지, 곧 식량과 인간 공동체이다. 나는 소설을 다 읽고는 햇살 비치는 거실 양탄자에 어릴 적 책 읽던 자세로 털썩 드러누웠다. 책을 덮고 남자와 소년에 대해, 나의 짧은 삶에 대해, 인류라는 오만하고 어리석은 종에 대해 생각했다. 온몸이 떨렸다.

『로드』의 마지막 장면을 보면 남자는 죽지만 소년은 "좋은 사람들"인 어떤 가족과 함께 살아간다. 이 가족에게는 어린 딸이 있다. 여기에서 우리는 한 조각 희망을 발견한다. 언젠가 소년은 새 아담이 될 것이고 소녀는 새 이브가 될 것이다. 하지만 모든 것이 불확실하다. 깡그리 파괴된 생태계가 복원될 때까지 이들이 살아남을 수 있을까? 마지막 문단에서 매카시는 소년과 새 가족에게서 시선을 돌려 모호하지만 아름다운 산문시로 소설을 마무리한다.

한때 산의 냇물에 송어가 있었다. 송어가 호박빛 물속에 서 있는 것도 볼 수 있었다. 지느러미의 하얀 가장자리가 흐르는 물에 부드럽게 잔물결을 일으켰다. 손에 잡으면 이끼 냄새가 났다. 근육질에 윤기가 흘렀고 비트는 힘이 엄청났다. 등에는 벌레 먹은 자국 같은 문양이 있었다. 생성되어 가는 세계의 지도였다. 지도와 미로. 되돌릴 수 없는 것, 다시는 바로잡을 수 없는 것을 그린 지도. 송어가 사는 깊은 골짜기에는 모든 것이 인간보다 오래되었으며, 그들은 콧노래로 신비를 흥얼거렸다.

이는 무슨 뜻일까? 다시는 삶이 움트지 않을 죽은 세계에 대한 찬미일까, "생성되어 가는 세계"의 지도일까? 소년은 좋은 사람들과 송어 낚시를 하며 숲에서 살아갈 수 있을까? 아니면 고기용으로 도살될까? 과학은 이런 물음에 결코 답할 수 없다.

하지만 과학은 『로드』 같은 이야기가 왜 우리에게 이토록 큰 힘을 발휘하는지 설명할 수 있다. 이 책에서 우리는 과학과 인문학의 탐험가들이 새로운 도구와 새로운 사고방식으로 무장하고 네버랜드의 드넓은 테라 인코그니타(terra incognita, 미지의 땅)에 발을 내딛고 있음을 알게 될 것이다. 텔레비전 광고에서 백일몽이나 프로 레슬링의 익살스러운 볼거리에 이르기까지 이야기가 우리 삶에 속속들이 스며 있음을 알게 될 것이다. 아이들의 흉내 놀이에 담긴 심층 패턴과 이 패턴에서 드러나는 이야기의 기원을 알게 될 것이다. 픽션이 어떻게 우리의 믿음과 행동과 윤리를 다듬어 가는지, 어떻게 문화와 역사를 바꿔 내는지 알게 될 것이다. 우리가 '꿈'이라 부르는 병적일 정도로 창조적인 밤의 이야기에 담긴 고대의 수수께끼에 대해 알게 될 것이다. 대체로 똑똑하지만 이따금 엉뚱한 실수를 저지르기도 하는 뇌 회로가 혼돈스러운 삶에 어떻게 서사 구조를 부여하는지 알게 될 것이다. 픽션의 불확실한 현재와 희망적인 미래에 대해서도 알게 될 것이다. 무엇보다 이야기의 깊은 신비에 대해 알게 될 것이다. 사람들은 왜 네버랜드에 중독될까? 우리는 어쩌다 스토리텔링 애니멀이 되었을까?

1
이야기의 마법[1]

그런데, 들어보세요! 책을 판다는 건 단지 50그램의
종이와 잉크와 풀을 파는 게 아니에요. 새로운 인생
을 파는 거란 말이에요. 책에는 사랑과 우정과 유머
가 들어 있고, 밤바다를 항해하는 배가 들어 있고,
온 하늘과 땅이 들어 있어요. 진짜 책에는 말이죠!

— 크리스토퍼 몰리, 『파르나소스 이동서점』

이야기는 인간의 삶과 단단히 밀착해 있다. 그래서 우리는 오히려 이야기의 신비하고 마술적인 힘에 완전히 둔감해졌다. 그러므로 이 여정을 시작하려면 이야기가 얼마나 신기한가를 감추고 있는 친숙함의 껍데기를 들춰야 한다. 지금 아무 이야기책이나 펼쳐서 책을 읽는 동안 자신에게 어떤 변화가 일어나는지 살펴보라. 내가 집어 든 책은 너새니얼 필브릭의 『바다 한가운데서』이다. 픽션은 아니지만 그럼에도 아주 뛰어난 이야기책이다. 필브릭은 고래잡이배 에식스호가 거대하고 포악한 향고래에게 부딪혀 침몰한 실제 사건을 흥미진진한 이야기로 풀어낸다. 이 참사는 허먼 멜빌의 소설 『모비 딕』의 소재가 되었다.

이제 나와 함께 『바다 한가운데서』를 읽을 텐데, 우선 마음 단단히 먹기 바란다. 노회한 마법사 필브릭은 펜을 마법 지팡이처럼 놀린다. 독자의 눈을 통해 마음을 끄집어내어 시간과 공간을 훌쩍 뛰어넘은 곳으로 데려간다. 마법에 걸리지 않으려면 정신 바짝 차려야 한다. 여러분이

A. 버넘 슈트가 그린 「모비 딕」 삽화(1851).

앉아 있는 의자의 감각, 귓전에 들려오는 자동차 소리, 손에 들려 있는 이 책의 묵직한 느낌에서 의식을 놓지 말라.

　1쪽. 때는 1821년이다. 고래잡이배 도핀호가 남아메리카 앞바다를 갈지자로 누비고 있다. 낸터컷 고래잡이들이 고래의 흔적인 물보라 기둥을 찾으려고 눈에 불을 켜고 있다. 도핀호의 선장 짐리 코핀이 수평선에서 오르락내리락하는 작은 보트를 발견한다. 선장이 키잡이에게 보트 쪽으로 뱃머리를 돌리라고 소리친다. 필브릭의 글을 직접 읽어 보자.

코핀이 지켜보는 가운데 키잡이는 포경선의 속력을 줄이며, 표류하고 있는 보트 옆으로 가능한 한 바짝 가까이 접근시켰다. 달려온 속력의 여세로 도핀호가 매우 빠르게 보트 옆으로 지나쳤지만, 그 몇 초의 찰나에 포경선에서 내려다본 보트 안의 광경은 도핀호 선원들이 일생을 두고 잊을 수 없는 처참한 것이었다.

처음 그들은 뼈다귀를 보았다. 노 젓는 사람이 앉는 가로장 널판과 보트 바닥 널빤지 위에 사람의 뼈가 여기저기 어지럽게 널려 있었다. 보트는 마치 사람을 잡아먹는 무시무시한 야수가 사는 바다 위의 소굴처럼 보였다. 그리고 선원들은 두 사나이를 보았다. 이 사나이들은 보트의 맞은편 끄트머리에 몸을 쭈그리고 앉아 있었다. 그들의 살갗은 온통 종기로 덮여 있었고 눈은 두개골의 움푹 팬 곳에서 툭 튀어나와 있었으며 턱수염에는 소금과 피가 엉킨 채 말라붙어 있었다. 그들은 죽은 동료 선원의 뼈에서 골수를 빨아 먹느라고 정신이 없었다.[2]

자, 머리 굴리지 말고 재깍재깍 대답하기 바란다. 여기가 어디지? 여전히 허리 통증과 자동차 소리, 종이에 인쇄된 잉크를 감지하며 의자에 앉아 있었나? 여러분의 주변시는 책장을 누르고 있는 엄지손가락의 압력과 거실 양탄자의 무늬를 인식하고 있었나? 아니면 필브릭의 마법에 걸렸나? 뼈다귀를 오물거리는 새빨간 입술과 소금이 엉킨 턱수염, 피거품으로 칠갑한 보트 바닥을 보고 있지는 않았나?

솔직히 말하자면 내가 여러분에게 한 주문은 불가능한 것이었다. 인간의 마음은 이야기의 흡인력에 사정없이 빨려들 수밖에 없다. 아무리 정신을 집중해도, 아무리 주위에 신경을 쏟아도 다른 세상의 인력에는 저항할 수 없다.

새뮤얼 테일러 콜리지는 독자가 어떤 이야기든 경험하려면 "불신을 스스로 유예"[3]해야 한다는 명언을 남겼다. 콜리지에 따르면 독자는 이렇게 생각한다. '「노수부의 노래」 말이지, 순전히 콜리지가 지어낸 시라는 거 잘 알아. 하지만 이 시를 감상하려면 마음속 회의를 떨쳐 버리고 노수부가 진짜라고 믿어야 해. 그래, 지금부터 믿어 보는 거야!'

하지만 필브릭의 글에서 보았듯 이 일은 '의지'와 무관하다. 이야기꾼이 '옛날 옛적에……' 같은 마법의 주문을 외면 우리는 자기도 모르게 귀를 쫑긋 세운다. 노련한 이야기꾼은 말 그대로 우리 안에 침입해서 지휘부를 장악한다. 우리가 저항할 수 있는 방법은 고작 책을 확 덮는 것뿐이다. 하지만 동료의 뼈다귀를 빨아 먹어 목숨을 부지하는 굶주린 남자의 이미지는 책장을 덮은 뒤에도 사라지지 않는다.

"어, '피거품으로 칠갑한 보트 바닥'이라는 말은 소설에 없었는데?" 빙고! 들키고 말았군. 실은 필브릭이 묘사한 장면을 더 실감 나게 하려고 원문에 없는 말을 지어냈다. 하지만 나만 그런 게 아니다. 『바다 한가운데서』를 읽는 동안 여러분의 마음도 나와 마찬가지로 무수한 거짓말을 했다. 사려 깊게도 그 거짓말을 활자로 옮기지 않았을 뿐이다.

필브릭의 묘사를 읽었을 때 여러분의 마음속에는 그 장면이 생생하게 떠올랐을 것이다. 몇 가지만 물어보자. 코핀 선장은 어떻게 생겼나? 젊은이였나, 늙은이였나? 삼각 모자를 쓰고 있었나, 챙 달린 모자를 쓰고 있었나? 외투는 무슨 색깔이었나? 턱수염 색깔은? 도핀호의 갑판에는 선원이 몇 명이나 모여 있었나? 도핀호는 돛을 얼마나 감아올릴 수 있었나? 하늘은 흐렸나, 맑았나? 바다는 거칠었나, 잔잔했나? 난파선의 두 식인종 생존자는 무엇을 길지고 있었나?

톰 소여가 울타리 페인트칠을 친구들에게 떠넘겼듯 작가들은 상상력을 발휘하는 일을 대부분 독자에게 떠넘긴다. 사람들은 읽기가 수동적 행위라고 생각한다. 소파에 등을 기대고 앉아 저자가 우리 뇌에 쾌감을 불어넣어 주기만 기다린다는 것이다. 하지만 이는 잘못된 생각이다. 이야기를 경험할 때 우리의 머릿속은 바쁘게 돌아간다.

작가들은 이따금 글쓰기를 그림 그리기에 비유한다. 단어는 한 번의 붓놀림에 해당한다. 화가가 붓질을 한 번 또 한 번 해 나가듯 작가는 단어를 하나 또 하나 덧붙여 가면서 진짜배기 삶의 온갖 깊이와 생동감을 담아 이미지를 만들어 낸다는 것이다. 하지만 필브릭의 문장을 자세히 뜯어보면 알 수 있듯, 작가가 하는 일은 채색이 아니라 소묘다. 필브릭은 솜씨 좋게 소묘를 그려 내고는 여백을 채울 실마리를 독자에게 던져 준다. 색깔, 명암, 질감 등 장면을 구성하는 대부분의 정보를 만들어 내는 것은 우리의 마음이다.

이야기를 읽을 때 우리의 의식 아래에서는 이런 대규모의 창조 활동이 왕성하게 일어난다. '강렬한 눈빛'과 '칼날 같은' 광대뼈를 소유한 '잘생긴' 등장인물을 만나면, 우리는 이 빈약한 단서를 가지고 눈(검은 눈동자일까, 파란 눈동자일까?)이나 볼(불그스레한 볼일까, 창백한 볼일까?)뿐 아니라 코와 입의 모양까지 그려 넣는다. 『전쟁과 평화』에서 볼콘스카야 공작의 며느리 리세는 아담하고 소녀처럼 활기찬 데다 윗입술이 얇아서 앞니가 귀엽게 드러난 인물로 묘사된다. 하지만 내 마음속에서는 톨스토이가 알려 준 정보를 훌쩍 뛰어넘는 물리적 실재로 존재한다.

나는 젊은 페챠가 전사했을 때 데니소프 중대장이 무척 슬퍼했다는 사실도 알고 있다. 하지만 톨스토이는 아무 말도 하지 않았는데 어떻게 알았을까? 톨스토이는 데니소프가 눈물 흘리는 장면을 한 번도 그리지 않았다. 내가 볼 수 있는 것이라고는 아직 온기가 남아 있는 페챠의 시신을 두고 데니소프가 천천히 물러나는 장면뿐이다. 데니소프가 울타리에 손을 얹고 난간을 붙잡는다.

이렇듯 작가는 읽기 행위를 하나부터 열까지 좌지우지하는 전능한 건축가가 아니다. 상상의 방향을 제시하기는 하지만 무엇을 상상하라고 시시콜콜 정해 주지는 않는다. 영화 제작은 작가가 시나리오를 완성했을 때 비로소 시작되지만, 시나리오에 생명을 불어넣고 세부 사항을 채우는 것은 감독의 몫이다. 이야기도 마찬가지이다. 단어를 늘어놓는 것은 작가이지만 단어 자체는 생명이 없어 생기를 불어넣을 촉매가 필요하다. 그 촉매는 바로 독자의 상상력이다.

네버랜드의 방랑자

어린아이는 타고난 이야기꾼이다. 나는 네 살배기와 일곱 살배기 딸이 있는데, 두 아이에게는 상상이 일상이다. 아이들은 깨어 있는 시간 내내 네버랜드를 누비고 다니며 행복해한다. 책이나 비디오를 보면서 이야기를 감상하기도 하고 엄마와 아기, 왕자와 공주, 착한 사람과 나쁜 악당이 등장하는 환상의 나라를 스스로 만들어서 흉내 놀이를 하기도 한다. 아이들에게 이야기는 심리적 강박이다. 아이들에게는 빵과 사랑만큼 이야기가 필요하다. 아이들을 네버랜드에 들어가지 못하게 막는 것은 폭력이다.

우리 아이만 그런 것이 아니다. 전 세계 아이들은 이야기를 좋아하며 걸음마를 뗄 때부터 자기만의 세계를 만들어 내기 시작한다. 이야기는 아이의 존재를 정의할 정도로 아이의 삶에 중요하다. 아이는 무얼 할까? 내내는 이야기를 한다.

물론 어른은 다르다. 우리는 일을 해야 한다. 하루 종일 놀 수는 없는 노릇이다. 제임스 배리의 희곡 『피터 팬』에서 달링 씨네 아이들은 네버랜드에서 신나는 모험을 즐기지만 결국 향수병에 걸려 진짜 세계로

애너벨 갓설과 애비게일 갓설이 노는 모습.

돌아온다. 『피터 팬』이 우리에게 가르쳐 주듯, 아이는 자라야 하며 자란다는 것은 네버랜드라는 흉내 놀이의 공간을 떠나야 한다는 뜻이다.

하지만 피터 팬은 네버랜드에 남는다. 자라지도 않는다. 이 점에서 우리는 생각보다 피터 팬에 가깝다. 장난감 트럭과 공주 옷은 버려도 흉내 놀이는 결코 그만두지 않는다. 상상하는 방법이 달라질 뿐이다. 소설, 꿈, 영화, 공상은 네버랜드의 영역이다.

이 책에서 풀고자 하는 수수께끼 중 하나는 단지 '이야기가 왜 존재하는가?'가 아니라(물론 이것도 신기한 일이지만) '이야기가 왜 이토록 중요한가?'이다. 이야기가 인간의 삶에서 차지하는 비중은 소설이나 영화의 테두리를 훌쩍 뛰어넘는다. 이야기는, 그리고 이야기를 닮은 온갖 활동은 인간의 삶을 지배한다. 내가 흥분해서 과장한다고 생각할지도 모

제2차 세계 대전 때 공습으로 폐허가 된 홀랜드하우스 도서관에서 런던 시민들이 책을 둘러보고 있다. 퀼팅, 도박, 스포츠 등의 여느 여가 활동과 달리 이야기는 어떤 형태로든 누구나 한다. 전쟁과 같은 최악의 여건에서도 이야기는 멈추지 않는다.

르겠다. 내키지 않는데도 억지로 물건을 강매하는 외판원 같다고 느끼려나. 뭐, 그럴 수도 있겠다. 하지만 숫자를 한번 살펴보자.

책의 죽음을 우려하는 이 시대에도 출판업은 거대 산업이다. 청소년 소설과 성인 소설은 모든 종류의 논픽션을 합친 것보다 더 많이 팔린다. 픽션의 경쟁 상대가 픽션을 흉내 내기도 한다. 이를테면 1960년대에 등장한 뉴저널리즘은 신화를 소설 기법으로 묘사했으며 장르를 불문하고 모든 논픽션에 큰 영향을 미쳤다. 비슷한 맥락에서 우리가 전기를 좋아하는 데는 소설을 좋아하는 것과 같은 이유도 있다. 둘 다 다채로운 성격의 주인공이 고난과 역경을 헤쳐 나가는 이야기이니 말이다. 가

장 인기 있는 형태의 전기는 회고록인데, 픽션의 매력을 흉내 내려다 사실을 왜곡한다고 악명이 높다.

미국인 50퍼센트 이상이 아직 픽션을 읽지만,[4] 안타깝게도 읽는 양은 부쩍 줄었다. 미국 노동 통계국의 2009년 조사에 따르면 미국인이 읽기에 할애하는 시간은 하루 평균 20분 남짓에 불과하며 그마저도 소설에서 신문까지 온갖 읽을거리를 합친 수치이다.[5]

우리는 예전보다 덜 읽는다. 하지만 이는 우리가 픽션을 버렸기 때문이 아니다. 종이가 스크린으로 바뀌었을 뿐이다. 우리는 스크린으로 픽션을 보느라 엄청난 시간을 소비한다. 여러 조사에 따르면 미국인은 하루 평균 몇 시간씩 텔레비전을 본다고 한다. 미국인 아이가 어른이 될 때쯤이면 텔레비전 앞에서 보낸 시간이 학교를 비롯해 그 어디에서 보낸 시간보다 많다.[6] 극장에 가거나 디브이디를 보는 시간을 빼고도 이 정도이다. 이것까지 더하면 미국인은 텔레비전 화면과 영화 스크린 앞에서 해마다 1900시간가량을 보낸다. 하루로 따지면 무려 다섯 시간이다.[7]

물론 이 시간 내내 코미디, 드라마, 스릴러를 보는 것은 아니다. 뉴스, 다큐멘터리, 스포츠, 그리고 픽션도 아니고 논픽션도 아닌 '리얼리티 프로그램'이라는 잡종 장르 등을 시청한다. 그럼에도 극장과 디브이디 플레이어 앞에서 보내는 시간은 대부분 이야기 시간이며, 텔레비전은 뭐니 뭐니 해도 픽션의 매체이다.

거기에다 음악이 있다. 음악학자이자 신경 과학자인 대니얼 레비틴에 따르면 우리는 하루에 다섯 시간씩 음악을 듣는다고 한다.[8] 말도 안 되는 얘기 같지만 상점의 배경 음악, 영화 음악, 시엠송을 비롯해 귓구멍을 통해 뇌에 흘러드는 모든 음악을 합하면 그럴 만도 하다. 물론 모든 음악에 이야기가 담겨 있지는 않다. 교향곡도 있고, 푸가도 있고, 풍경 소리와 토끼 울음소리를 조합한 아방가르드 음악도 있다. 하지만 대중음악이라고 불리는 대부분의 음악은 주인공이 자기가 원하는 것(대개 남자 아니면 여자)을 얻으려고 안달복달하는 이야기를 들려준다. 노래에서는 운율도 중요하고 기타와 드럼도 중요하지만, 그렇다고 해서 가수가 이야기를 들려준다는 사실이 달라지지는 않는다. 나머지는 포장일 뿐이다.

지금까지 예술가가 창조하는 픽션을 살펴보았다. 그렇다면 우리 스스로 만들어 내는 이야기는 어떨까? 창조성이 가장 왕성한 때는 밤이다. 우리가 자는 동안 뇌는 지치지도 않은 채 다채롭고 격렬하고 오래 꿈을 꾼다. 꿈에서 의식은 변형되지만 완전히 사라지지는 않는다. 우리는 밤 동안 의식이 어떤 모험을 겪었는지 온전히 기억하지 못한다.(사람마다 꿈을 기억하는 능력이 다르지만, 수면 연구에 따르면 모든 사람이 꿈을 꾼다고 한다.) 꿈을 꿀 때 우리의 뇌는 깨어 있을 때는 감춰 두었던 전혀 다른 삶을 산다. 마치 바람 피우는 배우자처럼 말이다.

과학자들은 이야기가 있는 생생한 꿈이 렘수면 주기에서만 일어난다고 생각했다. 이것이 사실이라면 마음의 극장에서 스스로 각본을 쓰고 연출하는 데 하루에 두 시간가량, 평생으로 따지면 6년이 소요된다. 낮에는 따분하기 그지없는 사람도 밤만 되면 창의력을 발휘할 수 있다니 놀랍지 않은가? 그런데 더 놀라운 사실이 있다. 꿈 연구자들은 이야기가 있는 꿈이 렘수면과 독립적으로 전체 수면 주기에 걸쳐 일어난다는 사실을 알아냈다.[9] 우리가 거의 밤새도록 꿈꾼다고 주장하는 연구자도 있다.[10]

깨어 있을 때에도 우리는 꿈꾸기를 멈추지 않는다. 깨어 있는 시간의 상당 부분, 어쩌면 대부분은 꿈꾸는 시간이다. 백일몽은 과학적으로 연구하기 힘들지만, 의식의 흐름에 집중해 보면 백일몽이야말로 마음의 기본 상태임을 알 수 있다.[11] 운전할 때, 걸을 때, 밥할 때, 아침에 옷 입을 때, 일하다 먼 산을 바라볼 때 우리는 백일몽을 꾼다. 한마디로 여러분이 지금 읽고 있는 것과 같은 글을 쓰거나 까다로운 수학 계산을 하는 경우처럼 고도의 정신 노동에 종사할 때를 제외하면 마음은 가만히 있지 못하고 늘 상상의 나래를 편다.

신호 장치와 일지를 이용한 기발한 과학 실험에 따르면, 백일몽은 평균 14초간 지속되며 우리는 하루에 2000번가량 백일몽을 꾼다.[12] 깨어 있는 시간의 절반가량, 그러니까 일생의 3분의 1을 몽상하는 데 쓴다는 것이다.[13] 우리는 과거에 대한 백일몽을 꾼다. 우리가 해야 했거나 한 일, 과거의 성공과 실패를 떠올린다. 평범한 일에 대해서도 백일몽을 꾼다. 회사에서의 갈등을 어떻게 해결할 수 있을지 여러모로 상상한다.

하지만 훨씬 강렬하고 줄거리가 있는 백일몽을 꾸기도 한다. 마음의 극장에서는 헛되고 폭력적이고 지저분한 온갖 소망이 실현되는 해피 엔딩 영화가 상연되기도 하고 가장 두려운 일이 현실이 되는 공포 영화가 상연되기도 한다.

어떤 사람들은 공중누각을 짓는 월터 미티* 같은 사람을 경멸하지만, 상상력은 근사한 정신적 도구이다. 우리 몸은 '지금 여기'라는 구체적 시공간에 늘 갇혀 있지만 상상력은 우리를 해방해 시간과 공간을 마음껏 넘나들게 해 준다. 누구나 용한 점쟁이처럼 미래를 내다볼 수 있다. 뚜렷하고 고정된 미래가 아니라 흐릿하고 확률적인 미래이기는 하지만 말이다.

이를테면 상사의 고환을 걷어차고 싶다는 간절한 욕구에 굴복하면 어떤 일이 일어날까? 결과를 알기 위해 상상력에 시동을 걸고 시간을 앞으로 당겨 보자. 상사의 재수 없는 얼굴이 '보인다.' 내 발이 허공을 가르는 소리가 '들린다.' 처음에는 흐물흐물한, 다음에는 딱딱한 촉감이 '느껴진다.' 이렇게 시뮬레이션을 돌려 보면 내가 상사를 걷어찼을 때 그가 응당 보복할 것임을 알 수 있다. 나를 해고하거나 아니면 경찰을 부를 것이다. 따라서 발을 섣불리 놀리지 말고 자리에 가만히 앉아 부글부글 끓는 속을 달래는 게 상책이다.

하지만 이야기에 빠져든다는 것은 꿈과 공상, 노래와 소설과 영화에 국한되지 않는다. 픽션은 인간의 삶에 속속들이 스며 있다.

---

* 미국의 작가 제임스 서버의 단편 소설 「월터 미티의 은밀한 생활」의 주인공으로, 평범한 삶 속에서 수시로 공상에 빠져든다.

픽션이 아니어도 픽션처럼

프로 레슬링은 스포츠라기보다는 삼류 연극에 가깝다. 모든 장면은 사전에 짠 각본대로 진행되며 거드름 피우는 프로모터, 미국적인 남성, 사악한 공산주의자, 사내답지 못한 나르시시스트 등 사랑스러운 주인공과 혐오스러운 악당이 등장해 정교한 플롯을 전개한다. 화려한 볼거리와 웅장한 규모, 사나운 포효와 과장된 동작은 오페라를 연상시킨다. 프로 레슬링의 가짜 폭력은 손에 땀을 쥐게 한다. 하지만 어토믹 드롭, 몽골리언 촙, 캐멀 클러치 등의 프로 레슬링 기술은 또한 작렬할 때마다 누가 누구 마누라랑 잤다느니, 누가 누구를 배신했다느니, 누가 미국을 진정으로 사랑한다느니, 누가 무늬만 애국자라느니 하는 슬랩스틱 멜로드라마의 플롯에 기여한다.

각본 없는 격투 스포츠도 비슷한 스토리텔링 관습을 따른다. 권투 프로모터들은 선수에게 강렬한 개성과 흥미진진한 뒷이야기가 없으면 팬들의 관심을 끌 수도, 지갑을 열게 할 수도 없음을 오래전부터 알고 있었다. 경기 전에 벌이는 입씨름은 두 사람이 왜 싸우며 어쩌다 서로 으르렁대는 사이가 되었는지에 대한 이야기를 만들어 낸다. 격투기 선수들의 입씨름이 뻥이라는 건 다 안다. 카메라가 없을 때는 절친한 사이면서도 드라마를 만들기 위해 서로 미워하는 척하는 것이다. 흥미진진한 뒷이야기가 없으면 실제 경기가 아무리 격렬해도 관객들은 지루해한다. 영화 역시 줄거리를 차근차근 따라가지 않고 다짜고짜 클라이맥스부터 보면 아무리 훌륭한 영화라도 긴장감을 느낄 수 없다.

프로 레슬링은 순전히 픽션이지만, 다른 스포츠도 정도의 차이가 있을 뿐이다. 스포츠 중계에서 (서사를 만들어 내는 실력이 뛰어난) 아나운서는 경기를 신파극 차원으로 끌어올린다. 올림픽이 시작되면 텔레비

월드 레슬링 엔터테인먼트(WWE) 최고 경영자 빈스 맥마흔. 맥마흔은 프로 레슬링을 '스포츠 엔터테인먼트'로 새롭게 포장함으로써, 프로 레슬링이 가짜임을 부인하는 오랜 전통인 '케이페이브'*를 박살 냈다. 맥마흔은 프로 레슬링의 매 시즌을 일종의 연재물처럼 꾸미는데, 그 내용은 매년 열리는 레슬매니아 쇼에서 절정에 이른다. 배리 블라우스틴이 레슬링 다큐멘터리 「매트 밖에서」에서 맥마흔에게 WWE가 만드는 것이 무엇이냐고 물었다. 그러자 맥마흔은 장난꾸러기 같은 표정으로 "영화를 만들지요."[14]라고 대답했다.

전에서는 선수들의 역경과 분투를 다룬 사카린 다큐드라마를 쫙 깔아 놓는다. 마침내 출발 신호가 울리면 우리는 서사시적 전투에서 싸우는 영웅을 대하듯 선수들을 응원한다. 그러면 승리의 기쁨과 패배의 고통이 더욱 절절히 느껴진다. 《뉴욕 타임스 매거진》 최근 기사에서 케이티 베이커가 비슷한 말을 했다.[15] 텔레비전 스포츠 중계를 시청하는 여성이 늘어나는 이유는 방송사들이 스포츠를 '인간관계 드라마'로 포장하

---

* '케이페이브(kayfabe)'는 '가짜'를 뜻하는 be fake에서 나온 은어이다.

는 법을 배웠기 때문이다. 베이커는 여성 팬들이 "등장인물, 줄거리, 라이벌 구도, 가슴이 찢어지는 듯한 슬픔" 같은 「그레이 아나토미」의 매력을 내셔널 풋볼 리그에서도 느낀다고 주장한다.(남자라고 해서 딱히 다른 것 같지는 않다. ESPN 라디오의 주 시청 대상은 남성이지만, 실제로 스포츠 경기를 중계하는 시간은 얼마 안 된다. 대부분의 프로그램은 스포츠 인사를 다루는 선정적이며 때로는 악의적인 토크 쇼로, 주로 이런 얘기들을 한다. 르브론 제임스는 클리블랜드 캐벌리어스를 걷어찬 얼간이일까? '빅 벤' 로슬리스버거는 성범죄자일까? 브렛 파브는 은퇴를 번복할까? 페니스게이트 사진은 음모일까?)

스토리텔링은 텔레비전 스포츠 중계방송의 뼈대이다. 나는 이 사실을 2010 마스터스 골프 토너먼트에서 뼈저리게 느꼈다. 위대한 타이거 우즈가 지루하고 꼴사나운 섹스 스캔들 이후에 출전하는 첫 경기였다. 골프를 싫어하는 사람들조차 타이거 전설의 새 장을 놓치고 싶지 않았다. 쓰러진 거인은 다시 일어날 것인가, 아니면 불륜의 업보를 치를 것인가? 방송에서는 곁다리로 타이거 우즈의 맞수 필 미컬슨에게도 초점을 맞추었다. 그의 어머니와 아내가 암으로 투병 중이었기 때문이다. 아나운서가 짜 맞춘 서사를 따라가다 보면 퍼트 실책 하나, 호쾌한 드라이브 하나가 예사롭게 보이지 않는다.

미컬슨이 우승했다. 그는 18번 그린에서 의기양양하게 걸어 나와 암 투병 중인 아내를 끌어안았다. 카메라가 미컬슨의 뺨 위를 흘러내리는 눈물 한 방울을 포착했다. 이야기책의 결말이기에는 너무 상투적이었다.

「로 앤드 오더」나 「서바이버」 같은 텔레비전 프로그램에는 이야기가 담겨 있다. 그런데 그 사이사이에 더 많은 이야기가 듬뿍 뿌려진다. 사회학자들은 텔레비전 광고를 "허구적 스크린 미디어"[16]로 정의한다. 30초짜리 단편이라는 얘기이다.

세제 광고에서는 단지 '말'로만 때가 잘 빠진다고 하지 않는다. 기진맥진한 엄마, 말썽꾸러기 아이들, 그리고 세탁실의 승리라는 이야기를 통해 '보여 준다.' ADT캡스는 힘없는 여자와 아이가 흉폭한 눈빛의 침입자로부터 구출받는 단편 영화를 보여 주며 가정용 경보 시스템을 설치하도록 위협한다. 보석 상점은 반짝이는 작은 돌을 남자들에게 팔기 위해, 사랑에 빠진 구혼자가 사랑의 정확한 가격(두 달치 월급이다.)을 알아맞히는 이야기를 연출한다. 가이코 보험의 유머러스한 '원시인' 광고나 이를 본뜬 잭링크스 육포의 '새스쿼치 골탕 먹이기' 광고처럼 한 캐릭터가 여러 이야기에 반복해서 등장하기도 한다. 새스쿼치 광고에서는 육포를 한 번도 언급하지 않는다. 육포를 좋아하는 사람들이 순진한 새스쿼치를 멍청하게 괴롭히다가 보복을 당하는 이야기가 전부이다.

인간은 이야기의 동물이기에 이야기는 삶의 거의 모든 측면과 맞닿아 있다. 고고학자들은 돌과 뼈에서 단서를 캐내어 과거에 대한 전설로 엮어 낸다. 역사가도 이야기꾼이기는 마찬가지이다. 콜럼버스의 아메리카 대륙 발견처럼 학교 교과서에 나오는 이야기조차도 왜곡과 누락이 하도 많아서 역사라기보다는 설화에 가깝다고 주장하는 사람도 있다. 기업 임원들은 창조적 이야기꾼이 되라는 조언을 듣는다.[17] 소비자의 심금을 울릴 수 있도록 제품과 브랜드에 대해 감동적인 서사를 만들어 내라는 것이다. 정치 평론가들이 생각하는 대통령 선거는 카리스마 있는 정치인들이 이념 대결을 펼치는 장일 뿐 아니라 나라의 과거와 미래에 대한 상충하는 이야기가 경쟁하는 장이기도 하다. 법학자들도 재판을 이야기 경연 대회로 본다. 검사와 변호사는 누가 진정한 주인공인지 가려내기 위해 유죄와 무죄의 서사를 구성한다.

재닛 맬컴이 쓴 《뉴요커》 기사를 보면 법정에서 이야기가 어떤 역할을 하는지 엿볼 수 있다.[18] 한 여인과 정부(情夫)가 여인의 남편을 살해한 화제의 살인 사건에 대해 재판이 열리고 있다. 브래드 레벤탈 검사가

"구식 스릴러 수법으로" 논고를 시작한다.

> 어느 화창한 가을 아침이었습니다. 이 상쾌한 가을 아침에 대니얼 말라코
> 프라는 이름의 젊은 치과 기공사가 지금 우리가 있는 곳에서 몇 킬로미터
> 떨어진 퀸스 카운티 포리스트힐스 지구 64번 도로를 걷고 있었습니다. 옆
> 에는 네 살배기 어린 딸 미셸이 있었습니다. 대니얼이 애넌데일 놀이터 입
> 구 바깥에, 그것도 공원 입구와 어린 딸로부터 고작 1미터가량 떨어져 있
> 는 상황에서 피고인 미하일 말라예프가 불쑥 나타났습니다. 손에는 장전
> 된 권총이 들려 있었습니다.

레벤탈이 유죄 평결을 받아 낸 비결은 이 사건의 단편적 사실들로
부터 더 그럴듯한 이야기를 만들어 냈기 때문이다. 상대편 변호사는 그
만큼 뛰어난 이야기꾼이 아니었다.

맬컴의 《뉴요커》 기사에서 보듯, 훌륭한 언론 보도는 이야기를 빼
닮은 구조로 되어 있다.[19] 우리가 언론 보도를 두고 '좋다'고 할 때는 이
런 요소도 한몫한다. 맬컴은 사건을 무미건조하게 묘사하지 않았다. 살
인과 지루한 재판에 얽힌 혼란스러운 사건들을 인물 중심의 흥미진진
한 서사로 엮어 냈다. 기사에는 눈을 뗄 수 없는 픽션의 매력이 고스란
히 담겨 있다. 맬컴의 이야기에서는 레벤탈이 어느 순간 등장인물로 변
모한다. "브래드 레벤탈은 뛰어난 실력의 명검사이다. 작고 통통한 체구
에 콧수염을 길렀고 반탐 닭을 연상시키는 종종걸음을 치는 데다, 여자
처럼 새된 목소리는 흥분하면 마치 레코드판을 고속으로 돌린 듯 팔세
토로 높아진다."

최고의 이야기 중 하나는 자기 자신에게 들려주는 이야기이다. 과학
자들은 우리가 삶 이야기를 구성하려고 동원하는 기억들이 새빨간 허

미술가가 그린 빅뱅. 과학은 스토리텔링을 이해하는 데 도움이 된다. 하지만 과학 자체가 가설 검증이라는 절차를 거치기는 하나 '세상을 이해해야 한다는 필요성에서 생겨난 거창한 이야기'라고 말하는 사람도 있다. 과학의 이야기적 성격이 가장 뚜렷이 드러나는 것은 우주, 생명, 스토리텔링 자체의 기원을 다룰 때이다. 시간을 거슬러 올라갈수록 과학에서 설명하는 이야기와 입증된 사실 사이의 연결 고리는 줄어들고 약해진다. 더 적은 사실에서 더 많은 추론을 이끌어 내기 위해 과학자들이 상상의 나래를 펼칠 수밖에 없기 때문이다.

구임을 밝혀냈다. 사회 심리학자들은 우리가 친구를 만나서 나누는 대화가 대부분 수다스러운 이야기라고 말한다.[20] 우리는 친구에게 "요즘 어때?"나 "무슨 일 없어?"라고 묻고는 서로 살아가는 이야기를 꺼내 놓는다. 커피나 맥주를 앞에 놓고 이야기를 주거니 받거니 하면서 무의식적으로 이야기에 살을 붙이고 색을 입힌다. 저녁이면 가족과 저녁 밥상앞에 모여 앉아 그날의 소소한 기쁨과 슬픔을 나눈다.

모든 종교의 밑바닥에는 풍성한 이야기가 있다. 라스베이거스에서 광란의 밤을 보내고 이튿날 깨 보니 신장이 하나 없어졌더라는 도시 괴담과 우스갯소리도 있다. 시나 스탠딩 코미디, 아니면 비디오 게임은 또 어떤가? 플레이어를 가상 현실 드라마의 등장인물로 끌어들이는 비디오 게임은 점차 이야기를 닮아 가며 급속히 성장하고 있다. 페이스북과 트위터에 자신의 일상을 시시콜콜 올리는 것은 어떤가?

이처럼 다양한 형태의 스토리텔링에 대해서는 뒤에서 다시 설명할 것이다. 하지만 지금도 한 가지만은 분명히 말할 수 있다. 이야기를 만들고 소비하려는 인간의 충동은 문학, 꿈, 공상보다 훨씬 깊은 곳에 잠재한다. 우리는 뼛속까지 이야기에 푹 젖어 있다.

하지만 왜 그럴까?

이야기족

위 물음이 얼마나 까다로운 것인지 알아보기 위해 한 가지 사고 실험을 해 보자. 지어낸 상황이지만 시사하는 바가 있을 것이다. 우선 선사 시대의 안갯속으로 들어가야 한다. 아프리카의 어느 계곡에 오직 두 부족만이 나란히 살고 있다고 상상해 보자. 두 부족은 제한된 자원을 놓고 경쟁을 벌인다. 한 부족은 서서히 소멸할 것이고 한 부족은 땅을 물려받을 것이다. 한 부족은 '실용족'이라 불리고 또 한 부족은 '이야기족'이라 불린다. 두 부족은 이름이 암시하는 특징 말고는 모든 면에서 똑같다.

이야기족의 행동은 대부분 생물학적으로 뚜렷한 의미가 있다. 그들은 일하고 수렵하고 채집한다. 짝짓기 상대를 찾아 애지중지 보호하고 아이를 돌본다. 동맹을 맺고 지배 서열의 위로 올라가려고 안달한다. 여느 수렵 채집인처럼 이들도 여가 시간이 무척 많은데, 이 시간에는 쉬거나 잡담을 하거나 이야기를 한다. 이야기는 사람들의 마음을 들었다 놨다 하면서 기쁨을 준다.

이야기족처럼 실용족도 배를 채우기 위해 일하며 짝짓기 상대를 차지하고 아이를 기른다. 하지만 이야기족이 마을에 돌아가 가짜 사람과 가짜 사건에 대한 터무니없는 거짓말을 지어내는 동안 실용족은 계속 일한다. 더 많이 수렵하고 더 많이 채집하고 더 많이 구애한다. 더는 일하지 못하게 되었을 때에도 이야기에 시간을 낭비하지 않는다. 드러누워 쉬면서 유용한 활동에 쓸 에너지를 비축한다.

결말은 뻔하다. 이야기족이 땅을 차지한다. 이야기족은 바로 우리이다. 이야기와 담쌓은 실용적 인간이 실제로 존재했다 하더라도 이제는 아니다. 하지만 애초에 이 사실을 몰랐다면, 대다수 사람들은 실용족이 경박한 이야기족보다 오래 살아남으리라고 추측하지 않았을까?

실용족이 살아남지 못했다는 사실이야말로 픽션의 수수께끼이다.

2
픽션의 수수께끼

책 속에 빠져들어 모습을 감추고 소란한 책장들을 통
과하여 소리 없는 꿈에 이르기가 이토록 쉽다니 놀
라운 일 아닌가.

— 윌리엄 개스, 『허구와 삶의 모습들』

보안 장치가 달린 육중한 출입문이 앞을 가로막는다. 키패드에 암호를 입력한다. 딸깍하고 자물쇠가 열리자 문을 통과해 통로로 들어간다. 사무실에서 서류 작업 중인 직원에게 눈인사를 건넨다. 방문자 기록부에 서명하고 사무실 문을 연다. 이곳은 내가 일과를 마치고 곧잘 들르는 수용 시설이다.

　방은 넓고 길며 천장이 높다. 병원처럼 딱딱한 바닥이 깔려 있고 형광등이 방 안을 비춘다. 벽에는 색색의 그림이 테이프로 붙어 있고 탁자 위에는 안전 가위가 날개 편 독수리 모양으로 놓여 있다. 방부제의 레몬 향과 간이식당의 점심 식단인 테이터토츠*와 비퍼로니** 냄새가 난다. 방 뒤쪽으로 걸어가는데 입소자들이 웅얼거리고 고함치고 으르렁거

---

* 감자튀김의 일종.
** 소고기와 마카로니를 버무린 요리.

린다. 평범한 옷을 입은 사람도 있고 닌자, 간호사, 화려한 공주 등의 복장을 한 사람도 있다. 남자 여럿은 즉석에서 만든 무기를 휘두르고 여자 여럿은 마법 지팡이를 들거나 포대기에 싼 아기를 안고 있다.

난감하다. 입소자들은 내가 보지 못하는 것을 본다. 내가 듣지 못하는 것을 듣고, 느끼지 못하는 것을 느끼고, 맛보지 못하는 것을 맛본다. 으슥한 곳에 못된 남자들과 괴물들이 숨어 있다. 바다의 짠 냄새와 산의 안개 속에서 길 잃은 아기가 엄마를 외쳐 부른다.

입소자 몇몇은 일제히 같은 환각을 보는 듯하다. 마치 한 사람인 것처럼 위험에 맞서 싸우거나 도망친다. 말썽꾸러기 아기를 위해 가짜 맘마를 요리한다. 구석을 향해 걸어가니 어떤 용사가 "거긴 내가 죽이고 있는 용의 입안이에요!"라고 경고한다. 나는 감사를 표한다. 용감한 전사가 내게 물음을 던진다. 나는 안전한 곳으로 몸을 피한 뒤에 대답한다. "미안하지만 친구, 자네 엄마가 언제 오실지는 모르겠네."

방 뒤쪽에는 공주 두 명이 책꽂이로 만든 구석에 처박혀 있다. 화려한 드레스 차림의 두 공주는 가부좌를 틀고 앉은 채 혼자서 뭐라고 웅얼거리거나 웃음을 터뜨린다. 둘 다 엄마처럼 무릎에 아기를 올려놓고 어른다. 노란 머리의 작은 아이가 내 인기척을 느꼈는지 아기를 내동댕이치고 벌떡 일어선다. "아빠!" 애너벨이 외친다. 내게 달려드는 아이를 덥석 안아 번쩍 들어 올린다.

돌이 지날 때쯤 아이에게서는 신기하고 마법 같은 것이 움튼다. 서너 살이 되면 활짝 피었다가 일고여덟 살이 되면 시들기 시작한다. 한 살배기는 바나나를 전화처럼 머리에 대기도 하고 곰 인형을 침대에 누이는 시늉을 하기도 한다. 두 살배기는 남들과 간단한 드라마를 연출한다. 아이가 버스 운전사, 엄마가 승객이 되기도 하고 아빠가 아이, 아이

쓰레기 매립지에서 놀고 있는 인도네시아 빈민층 아이들.

가 아빠가 되기도 한다. 게다가 두 살이 되면 인물의 성격을 표현하는 법을 배우기 시작한다. 왕을 연기할 때 목소리가 다르고 왕비나 야옹이를 연기할 때 목소리가 다르다. 서너 살이 되면 흉내 놀이의 황금기에 진입한다. 그 뒤로 서너 해를 거치면서 아이는 상상의 나라에서 장난치고 소란 피우고 잔치 벌이는 데 도가 튼다.[1]

아이들이 미술을 좋아하는 것은 양육 때문이 아니라 본성 때문이다. 어느 나라에서든 일정한 발달 단계에 있는 아이에게 그림 도구를 쥐어 주면 알아서 그림을 그린다. 음악도 본성의 산물이다. 우리 아이가 한 살 때 음악만 나오면 일어서서 '춤추던' 기억이 난다. 아이는 이 없는 잇몸을 드러내며 미소 짓고 커다란 머리를 까딱까딱하면서 손을 흔들었다. 아이들이 인형극, 텔레비전 만화 영화에 사족을 못 쓰고 이야기책에 열광하는 것 또한 본성 때문이다.

하지만 아이들이 가장 좋아하는 것은 놀이이다. 아이들은 정신없이 달리고 뛰어오르고 씨름하고 상상 속에서 위험과 맞서 싸우고 승리를 만끽한다. 아이들은 본능적으로 이야기를 가지고 논다. 나이 어린 아이들을 한방에 데려다 놓으면 저절로 예술 행위가 벌어진다. 능숙한 즉흥 공연자처럼 극적인 시나리오를 짜고 연기하며 때로는 시나리오에 따라 연기와 현실을 넘나들기도 하고 연기에 대한 조언을 주고받기도 한다.

아이들은 이야기를 배우지 않아도 잘한다. 브로콜리를 먹으라고 구슬리듯이 이야기 좀 해 보라고 구슬릴 필요가 없다. 아이에게 흉내는 꿈처럼 무의식적이며 억누를 수 없는 충동이다. 아이들은 먹을 게 없어도, 누추한 환경에 살아도 흉내 놀이를 한다. 아우슈비츠 수용소에서도 흉내를 내며 놀았다.[2]

아이들은 왜 이야기의 동물일까?

이 물음에 답하려면 더 포괄적인 질문에 먼저 답해야 한다. 인간은 대체 왜 이야기를 하는 것일까? 답은 일견 뻔해 보인다. 이야기를 들으면 즐거우니까. 하지만 이야기가 즐거움을 선사하는 필연적 이유가 있는가는 분명치 않다. 적어도 밥을 먹거나 성행위를 할 때 즐거움을 느끼는 것처럼 생물학적으로 분명하지는 않다. 이야기의 즐거움은 차찬히 뜯어 봐야 한다.

픽션의 수수께끼[3]를 한마디로 표현하자면 이렇다. '진화는 무지막지한 실용주의자이다.' 언뜻 보기에는 사치인 것만 같은 픽션이 인간의 삶에서 사라지지 않은 이유는 무엇일까?

말하기는 쉽지만 풀기는 어려운 수수께끼이다. 그 이유를 알려면, 우선 손을 얼굴 앞에 들어 보라. 돌려도 보고, 주먹을 쥐어도 보고, 손가락을 이리저리 움직여도 보고, 엄지손가락으로 나머지 손가락 끝을 차례로 건드려도 보고, 연필을 만지작거려도 보고, 신발 끈을 묶어도 보라.

인간의 손은 생체 공학의 경이로운 산물이다.[4] 이 작은 공간에 뼈가 27개, 관절이 27개, 인대가 123개, 신경이 48개, 근육이 34개나 오밀조밀 배치되어 있다. 손은 부위마다 나름의 쓰임새가 있다. 손톱은 긁고 집고 떼어 내는 데 쓴다. 지문은 섬세한 감촉을 느끼는 데 꼭 필요하다. 심지어 땀구멍에도 목적이 있다. 손에서 수분을 배출하고 물건이 손에서 떨어지지 않도록 하니 말이다.(땀이 없으면 미끄러진다. 여러분이 이 책장을 넘기기 전에 손가락에 침을 바르는 것은 이 때문이다.) 하지만 손의 자랑거리는 무엇보다 나머지 손가락과 마주 볼 수 있는 엄지손가락이다. 엄지손가락이 없으면 우리의 손은 해적의 갈고리 손보다 나을 게 별로 없다. 앞발에 엄지가 없는 여느 동물은 할퀴고 때리고 긁는 동작밖에 하지 못한다. 하지만 사람은 엄지손가락이 있기에 물건을 쥐고 제 뜻대로 주물럭거릴 수 있다.

바보 같은 질문으로 보이지만 이렇게 물어보자. 손은 무엇에 쓸까?

먹는 데 쓰는 건 분명하다. 손은 어루만지고, 주먹 쥐어 때리고, 도구를 만들어 사용한다. 손은 호색한이다. 더듬고 간질이고 쓰다듬는다. 손은 소통한다. 우리는 말뜻을 분명히 전달하려고 손짓을 동원한다. 나는 내 손을 이런 용도로 쓰는데, 요즘은 주로 책장을 넘기고 키보드를 두드리는 데 쓴다.

우리 손은 도구이다. 하지만 진화는 손을 한 가지 용도로만 만들지

프랑스 아리에주의 튀크 도두베르 동굴에서 발견된 진흙 들소.5 픽션의 수수께끼는 예술의 수수께끼라는 더 거창한 생물학적 수수께끼의 일부다. 1만 5000년 전 프랑스에서 한 조각가가 동굴 속으로 1킬로미터가량을 헤엄치고 걷고 기어서 들어갔다. 조각가는 암컷 들소 뒤에 올라탄 수컷 들소를 빚고는 자신의 작품을 동굴 깊숙한 곳에 내버려 두었다. 진흙 들소는 예술의 진화적 수수께끼를 보여 주는 훌륭한 예이다. 시간과 에너지라는 실제 비용을 아무리 들여 봐야 뚜렷한 생물학적 대가를 얻을 수 없는데도, 사람들이 예술품을 만들고 즐기는 이유는 무엇일까?

않았다. 손은 망치나 드라이버 같은 전용 공구가 아니라 맥가이버 칼과 같은 범용 도구이다. 손에는 여러 가지 목적이 있다.

손의 이러한 성격은 다른 신체 부위에서도 나타난다. 눈은 주로 보는 용도로 쓰이지만 정서를 전달하는 데도 한몫한다. 비웃거나 웃음을 터뜨릴 때면 눈이 가늘어진다. 아주 슬플 때나 신기하게도 아주 행복할 때에는 물이 배어 나온다. 입술이 있는 이유는 음식을 섭취하고 공기를 흡입할 구멍이 필요하기 때문이다. 하지만 입술도 다용도로 쓰인다. 입맞춤할 때 입술은 애정을 표현한다. 우리는 두개골 속에서 어떤 일이 일어나는지, 그러니까 기쁜지 슬픈지 화가 머리끝까지 났는지를 표현할

손과 얼굴을 이용하면 말하지 않고도 표현할 수 있다.

때 입술을 움직인다. 물론 입술은 말하는 데도 쓴다.

입술과 손의 다목적적인 성격은 뇌와 뇌에서 비롯하는 행동에서도 나타난다. 너그러움을 생각해 보자. 진화 심리학자들은 인간이 이기주의와 이타주의의 연속선상에서 어디에 위치하는지를 놓고 논쟁하지만, 많은 조건하에서 인간이 너그럽게 행동한다는 것은 분명하다. 너그러움은 무슨 쓸모가 있을까? 평판을 높이고 짝을 찾고 사람들을 제 편으로 끌어들이고 일가친척을 돕고 덕을 쌓는 등 여러 유익이 있다. 너그러움은 한 가지 목적을 위한 것이 아니며, 단일한 진화적 힘이 빚어낸 것이 아니다. 이야기를 좋아하는 것도 마찬가지이다. 픽션에도 여러 쓰임새가 있을 것이다.

뭐가 있을까?

어떤 사람들은 다윈의 이론을 이어받아 이야기의 진화적 기원이 자연 선택이 아니라 성 선택이라고 주장한다.[6] 이야기를 비롯한 온갖 예술은 단순히 섹스 강박의 산물인 것만이 아니다. 어쩌면 자신의 기술과 지능과 창의력, 즉 정신의 수준을 노골적이고 번드르르하게 과시해 섹스의 기회를 잡는 방법인지도 모른다.

이야기는 일종의 인지적 놀이인지도 모른다. 진화론적 문학 연구자 브라이언 보이드는 "예술 작품은 정신의 운동장과 같다."[7]라고 말한다. 치고받는 놀이가 신체의 근육을 단련시키듯 자유로운 예술 놀이가 정신의 근육을 단련시킨다는 뜻이다.

어쩌면 이야기는 정보와 대리 경험을 적은 비용으로 얻을 수 있는 수단일 수도 있다.[8] 호라티우스의 격언을 살짝 비틀자면, 이야기가 즐거움을 주는 이유는 깨달음을 주기 위해서이다. 이야기를 들으면 직접 경험할 때처럼 엄청난 비용을 들이지 않고도 인간의 문화와 심리에 대해 배울 수 있다.

한편 이야기는 사람들을 공통의 가치로 묶어 주는 사회적 접착제 역할을 하는지도 모른다.[9] 여기에 대해서는 소설가 존 가드너가 멋지게 표현한 바 있다. "진짜 예술은 사회를 죽이는 신화가 아니라 살리는 신화를 만들어 낸다."[10]

지금까지 나열한 이론[11]은 다 그럴듯하다. 각각에 대해서는 나중에 다시 설명할 것이다. 하지만 그 전에 또 다른 가능성을 살펴봐야 한다. 이야기가 적어도 생물학적으로는 아무짝에도 쓸모없을 가능성 말이다.

마약에 취한 뇌

크렐 인과 처음 접촉한 장소는 프로 미식축구 경기장이었다. 비행접시는 50야드 선 위로 서서히 하강했다. 비행접시 아래쪽에서 입구가 열리더니 경사로가 혀처럼 쑥 내려왔다. 겁에 질린 관중이 지켜보는 가운데 플래시라는 이름의 외계인이 입구로 나와 비틀거리며 경사로에 발을 내디뎠다. 플래시는 옅은 금발을 짧게 쳤으며 작고 통통한 귀가 트럼펫을 닮았다. 빨간색 낙하복 가슴 부분에는 번개가 그려져 있었다. 플래시가 경사로를 허겁지겁 내려오며 말했다. "코카인, 코카인 좀 줘."[12]

존 케셀의 단편 소설 「침략자」에서 크렐 인이 우주를 가로지른 이유는 오로지 코카인을 얻기 위해서이다. 어안이 벙벙해진 지구인에게 크렐 인은 자기네 미감이 지구인과 다르다고 해명한다. 크렐 인은 코카인 분자의 아름다움이란 이루 형언할 수 없다고 생각한다. 코카인은 우주에서 가장 숭고한 화학적 교향곡이다. 크렐 인은 코카인을 '하는' 것이 아니라 예술로서 경험한다.

이야기 말미에서 플래시는 통로에 놓인 쓰레기 봉투에 기댄 채 동료와 함께 코카인을 흡입한다. 그러다 코카인 분자의 아름다움 운운하는 말은 고상한 헛소리였을 뿐이라고 털어놓는다. 크렐 인이 코카인을 하는 이유는 "뿅 가기"[13] 위해서란다.

이것이야말로 이 소설의 요점이다. 픽션은 코카인과 같은 마약이다. 픽션 습관을 미학적으로나 진화론적으로 고상하게 정당화할 수야 있겠지만, 실상 이야기는 지루하고 가혹한 현실에서 도피하기 위한 마약에 불과하다. 우리가 셰익스피어 연극을 관람하며 영화를 보고 소설을 읽는 이유는 무엇일까? 케셀의 관점에서 보자면 이는 우리의 정신을 확장하거나, 인간 조건을 탐구하거나, 숭고한 일을 하기 위해서가 아니다. 뿅 가기 위해서이다.

많은 진화 이론가들이 케셀의 입장에 동의할 것이다. 이야기는 무슨 쓸모가 있을까? 아무 쓸모도 없다. 뇌는 이야기를 위해 설계되지 않았다. 뇌가 이야기에 사족을 못 쓰는 것은 설계상의 사소한 결함 때문이다. 아무리 다채롭고 화려하더라도 이야기는 마음의 땜질식 구성에서 빚어진 우연한 행운에 불과하다. 이야기가 우리를 가르치고 생각을 깊어지게 하며 즐거움을 선사하는 것은 사실이다. 인간으로서의 가치를 이야기에서 찾을 수 있는 것도 사실이다. 하지만 그렇다고 해서 이야기에 생물학적 목적이 있는 것은 아니다.

이렇게 볼 때 스토리텔링은 엄지손가락과 전혀 다르다. 이야기는 우리 조상이 생존하고 번식하는 데 이바지한 구조가 아니다. 이 점에서는 손금과 비슷하다. 손금쟁이가 뭐라고 하든 손금은 미래를 보여 주는 지도가 아니라 손바닥을 오므리는 동작의 부산물에 지나지 않는다.[14]

예를 들어서 더 구체적으로 설명해 보자. 얼마 전에 저드 애퍼토의 웃기면서도 신랄한 영화 「퍼니 피플」을 관람했다. 이 영화는 불치병에 걸린 한 스탠딩 코미디언(애덤 샌들러)의 '브로맨스'*를 다룬다. 나는 영화를 보면서 울고 웃었다. 영화의 모든 점이 마음에 들었다.

나는 왜 이 영화가 좋았을까? 픽션이 진화의 부산물이라면 답은 간단하다. 나는 웃긴 이야기를 좋아하는데 이 영화가 웃기기 때문이다. 나는 영화를 보면서 실컷 웃었고, 웃으면 기분이 좋아진다. 내가 여느 사람처럼 남 일에 호기심이 많고 뒷소문에 귀를 쫑긋 세우기 때문이기도 하다. 영화에서는 극단적 상황에 처한 사람들을 몰래 엿볼 수 있다. 내가 이 영화를 좋아하는 이유는 격렬한 섹스, 주먹다짐, 노골적 유머 등을 보면 뇌에서 나를 흥분시키는 화학 물질이 분비되기 때문이다. 현실에서 이런 화학 물질을 분비하려면 그만큼 위험을 감수해야 한다.

진화 이론가 중에는 이런 부산물 이론에 전혀 만족하지 못하는 사

---

* '남자끼리의 매우 친근한 관계'를 일컫는다.

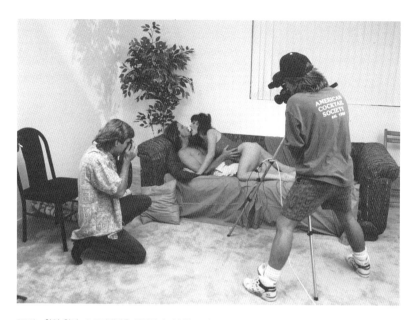

포르노 촬영 현장. 스토리텔링은 상상력의 단순한 부산물인지도 모른다. 우리는 게임 설계나 그 밖의 실용적 목적을 위하여 '정신 홀로데크'*를 진화시킨 뒤 거기에 픽션을 업로드해서 값싼 스릴을 즐길 수 있음을 깨달았을 수도 있다. 이는 컴퓨터의 진화에 비견된다. 컴퓨터를 발명한 것은 실용적 이유에서였지만, 얼마 되지 않아 우리는 벌거벗은 사람들이 부끄러운 행위를 하는 광경을 지켜보는 데 컴퓨터를 이용할 수 있음을 알아차렸다.

람도 있다.[15] 이들은 부산물 이론이 터무니없다고 말한다. 이야기가 쾌락을 선사하는 허드레에 불과하다면 진화는 에너지를 낭비하지 않으려고 오래전에 이야기를 없애 버렸을 것이다. 이야기가 인간에게 보편적이라는 사실은 이야기에 생물학적 목적이 있다는 강력한 증거라는 주장이다. 뭐, 그럴지도 모르겠다. 하지만 자연 선택이 「퍼니 피플」이나 『햄릿』에 시간을 낭비하게 하는 유전자를 콕 집어내어 그 시간에 돈을 벌거나 아이를 낳거나 진화적으로 이로운 일을 하도록 만들기가 과연 그렇게 쉬울까?

---

* 홀로데크는 「스타 트렉」에서 처음 도입한 개념으로, 가상 현실을 경험하는 장치를 뜻한다.

그렇지 않다. 내가 픽션에 사족을 못 쓰는 것은 뒷소문과 섹스, 또한 공격성의 전율에 사족을 못 쓰는 것과 밀접하게 연관되어 있다. 한마디로 이야기라는 진화의 목욕물을 버리려다가는 아기까지 버리기 십상이다. 여기에서 아기는 '분명한 역할이 있고 분명히 중요한 심리적 성향'을 일컫는다.

머리가 지끈거리는가? 여러분만 그런 게 아니다. 나는 이야기가 진화적 적응인지 아니면 진화의 부산물인지 잘 모르겠다. 지금으로서는 나뿐 아니라 아무도 모른다. 과학은 추측과 반박의 연쇄로 이루어지며, "왜 이야기인가?"라는 물음을 던지는 것은 주로 추측의 단계에서이다. 내가 생각하기에 우리가 이야기에 끌리는 데는 여러 진화적인 이유가 있는 듯하다. 손가락을 집게처럼 써서 물건을 집을 수 있는 것처럼 스토리텔링의 어떤 요소에는 진화적 설계의 흔적이 남아 있는지도 모른다. 주근깨나 손등의 털구멍 패턴처럼 어떤 요소는 진화의 부산물인지도 모른다. 피아노나 키보드를 두드리는 손처럼 어떤 요소는 자연이 본디 그 목적으로 설계하지 않았으나 훌륭히 제 기능을 발휘하는지도 모른다.

뒤에 오는 장들에서는 이야기의 진화적 이점을 탐구할 것이다. 흉내 성향이 개인으로나 집단으로나 인간이 세상을 살아가는 데 어떤 유익을 끼쳤는지 알아볼 것이다. 하지만 주장과 증거를 살펴보기 전에 우선 어린 시절로 돌아가 길을 닦아야 한다. 아이들의 어수선한 흉내 놀이에서 픽션의 기능을 이해하기 위한 실마리를 찾아보자.

아이들의 놀이

어른들은 상상의 나라를 '햇빛 찬란한 천상의 토끼 나라'로 기억하지만, 상상의 나라는 천상보다는 지옥에 가깝다. 아이들의 놀이는 현실 도피가 아니다. 인간 조건의 문제를 정면으로 마주한다. 교사이자 저술가인 비비언 페일리는 흉내 놀이를 이렇게 설명한다. "이 멜로드라마의 망 속에서 무슨 일이 일어나고 있든 간에 아이들이 다루는 주제는 광범위하고 경이로울 지경이다. 선과 악, 탄생과 죽음, 부모와 자식, 실제와 공상을 들락날락하기 등이 다루어지며 사소한 잡담이란 없다. 청자는 삶의 신비를 그대로 재현해 놓은 철학적 성명서 속에 깊이 빠져들게 된다."[16]

흉내 놀이의 재미는 지독한 진지함에서 온다. 아이들은 매일같이 어둠의 힘을 맞닥뜨리며 목숨을 구하려고 도망치거나 싸운다. 식탁에서 이 책을 쓰고 있는 동안에도 내 주위에서는 상상의 나라가 시시각각 모습을 바꾸고는 했다. 어느 날 식탁 앞에 앉아 있는데 두 딸이 집에서 달아날 준비를 꼼꼼히 하고 있었다. 뒤뜰에서 인형을 가지고 놀다가 상어가 쫓아온다며 고래고래 고함을 지르고 마당을 뛰어다닌 뒤였다.(결국 막대기 작살로 상어를 잡았다.) 그날 나는 일을 쉬고 작은딸 애너벨과 '숲 속에서 길 잃은 아이' 놀이를 했다. 애너벨이 무대 연출을 맡았다. 우리 부모는 '호랑이에게 물려' 죽었다. 이제 호랑이가 우글거리는 숲에서 스스로의 힘으로 살아야 한다.

엄마와 아기, 괴물과 영웅, 우주선과 유니콘 등 아이들의 흉내 놀이에는 온갖 것이 등장하지만, 결코 빠지지 않는 하나가 있으니 바로 '말썽'이다.[17] 소꿉놀이에서 아기가 울면서 젖병을 밀어내거나 아빠의 고급 시계가 행방을 감추는 것처럼 일상적인 말썽도 있지만 대개는 존재론적 말썽이다. 어린이집에서 교사가 "이야기 하나 해 줄래?"라고 물었을 때 아이들이 지어낸 이야기를 아래에 그대로 옮긴다.[18]

- 원숭이가요, 하늘로 올라갔어요. 그런데 떨어졌어요. 칙칙폭폭 기차가 하늘에 있어요. 제가 하늘에서 바다로 떨어졌어요. 보트에 탔는데 다리를 다쳤어요. 아빠가 하늘에서 떨어졌어요.(세 살짜리 남자아이)
- (아기) 배트맨이 엄마한테서 떠났어요. 엄마가 "가지 마, 돌아와."라고 말했지만 배트맨은 사라졌어요. 엄마는 찾을 수 없었어요. 배트맨이 이렇게 달려서 집에 왔어요.(아이가 팔 동작을 보여 준다.) 머핀을 먹고 엄마 무릎에 앉았어요. 그리고 쉬었어요. 엄마한테서 그렇게 빨리 달아났던 거예요. 끝이에요.(세 살짜리 여자아이)
- 밀림 이야기예요. 옛날 옛적에 밀림이 있었어요. 동물이 많았지만 별로 예쁘지 않았어요. 여자아이가 이야기에 등장했어요. 아이는 겁이 났어요. 그때 악어가 나타났어요. 끝!(다섯 살짜리 여자아이)
- 옛날에 스쿠비라는 강아지가 살았어요. 스쿠비는 숲에서 길을 잃었어요. 어떻게 할지 몰랐어요. 벨마는 스쿠비를 찾지 못했어요. 아무도 스쿠비를 찾지 못했어요.(다섯 살짜리 여자아이)
- 권투 경기를 해요. 아침 늦게 사람들이 다 일어나서 권투 글러브를 끼고 싸워요. 한 사람이 얼굴을 맞아서 피가 나요. 오리가 다가와서 "포기하시지."라고 말해요.(다섯 살짜리 남자아이)

이 이야기들의 공통점은 무엇일까? 짧고 두서가 없다. 다짜고짜 사건이 터진다. 하늘을 나는 기차나 말하는 오리처럼 기발한 상상력을 발휘한다. 무엇보다 이 이야기들은 '말썽'이라는 굵은 밧줄로 묶여 있다. 아빠와 아들이 구름 위에서 떨어진다. 아기 배트맨이 엄마를 못 찾는다.

여자아이가 악어를 보고 겁에 질린다. 강아지가 숲 속을 헤맨다. 남자가 얻어맞아 피를 흘린다.

아이들의 이야기 360개를 모은 또 다른 글에서도 똑같은 종류의 말썽이 벌어진다.[19] 이를테면 기차가 강아지와 고양이를 치고, 못된 여자아이가 감옥에 가고, 아기 토끼가 불장난하다가 집을 홀라당 태우고, 남자아이가 활을 쏴서 가족을 몰살하고, 또 다른 남자아이가 대포로 사람 눈알을 포탄처럼 쏘고, 사냥꾼이 아기 세 명을 사냥해서 잡아먹고, 아이들이 마녀의 배에 칼 189개를 꽂아 죽인다. 놀이 연구자 브라이언 서턴스미스는 이 이야기들을 근거로 다음과 같은 결론을 내린다. "어린아이들이 구술하는 이야기에 주로 등장하는 행동은 길 잃어버리기, 도둑맞기, 물리기, 죽기, 밟히기, 화나기, 경찰 부르기, 달아나기, 떨어지기 따위가 있다. 아이들은 이야기에서 어수선한 말썽, 혼란, 재난의 세계를 묘사한다."[20]

지독한 말썽이라는 주제는 아이들이 심리학자 앞에서 지어내는 (논쟁의 여지가 있지만) 가짜 이야기에 국한되지 않는다. 가정과 어린이집에서 자발적 놀이를 녹음한 기록에서도 말썽이 벌어진다. 비비언 페일리가 어린이집에서 녹취한 놀이 광경을 살펴보자. 세 살 먹은 마니가 텅 빈 아기 침대를 흔들며 콧노래를 부른다. 옷 더미 아래로 인형 팔이 삐죽 튀어나와 있다.

교사: "마니, 아기는 어디 있지? 침대가 비었네?"

마니: "아기가 어디 갔어요. 누가 울어요."

(마니가 침대 흔들기를 멈추고 주위를 둘러본다. 남자아이가 모래판에서 삽으로 모래를 퍼내고 있다.)

마니: "러마, 내 아기 봤어?"

러마: "응, 어두운 숲 속에 있어. 거기 위험해. 내가 가 볼게. 내가 파는 구
덩이 아래에 있어."

마니: "네가 아빠야? 러마, 아기 데려와. 아, 잘했어. 찾았구나."

교사: "아기가 어두운 숲 속에 있었니?"

마니: "러마, 아기 어디 있었어? 구덩이라고 말하지 마. 구덩이 아니야. 그
건 내 아기 아니야."[21]

또 다른 놀이에서는 여러 명의 아이가 다이너마이트와 공주, 악당과
훔친 황금, 위험에 빠진 고양이와 용감한 '개구리-닌자-난쟁이' 등으로
구성된 복잡한 플롯을 연기한다. 아래 대화에서는 아이들의 놀이에 아
찔할 정도의 창의성과 풍부함이 담겨 있음을 확인할 수 있다. 마치 헌
터 톰프슨의 소설을 읽는 듯하다.

"네가 개구리 해. 어떤 사람한테 뛰어드는데 그 사람이 바로 악당이야."

"잡아!"

"고양이를 훔치고 있어!"

"저기야, 잡아!"

"터뜨려 버려. 갈아 버려. 황금을 가졌어!"

"야옹, 야옹, 야옹."

"백설 공주님, 고양이 여기 있어요."

"너희가 난쟁이니? 난쟁이 개구리?"

"저희는 난쟁이 닌자입니다. 개구리는 바로 닌자예요. 조심하세요! 여길
다시 폭파해야 할지도 몰라요!"[22]

남자아이와 여자아이

비비언 페일리는 맥아더 재단에서 수여하는 '천재 상'을 받았으며 수십 년 동안 어린이집과 유치원에서 교사로 일하면서 경험한 바를 책으로 썼다. 아동 인류학의 아담한 두께의 걸작 『남자아이와 여자아이: 인형 코너의 슈퍼 히어로들』은 1년에 걸친 젠더 심리학 실험을 소개한 책이다. 하지만 페일리가 처음부터 실험을 하려고 했던 건 아니다. 페일리의 원래 목표는 수업을 더 잘하는 것이었고, 그러려면 남자아이들이 말썽을 안 피우게 단속해야 했다. 페일리의 교실에서 남자아이들은 혼돈과 엔트로피의 원천이었다. 아이들은 블록 코너를 차지하고는 전함과 우주선을 비롯한 전쟁용 탈것을 건조한 뒤에 요란하고 격렬하게 전투를 벌였다. 여자아이들은 인형 코너를 지키며 드레스를 차려입고, 아기를 돌보고, 남자 친구 얘기를 하고, 왕자나 아빠 역할을 맡아 줄 남자아이를 물색했다.

페일리는 1929년에 태어났다. 페일리가 교육에 종사하던 때는 미국 문화가 급변하는 시기였으며 남성과 여성의 성 역할에도 큰 변화가 있었다. 하지만 흉내 놀이는 거의 달라지지 않았다. 1950년대부터 2000년대에 이르는 동안 여자들은 일터에 진출했고 남자들은 가사를 분담했지만, 페일리의 교실에 걸린 달력은 1955년에 머물러 있는 듯했다. 아이들은 전형적인 남성과 여성의 축소판이었다.

아이들을 사랑하는 교사이자 예리한 관찰자인 페일리는 이 상황을 견딜 수 없었다. 페일리가 가장 오래 몸담은 곳은 시카고 대학의 실험 학교*이다. 이곳에서 추구하는 가치는 페일리의 자유주의적 성향과 꼭

---

* 존 듀이가 경험을 통해 학생들이 스스로 깨닫게 한다는 자신의 교육 철학을 구현하고자 설립한 학교.

들어맞았다. 페일리의 학부모들은 딸이 왜곡된 신체상을 가질까 봐 바비 인형을 사 주지 않았으며 아들에게 장난감 총을 사 주는 경우도 드물었다.

페일리는 교실에서 성 역할이 서서히 고착되는 것을 보며 어쩔 줄 몰랐다. 여자아이들은 그야말로…… 여자다웠다. 인형을 가지고 놀고 왕자님을 사모했으며, 달리거나 치고받거나 고함치는 일은 거의 없었다. 토끼와 마법의 분홍색 하마 이야기를 즐겨 했다. 그런가 하면 남자아이들은 그야말로…… 남자다웠다. 뛰고 외치고 신나서 소란을 피웠다. 온 벽에 상상의 총알을 박고 폭탄을 터뜨렸다. 장난감 총을 가지고 놀지 못하게 했더니 크레용처럼 총과 조금이라도 비슷한 물건이면 무엇이든 쏘며 놀았다. 크레용을 압수해도 손가락이 있었다.

가장 큰 문제는 남자아이들이 해적 놀이를 하든 도적 놀이를 하든 거친 남자에게 으레 필요한 것이 하나 있었다는 점이다. 바로 희생자이다. 그런데 희생자로는 여자아이가 제격이었다. 남자아이들은 끊임없이 인형 코너에 난입해서 여자아이들에게 치명타를 가하고 물건을 빼앗았다. 그러면 여자아이들은 울음을 터뜨렸다. 총에 맞거나 물건을 빼앗기는 것이 싫어서가 아니라 남자아이들이 자신의 환상을 망쳐 버렸기 때문이었다. 다스 베이더와 부하들이 계속 훼방을 놓는 와중에 신데렐라 놀이를 하기란 쉬운 일이 아니다.

『남자아이와 여자아이』에는 페일리가 아이들의 행동을 성 중립적으로 바꾸려고 노력한 과정이 담겨 있다. 이 책은 극적이며 재미있는 실패의 연대기이다. 페일리의 꼼수와 유혹과 기발한 속임수는 하나도 통하지 않았다. 이를테면 남자아이들을 인형 코너에서 놀게 하고 여자아이들을 블록 코너에서 놀게 했더니 남자아이들은 인형 코너를 우주선 조종석으로 둔갑시켰고 여자아이들은 블록으로 집을 만들고는 소꿉놀이를 계속했다.

페일리의 실험에서 절정은 성별의 심층 구조에 굴복한다는 선언이었다. 여자아이를 여자아이대로 내버려 두기로 마음먹은 것이다. 페일리는 이 일이 그다지 어렵지 않았다고 자책이 섞인 어조로 말했다. 상대적으로 조용하고 친사회적인 여자아이들의 놀이에 대해서는 늘 좋다고 생각했기 때문이다. 남자아이를 남자아이대로 내버려 두는 것은 좀 더 힘들었지만, 어쨌든 그렇게 했다. 페일리는 이렇게 결론 내렸다. "남자아이가 도적이나 우주의 무법자가 되도록 내버려 두라. 이것은 어린 남자아이들에게 자연스럽고 보편적이고 필수적인 놀이이다."[23]

앞에서 나는 아이들의 흉내 놀이가 말썽에 무척 치중한다고 주장했다. 물론 그것은 사실이다. 하지만 멜빈 코너가 『아동기의 진화』라는 기넘비적 저작에서 밝혔듯, 세계 어디를 가든 남자아이와 여자아이의 놀이에는 확실한 성차가 있다.[24] 수많은 문화권을 대상으로 50년에 걸쳐 수십 차례 연구한 결과는 페일리가 미국 중서부에서 알아낸 것과 근본적으로 같았다.[25] 남자아이와 여자아이는 성에 따라 자발적으로 분리된다. 남자아이의 놀이가 훨씬 격렬하다. 연극 놀이는 여자아이에게 더 흔히 나타나고 정교하며 엄마 아빠 따라하기에 집중된다. 남자아이는 여자아이보다 공격 성향이 강하고 돌봄 성향이 약하며 이런 차이는 생후 17개월부터 나타난다.[26] 심리학자 도러시 싱어와 제롬 싱어는 연구 결과를 다음과 같이 요약했다. "아이들의 놀이에서는 대체로 차이가 뚜렷이 나타난다. 일반적으로 남아는 활동할 때 보다 활발하며 모험이나 도전, 갈등이 있는 놀이를 선호하는 반면에 여아는 돌봄과 애착을 증진하는 놀이를 선호하는 경향이 있다."[27]

남자아이들이 사는 네버랜드는 매우 위험한 곳이다. 죽음과 파괴의 위협이 도처에 널려 있다. 남자아이가 네버랜드에서 보내는 시간은 대부분 그러한 위협과 맞서 싸우거나 그로부터 달아나는 데 쓰인다. 여자아이들의 네버랜드도 위험하기는 마찬가지이지만 도깨비와 도끼 살인마가 득시글거리지는 않는다. 격렬한 신체적 놀이를 위주로 하지도 않는다. 여자아이가 맞닥뜨리는 문제는 대체로 덜 극단적이며 가정에서 일상적으로 겪는 일과 관련된다.

하지만 중요한 사실은 여자아이의 놀이가 남자아이의 난장판에 비해 상대적으로 고요해 '보일' 뿐이라는 것이다.[28] 위험과 어둠은 인형 코너에도 스며든다. 처음에 페일리는 여자아이들이 평온하게 엄마와 아기 놀이를 하는 줄 알았다. 그런데 자세히 들여다보니 겉보기와는 다른 상황이 펼쳐지고 있었다. 아기가 독이 든 사과 주스를 먹으려는 참이다. 악당이 아기를 훔치려 한다. 아기는 '뼈가 부서진' 채 불에 탈 위기를

성 호르몬이 젠더에서 일반적으로 하는 역할과 성 행동에서 구체적으로 하는 역할을 보여 주는 예로 '선천 부신 과다 형성(CAH)'이라는 질병이 있다. 이 병에 걸린 여성은 태아기에 비정상적으로 높은 수치의 남성 호르몬에 노출된다. CAH에 걸린 여아는 대부분의 측면에서 정상이지만 "남성적 놀이를 즐겨 하고 남아들과 노는 것을 선호하며 결혼이나 엄마 놀이, 인형 놀이, 아기 돌보기 등에 관심을 덜 보인다."[29] CAH에 걸린 여아는 치고 받는 놀이를 남아만큼이나 즐기며 인형이나 드레스 같은 '여아용' 장난감보다 트럭이나 총 같은 '남아용' 장난감을 더 좋아한다.

맞는다.

비슷한 맥락에서 페일리는 여자아이 두 명이 레인보 브라이트와 하늘을 나는 조랑말 스타라이트(1980년대 미국의 텔레비전 만화 영화 시리즈에 등장하는 두 주인공) 역할을 하면서 함께 밥을 먹다가 벌어진 사건을 회상한다. 두 여자아이가 아무 탈 없이 놀고 있는데, 갑자기 러키라는 악당이 나타났다.[30] 귀여운 두 여자아이의 귀여운 두 분신이 선택할 수 있는 방안은 폭약으로 러키를 살해하는 것뿐이었다.

이 책의 다른 주제인 픽션이나 드라마와 달리, 아이의 흉내 놀이가 인류 진화의 우연한 사건이라고 생각하는 사람은 거의 없다. 아동 심리학의 개척자 장 피아제는 아이들의 공상적 삶을 "더 적절하고 질서 정연한 사고방식이 탄생하기 전의 혼란"[31]으로 묘사했지만, 이런 생각은 이제 소수파에 불과하다. 오늘날 아동 심리학 전문가들은 흉내 놀이가 무언가를 위한 것이라는 데 동의한다. 생물학적 기능이 있다는 것이다. 놀이는 동물에게도 널리 퍼져 있으며 포유류 중에서도 특히 영리한 종에서는 거의 보편적이다. 놀이의 종 보편성을 바라보는 가장 일반적인 견해는 어린 개체가 성숙한 개체의 삶을 예행연습 하는 데 도움이 된다는 것이다. 이 관점에서 보면 아이들의 놀이는 성년기에 대처하기 위해 몸과 뇌를 훈련해서 사회적, 정서적 지능을 계발하는 활동이다. 놀이는 중요하다. 아이에게는 놀이가 곧 일이다.[32]

아이의 놀이에 나타나는 성차는 생물학적 진화가 느린 반면 문화적 진화가 빠르다는 사실을 반영한다. 진화는 남성과 여성의 삶에서 지난 100년 동안 주로 일어난 급속한 변화를 따라잡지 못했다. 아이의 놀이는 여전히 여자아이에게는 집 안에서의 삶을, 남자아이에게는 바깥 세상에서의 삶을 준비시키는 듯하다. 이는 인류가 수만 년 동안 경험한 기본적 노동 분업, 즉 남자는 수렵과 전쟁을 하고 여자는 채집과 양육을 하는 것이다. 인류학자들은 여자들이 전쟁을 전담하고 남자들이 양육을 떠맡는 문화를 단 하나도 발견하지 못했다.[33]

그러고 보니 내가 에드거 앨런 포의 「검은 고양이」에 등장하는 화자가 된 기분이다. 고양이 목에 올가미를 걸어 나뭇가지에 매달기 전에 화자는 우선 주머니칼로 고양이의 한쪽 눈을 파낸다. 화자는 자신의 범죄를 고백하며 이렇게 말한다. "아, 이토록 잔인한 행위를 묘사하자니, 이 얼마나 부끄럽고 치욕스러운지!"[34] 젠더에 깊은 생물학적 뿌리가 있다는 생각은 요즘 누구나 수긍하지만 점잖은 자리에서 입 밖에 내기는 꺼린다. 인간의 잠재력, 특히 여성이 문화적으로 남성과 동등한 지위에 올라설 잠재력에 크나큰 제약을 가하는 것으로 해석될 수 있기 때문이다. 하지만 지난 50년간 값싸고 효과적인 피임약이 등장해 여성이 출산을 조절할 수 있게 되면서 여성의 삶에도 눈에 띄는 변화가 일어난 만큼, 생물학적 성차론은 마냥 두려워할 일만은 아니다.

우리 딸 애너벨이 커서 공주가 되겠다는 포부를 밝힐 때면 나는 몸 둘 바를 모르겠다. 내가 "의사 같은 사람이 될 수도 있지 않니?"라고 물으면 애너벨이 대답한다. "공주 하면서 의사도 할 거예요. 엄마도 할 거고요." 나는 웃으면서 "그러면 되겠네."라고 말한다.

잘 자라 우리 아가

아이의 놀이에 담긴 피와 눈물은 어디에서 비롯했을까? 일부는 우리가 들려준 이야기에서 왔을 가능성이 있다. 이를테면 그림 동화에서는 아이들이 식인 마녀에게 협박을 받고, 늑대가 돼지를 꿀꺽 삼키고, 못된 거인과 순진한 아이가 끔찍한 죽음을 맞고, 신데렐라가 고아가 되고, 못생긴 의붓언니가 유리 구두를 신으려고 발을 뭉텅 잘라 낸다.(나중에는 새에게 눈알을 쪼아 먹힌다.) 그림 동화 초판에는 「아이들의 돼지 잡기 놀이」라는 이야기가 수록되어 있었다. 전체 이야기는 아래와 같다.

옛날에 어떤 아버지가 돼지를 잡았는데 이 장면을 아이들이 보았다. 오후에 놀이를 시작하며 한 아이가 다른 아이에게 말했다. "넌 돼지를 해. 난 푸주한을 할게." 그러고는 칼을 잡고 동생의 목을 찔렀다. 저 위층 방에서 막내를 물통에 넣어 목욕을 시키던 어머니가 아이의 비명 소리를 듣고 부랴사랴 달려 내려왔다. 어떤 일이 벌어졌는지를 보고는 아이의 목에서 칼을 빼서 푸주한 역할을 하던 아이의 심장을 분노에 차서 찔렀다. 이어 목욕통 속 아이가 어떻게 하고 있는지 보려고 당장 달려갔는데, 아이는 그사이에 목욕통 속에 빠져 죽어 있었다. 여자는 너무도 겁이 나 절망에 빠졌고, 하녀가 위로해도 들으려 하지 않고 스스로 목을 매고 말았다. 남편이 밭에서 돌아와 이 모든 것을 보고 너무나 슬픈 나머지 곧 죽고 말았다.[35]

동요도 사악하기는 마찬가지이다. 아기가 요람과 함께 나무에서 떨어지고, 남자아이가 개를 난도질하고, 신발 속에서 사는 노파가 굶주린 아이를 매질하고, 눈먼 쥐가 조각칼에 난자당하고, 수탉 로빈이 살해당하고, 잭의 머리가 깨진다. 어떤 비평가는 유명한 동요를 채록한 모음집에서 살인 여덟 건, 질식사 두 건, 참수 한 건, 사지 절단 일곱 건, 골절 네 건 등을 찾아냈다.[36] 또 다른 연구를 보면 요즘 아이들이 보는 텔레비전 프로그램에서 폭력 장면이 한 시간에 다섯 건가량 등장한 데 반해, 동요를 소리 내어 읽었더니 폭력 장면이 한 시간에 쉰두 건이나 나왔다고 한다.[37]

오늘날 아이들을 대상으로 하는 동화는 내용이 순화되지만 그래도 여전히 눈살을 찌푸리게 하는 장면이 많이 들어 있다. 이를테면 내가 우리 딸에게 읽어 준 「신데렐라」 판본에서는 의붓언니가 피를 철철 흘리며 난자당하는 장면이 삭제되었지만, 사랑하는 부모가 죽은 뒤 신데렐라가 자신을 천대하는 자들의 손에 맡겨지는 등 훨씬 참혹한 장면이 여전히 등장한다.

그렇다면 아이의 흉내 놀이에 담긴 참상은 우리가 들려준 이야기에

TREE OF MINE · TREE OF MINE
HAVE YOU SEEN A GIRL
WITH A WILLY WILLY WAG · AND A LONG TAILED BAG
WHO STOLE MY MONEY ALL I HAD?

영국 동화 「늙은 마녀」의 삽화.

들어 있던 말썽의 메아리에 불과한 것일까? 상상의 나라가 위험한 이유
는 전 세계 아이들이 접하는 픽션이 말썽으로 가득하기 때문일까?

이런 가능성은 만약 사실이더라도 곧바로 제기되는 다음 물음에 답
하지 못한다. 호모 사피엔스의 이야기는 대체 왜 말썽에 집착하는가?

이 물음의 답은 픽션의 수수께끼에 중요한 실마리를 던질 것이다.

3
지옥은 이야기 친화적이다

하키 마스크를 쓰고 전기톱으로 사람을 도륙하는
미치광이를 그린 영화처럼, 살인과 자살과 친족 살
해와 근친상간이 등장하는 『햄릿』처럼, 소포클레스
와 텔레비전과 성서에 등장하는 모든 폭력과 가정
불화와 치명적 섹스처럼, …… 상실과 죽음을 노래
하는 시는 독자에게 크나큰 즐거움을 선사한다.

— 로버트 핀스키, 「상심 교본: 잃어버린 사랑과 슬픔을 노래한 시 101편」

옛날 옛적에 아빠와 딸이 슈퍼마켓에 갔다. 부녀는 시리얼 코너 통로를 걸었다. 아빠가 카트를 밀었다. 왼쪽 바퀴에서 달그락 삐걱 소리가 났다. 딸 릴리는 세 살이었다. 릴리는 자기가 좋아하는 원피스를 입었다. 몸을 흔들 때마다 하늘거리는 꽃무늬 원피스가 활짝 펼쳐졌다. 릴리는 왼손으로는 아빠의 집게손가락을, 오른손으로는 땀에 젖은 살 것 목록을 꼭 쥐었다.

아빠가 치리오스 앞에 멈춰 서더니 수염이 까슬까슬한 턱을 긁으며 릴리에게 물었다. "이번에는 어떤 시리얼로 할까?" 릴리가 아빠 손가락을 놓아 주고는 종이를 배 위에다 올려놓고 가지런히 폈다. 그러고는 단정한 필체로 또박또박 적은 목록을 곁눈질했다. 마치 단어를 읽어 나가듯 집게손가락으로 목록을 짚었다. "치리오스." 릴리가 말했다. 아빠는 릴리에게 커다란 노란색 상자를 골라서 카트에 담도록 했다.

훗날 아빠는 슈퍼마켓 통로를 지나던 사람들을 기억할 것이다. 카트를 운전하던 여인들이 릴리에게 미소 짓던 모습과 자신에게 고개를 끄덕여 인사하던 모습을 기억할 것이다. 대걸레와 양동이를 들고 지나가던 여드름 숭숭 난 점원도 기억할 것이다. 릴리의 작은 손이 자신의 손가락을 꼭 쥐었던 것, 그리고 손을 놓은 뒤에 남아 있던 맥박도 기억할 것이다.

무엇보다 짙은 안경에 빨간색 야구 모자를 눌러쓴 땅딸막한 남자를 기억할 것이다. 피라미드처럼 쌓인 팝타르트 옆에서 웅크린 채, 침이 뚝뚝 떨어지는 반짝이는 앞니를 드러내며 웃던.

아빠와 딸은 통로를 따라 좀 더 걸었다. 그러다 갑자기 걸음을 멈추었다. 릴리가 아빠의 허벅지를 끌어안았다. 아빠는 릴리의 작은 머리를 다리에 대고 감쌌다. 아빠는 릴리가 "아빠, 제발!"이라며 손에 쥐어 준 시리얼 상자를 물끄러미 쳐다보았다.(상자 속에는 먹을 수 있는 것이 하나도 들어 있지 않았다. 삼인산염, 적색 40호, 청색 1호, 부틸히드록시톨루엔, 피리독신염산염 같은 화학 성분뿐이었다.) 아빠의 눈동자가 영양 성분표를 훑으며 당분과 지방의 함량을 읽었다.

아빠는 릴리가 다리에서 빠져나가는 것도, 손에서 머리를 빼는 것도 알아차리지 못했다. 여전히 손에 든 상자를 쳐다보며 아빠가 말했다. "얘야, 아쉽지만 이건 몸에 안 좋아. 이거 샀다간 엄마가 가만 안 있을 거야."

릴리는 아무 말도 하지 않았다. 릴리가 팔짱 끼고 턱을 가슴에 처박고 입술을 삐죽 내민 채 서 있을 거라고 생각하며 아빠가 고개를 돌렸다. 그런데 보이지 않았다. 천천히 뒤돌아섰지만 그곳에도 없었다.

빨간 모자를 쓴 키 작은 남자도 자취를 감추었다.

이제 이 이야기를 다른 각도에서 상상해 보자.

옛날 옛적에 아빠와 딸이 슈퍼마켓에 갔다. 시리얼 코너가 끝나는 지점에서 릴리가 토끼 그림이 그려진 빨간 트릭스 시리얼을 발견했다. 릴리는 상자를 아빠의 손에 쥐어 주고는 거절하지 못하도록 다리를 꼭 끌어안았다. 아빠는 성분표에 눈길도 주지 않고 말했다. "얘야, 아쉽지만 이 시리얼은 너한테 안 좋아. 이거 샀다간 엄마가 가만 안 있을 거야."

릴리가 아빠 다리를 안았던 팔을 풀고 아빠의 손에서 머리를 홱 잡아 뺐다. 발을 동동 구르다가 무릎을 쫙 편 채 단호한 표정으로 팔짱을 꼈다. 릴리는 아빠를 향해 얼굴을 찡그렸다. 아빠는 엄한 표정을 지으려 했지만 딸의 애교 앞에서 마음이 누그러졌다. 결국 트릭스를 카트에 담고는 공모하는 듯한 미소를 지으며 말했다. "우리는 엄마 안 무섭지, 그렇지?"

릴리가 대답했다. "그럼요, 하나도 안 무서워요!"

아빠와 딸은 살 것 목록에 있는 물건을 전부 사서 미니밴을 타고 집에 돌아왔다. 엄마는 트릭스를 보고 화난 표정을 지었지만 그뿐이었다. 아빠와 릴리와 엄마는 그 후로 오랫동안 행복하게 살았다.

열차와 승강장 사이의 간격이 넓사오니

여러분은 어떤 이야기대로 살고 싶은가? 물론 두 번째일 것이다. 첫 번째 이야기는 악몽이다. 하지만 영화나 소설에 더 어울리는 이야기는 어느 쪽일까? 이것도 분명하다. 이에서 침이 뚝뚝 떨어지는 남자 이야기이다. 첫 번째 이야기는 우리를 빨아들이며 다음에 무슨 일이 일어날지에 대해 궁금증을 불러일으킨다. 이를 드러낸 남자가 릴리를 데려갔을까? 아니면 릴리는 터져 나오는 웃음을 손으로 막고 팝타르트 뒤에 숨어 있었을까?

삶에서 무엇이 바람직한가(평범한 슈퍼마켓 장보기)와 픽션에서 무엇이 바람직한가(파국을 불러오는 장보기) 사이에는 커다란 간극이 있다. 내 생각에는 바로 이 간극에 픽션의 진화적 수수께끼를 푸는 중요한 단서가 숨어 있다.

픽션은 현실 도피적 오락이라고들 한다. 학생들에게 왜 이야기가 좋으냐고 물으면 "이야기가 쾌감을 주니까요."라는 뻔한 대답을 내놓지 않는다. 이것이 피상적인 답변임을 아는 까닭이다. 물론 이야기는 쾌감을 준다. 하지만 왜 그럴까?

그래서 학생들은 더 심층적인 원인이 무엇일까 고민한다. 이야기가 쾌감을 주는 이유는 도피할 수 있게 해 주기 때문이다. 삶은 힘들지만 네버랜드는 수월하다. 「사인펠드」 재방송을 보거나 존 그리샴 소설을 읽으면 일상의 압박에서 잠시나마 해방될 수 있다. 삶은 우리를 짓누른다. 하지만 우리는 현실을 피해 픽션에 숨을 수 있다.

문제는 픽션의 현실 도피론이 스토리텔링 기술에 담긴 심층 패턴에 잘 들어맞지 않는다는 점이다. 현실 도피론이 옳다면 소원이 이루어지는 즐거운 경험이 이야기의 주요 주제가 되어야 할 것이다. 이야기 세계에서는 만사가 술술 풀리고 착한 사람들이 결코 고통받지 않아야 할 것이다. 다음은 평범한 사람이 읽을 만한 이야기의 플롯을 요약한 내용이다.

나는 뉴욕 양키스의 유격수이다. 우주 역사상 최고의 야구 선수이다. 올 시즌에 489타수 489홈런을 기록했다. 주식은 아이스크림 튀김이다. 그런데 그릇에 담아 먹지 않고, 나의 근사한 독신자 숙소를 들락날락하는 속옷 모델의 미끈한 배에 올려놓고 스푼으로 떠먹는다. 엄청난 칼로리를 섭취하지만 조각 같은 몸매에는 단 10그램의 지방도 붙지 않는다. 야구계에서 은퇴한 뒤에 미국 대통령에 만장일치로 당선되었으며, 지구에 평화를 가져다 준 뒤로는 러시모어 산에 조각된 내 얼굴을 보며 여생을 즐긴다.

물론 과장된 글이지만 내가 무슨 말을 하려는지 이해했을 것이다. 픽션이 선사하는 도피는 기묘한 도피이다. 우리의 픽션 세계는 대체로 무시무시한 세계이다. 우리는 픽션을 읽으면서 말썽으로부터 잠시 벗어날 수 있지만, 투쟁과 긴장과 죽음의 고통으로 가득한 상상의 세계에서 또 다른 말썽에 말려든다.

픽션의 역설은 아리스토텔레스의 『시학』에 처음 등장한다. 우리가 픽션에 끌리는 이유는 픽션이 쾌감을 주기 때문이다. 하지만 픽션에서 실제로 벌어지는 협박, 죽음, 절망, 불안, '질풍노도' 등은 대부분 지독하게 불쾌하다. 소설 베스트셀러 순위를 보면 학살, 살인, 강간이 난무한다. 유행하는 텔레비전 프로도 마찬가지이다. 고전 문학은 또 어떤가? 오이디푸스는 자괴감에 스스로 눈을 찌르고, 메데이아는 자식을 죽이고, 셰익스피어의 연극 무대에는 피가 철철 흐르는 시체가 즐비하다. 물론 이 작품들이 무거운 주제를 다루는 것은 사실이다.

하지만 가벼운 주제를 다루는 작품에서도 온갖 문제가 일어난다. 독자는 이야기가 어떻게 전개될지 궁금해서 눈을 떼지 못한다. 덤과 더머는 장애물을 극복하고 분에 넘치는 여인의 사랑을 쟁취할 수 있을까? 드라마 「치어스」의 샘과 다이앤, 「오피스」의 짐과 팸은 맺어질까? 최신 할리퀸 로맨스에 나오는 소심한 사서는 건장한 산림 감시원을 길들이게 될까? 벨라는 뱀파이어를 선택할까, 늑대 인간을 선택할까? 한마디로 장르를 불문하고, 곤란한 문제가 없으면 이야기도 없다.

삶을 비추는 거울?

단순히 소원이 이루어지는 이야기는 매력이 없다. 하지만 삶을 있는 그 대로 보여 주는 이야기도 그럴까? 어떤 회계사가 중요하면서도 엄청나 게 따분한 과제를 완수하려고 애쓰는 장면을 묘사한 소설이라면 진정 모방적인 작품이라고 할 수 있을 것이다.

중년 남성이 책상 앞에 앉아 키보드를 무심하게 쳐다보았다. 곁에 아무도 없을 때조차 주위를 살피며 몸을 긁었다. 앞뒤 좌우로 목 운동을 했다. 흐 릿한 눈빛으로 화면을 응시했다. 농땡이 칠 건덕지를 찾으려고 사무실 여 기저기를 훑어보았다. 뭔가 정리할 게 없을까? 뭐 먹을 게 없을까? 천천 히 의자를 회전시켰다. 한 바퀴. 두 바퀴. 세 바퀴째 돌 때 유리에 비친 자 기 모습이 눈에 들어왔다. 식인종 같은 표정을 지어 보였다. 눈 밑 살을 꼬 집어도 보았다. 그러다 고개를 앞뒤로 젓고는 차갑고 시큼한 커피를 오랫 동안 들이켠 뒤에 다시 화면을 들여다보았다. 키를 몇 개 누르고 마우스를 딸각거렸다. 이내 이메일을 다시 확인해야겠다는 생각이 들었다.

이제 이 구절이 어떤 사건의 전주곡(이를테면, 그 순간 낯선 여자의 뚱 뚱한 알몸이 창문에 비쳤다. 여자는 그의 뒤에 서서 등에 대고 칼을 흔들었다. 어쩌면 가운뎃손가락을 흔들고 있었는지도.)이 아니라고 상상해 보라. 흥미 로운 사건이 전혀 벌어지지 않은 채 이 이야기가 열다섯 개의 장에 걸 쳐 지루하게 이어진다고 상상해 보라.

실제로 이런 이야기를 실험한 작가들이 있다. 이른바 초현실주의 소 설은 전통적 소설의 낡은 플롯 장치를 배제한다. 이들은 삶의 단면을 날것 그대로 묘사한다. 범죄 소설가 엘모어 레너드는 삶에서 온갖 지루

George Gissing.
from the Lithograph by William Rothenstein.

1891년에 조지 기싱(위 사진)이 발표한 소설 「신 삼류 문인의 거리」의 등장인물 해럴드 비픈은 「식료품상 베일리 씨」라는 소설을 쓴다. 비픈은 극적 효과를 완전히 배제한 채 식료품점의 일상을 극사실주의적으로 정교하게 묘사한다.[1] 비픈 소설의 "이루 말할 수 없는 지루함"은 의도적이다. 소설의 주제는 인간의 삶에 스민 따분한 단조로움이다. 비픈의 소설은 예술 작품이지만 읽기가 여간 고역이 아니다. 사랑과 예술에 절망한 비픈은 음독 자살로 생을 마감한다.

한 부분을 잘라 낸 것이 자신의 소설이라고 말했는데, 초현실주의 소설은 그 부분을 다시 붙여 넣는다.

초현실주의는 실험으로서는 흥미롭지만, 스토리텔링의 기본 관습을 깨뜨리는 여느 소설이 그렇듯 초현실주의 소설을 끝까지 읽어 내는 사람은 아무도 없다. 초현실주의 소설의 가치는 '픽션이란 무엇이 아닌가'를 보여 줌으로써 '픽션이란 무엇인가'를 알려 준다는 것이다. 초현실주의가 실패한 이유는 단순한 소원 성취가 실패한 이유와 같다. 이야기의 핵심 성분인 말썽의 플롯 장치가 없기 때문이다.

보편 문법

아이의 흉내 놀이에서 민담과 현대 드라마에 이르기까지, 픽션의 주제
는 말썽이다. 이 사실은 아리스토텔레스가 처음 알아차렸으며 영문학
수업과 글쓰기 교재에서도 꼭 언급된다. 재닛 버러웨이의 『픽션 쓰는
법』은 이 점에서 단호하다. "갈등은 픽션의 기본 요소이다. …… 삶에서
갈등은 곧잘 부정적 의미를 부여받는 데 반해 희극이든 비극이든 픽션
에서는 극적 갈등이 본질적인데, 이는 문학에서 오직 말썽만이 흥미롭
기 때문이다. 오직 말썽만이 흥미롭다. 삶에서는 그렇지 않다."[2] 픽션에
대한 또 다른 책에서 찰스 백스터는 이렇게 말한다. "지옥은 이야기 친
화적이다."[3]

말썽이 이야기의 본질이라는 개념은 너무나 뻔해서 상투적으로 들
릴 정도이다. 하지만 우리는 이 사실에 친숙한 나머지 이것이 얼마나 이
상한지 알아차리지 못한다. 이 사실의 의미는 다음과 같다. 동서고금을
막론하고 사람들이 말하는 온갖 이야기의 다채로운 표면 아래에는 공
통된 구조가 숨어 있다. 이 구조를 뼈대라고 생각해 보자. 이 뼈대는 피
부와 알록달록한 의복에 가려진 탓에 좀처럼 드러나지 않는다. 뼈대에
는 어느 정도 연골의 성질이 있다. 구부러질 수 있다는 말이다. 하지만
구부러지는 정도에는 한계가 있으며, 이 때문에 이야기를 말하는 방식
이 몇 가지로 제한된다.

전 세계의 이야기는 거의 예외 없이 문제가 있는 사람(또는 의인화된
동물)에 대한 이야기이다. 이 사람은 무언가를 간절히 바란다. 살아남기
를 바라거나, 이성을 차지하기를 바라거나, 잃어버린 아이를 찾기를 바
란다. 하지만 주인공과 그의 소원 사이에는 커다란 장애물이 가로놓여
있다. 희극적이든 비극적이든 낭만적이든 모든 이야기는 주인공이 소원

이야기가 심층적 구조 패턴에 노예처럼 굴종한다니, 왠지 실망스러워 보인다. 하지만 실망할 일이 아니다. 사람 얼굴을 생각해 보자. 얼굴은 모두 무척 비슷하게 생겼지만 그렇다고 해서 지루하게 보이지는 않는다. 비슷함 속에서도 아름다움이나 개성이 우리를 놀라게 한다. 윌리엄 제임스 말마따나 "사람과 사람 사이에는 차이가 거의 없지만, 그 작은 차이가 매우 중요하다."[4] 이야기도 마찬가지이다.

을 이루려고 애쓰며 대개는 그 과정에서 대가를 치르는 이야기이다.

　　　　이야기 = 인물 + 어려움 + 탈출 시도

　　이것이 이야기의 기본 공식이다. 이상해도 너무 이상하지 않은가? 이야기가 구성되는 방식에는 오만 가지가 있을 수 있다. 이를테면 단순한 소원 성취라는 현실 도피적 환상은 이미 살펴보았다. 그러나 픽션의 등장인물이 '그 후로 오랫동안' 행복하게 사는 경우가 흔하다 해도, 이

행운을 얻기 위해서는 늘 재난과 맞서 싸워야 한다. 주인공이 맞닥뜨리는 어려움이 크면 클수록 우리는 그 이야기를 좋아한다.

사람들은 픽션이 대단히 창조적인 예술이라고 생각한다. 하지만 픽션의 창조성은 우물 안 개구리의 창조성에 불과하다. 이야기꾼이 운신할 수 있는 폭은 꽉 짜여진 문제 구조를 벗어나지 못하며 이들이 지어내는 이야기는 전개, 위기, 해결의 패턴을 벗어나지 못한다.

지난 100년간 문제 구조라는 감옥에서 탈출하려고 몸부림친 작가들이 있었다. 작가들은 자신이 관습과 공식의 잘 짜인 테두리 안에 갇혀 있음을 깨닫고 몸서리쳤다. 그 순간 문학에서 모더니즘 운동이 탄생했다. 작가들은 인류만큼이나 오래된 스토리텔링 욕구를 가지고 새롭게 단장하려 했다.

관습적 이야기를 뛰어넘으려던 모더니스트들의 노력은 더없이 영웅적이었다.(실패할 운명이지만 숭고한 반란이라고나 할까.) 아래 인용문은 제임스 조이스의 『피네간의 경야』에서 뽑은 놀라운 구절로, 책의 전체 분위기를 맛보게 해 준다.

진주점괘(眞珠占卦)! 휘아킨투스의 빙카 꽃! 꽃들의 애어(愛語). 한 점 구름. 그러나 브루토와 카시오는 단지 삼지창설(三枝槍舌)의 세공품(細工品)인지라 소문난 고의자(故意者)(그건 마성녀(魔性女) 데스데모나 때문!), 그리고 그림자가 그림자를 증배(增配)시키나니(위사취(僞似臭)의 위침상(僞沈床)과 함께 위침상 속의 불운의 위(僞) 손수건), 기회 있을 때마다 번번이, 그들은 자신들의 싸움에 매달리도다. 무화과나무는 경치게도 어리석도다. 고대(古代)의 악분노(惡憤怒). 그리하여 각방(各方)은 쌍방(雙方)으로 영광을 탄욕(歎慾)하는지라. 그녀가 롬(명성)을 신음하도록 버려 두고라도 승자(勝者) 카이사르를 덜 사랑한다면 어찌할꼬. 그런 방식으로 우리들의 산조상(釀祖上)이 그들의 세계 절반을 장악했도다. 대기의 자유 속을 배회하며 그리고 군중들과 어울리면서. 이것인가 저것인가, 둘 중 하나.[5]

전작 『더블린 사람들』의 훌륭하기는 하지만 관습적인 스토리텔링과 대조적으로 『피네간의 경야』는 좋아하기가 불가능에 가깝다. 언어의 뛰어난 창조성, 무려 700쪽에 달하는 분량을 17년 동안 써 내려간 반미치광이적 열정 등 그 속에 담긴 천재성을 숭상하기는 쉽지만 말이다. 『피네간의 경야』를 예술적 저항 행위로 칭송할 수는 있지만, 현실을 잊어버린 채 다음에 무슨 일이 일어날지 궁금해서 안달 나는 이야기로서 즐길 수는 없다.

거트루드 스타인은 자신이 조이스나 마르셀 프루스트 같은 작가와 더불어 "별일 일어나지 않는"[6] 소설을 쓴다고 자부했다. "우리에게 사건은 전혀 중요하지 않다." 별일이 일어나지 않으면 영문학과 교수 말고는 아무도 그 책을 읽고 싶어 하지 않을 것이다. 물론 『피네간의 경야』 같은 실험 소설이 여전히 출간되고 있는 것은 사실이다. 하지만 이런 책을 사는 주 수요층은 문학의 정전(正典)을 의무감에서 탐독하는 교양 있는 독학자 아니면 교재를 억지로라도 읽은 체해야 하는 대학생이다.

언어학자 놈 촘스키가 밝혀냈듯 인간의 모든 언어는 기본적인 구조상의 유사성, 즉 보편 문법을 공유한다. 나는 이야기도 마찬가지라고 주장한다. 문학의 역사를 아무리 거슬러 올라가도, 세계 민담의 밀림과 황무지를 아무리 깊이 파 내려가도 우리는 그들의 이야기가 우리와 똑같다는 놀라운 사실을 어김없이 발견한다. 전 세계 픽션에는 보편 문법, 즉 주인공이 말썽과 맞서 이를 극복하려고 분투하는 심층 패턴이 있다.

하지만 이 문법이 뼈대만 비슷한 것은 아니다. 살에도 비슷한 점이 있다. 여러 세계 문학 연구자들이 지적했듯 이야기는 몇 가지 주요 주제를 중심으로 전개된다.[7] 이야기는 보편적으로 인간 조건에 관한 거대한 곤경에 초점을 맞춘다. 섹스와 사랑, 죽음의 공포와 삶의 도전, 그리고 영향력을 발휘하고 예속에서 벗어나려는 욕망 곧 권력이 이야기의 주제이다. 샤워하고 출근하고 밥 먹고 감기 걸리고 커피 타는 일은 이야기의 주제가 되지 못한다. 이런 일이 주제가 되려면 거대한 곤경과 연관성이 있어야 한다.

이야기가 몇 가지 거대 주제에 몰려 있는 것은 왜일까? 문제 구조에서 한 발짝도 벗어나지 않는 것은 왜일까? 이야기가 다른 수많은 가능성을 배제하고 하필 이 방식으로 이루어진 것은 왜일까? 나는 문제 구조가 스토리텔링의 주 기능을 보여 준다고 생각한다. 이는 사람의 마음이 이야기를 위해 형성되었고, 따라서 이야기에 의해 형성될 수 있음을 의미한다.

우리 대신 죽는 주인공

해군 전투기 조종사는 어려운 임무를 많이 맡는다.[8] 그중에서도 가장 어려운 임무는 제트 연료와 고성능 폭탄을 잔뜩 실은 20톤짜리 항공기를 시속 60킬로미터로 바다를 누비는 150미터 너비의 활주로에 착륙시키는 것이다. 항공모함은 거대하고 강력하지만, 바다는 더 거대하고 강력하다. 물결이 일 때마다 활주로 전체가 출렁거린다. 갑판 여기저기에 사람이 돌아다니고 비행기가 놓여 있다. 거대한 항공모함 내부에는 수천 명의 인원, 어마어마한 위력의 미사일과 폭탄, 그리고 원자로가 들어있다. 해군 조종사는 어떤 악천후에도, 아무리 캄캄한 밤에도 가느다란

제2차 세계 대전 때 헬다이버 폭격기가 항공모함 요크타운호에 착륙하기 위해 선회하고 있다.

콘크리트 선 위에 비행기를 내려야 한다. 만에 하나 항공모함에 충돌하면 동료가 죽거나 핵폭발이 일어날지도 모른다. 그래서 신출내기 비행사가 실제 착륙을 시도하기 전에 교관은 비행사를 모의 비행 장치에 묶은 다음 안전하게 착륙 연습을 시킨다.

제트기를 항공모함에 착륙시키는 것은 까다로운 일이다. 하지만 복잡다단한 인간사를 헤쳐 나가기란 더 까다롭다. 여기에 실패하면 실로 극적인 결과가 빚어질 수 있다. 사람들은 집단을 이루면 짝짓기를 하거나 친구가 되거나 서로 싸우기 마련이다.

연습은 중요하다. 사람들은 실패해도 괜찮은 상황에서 농구나 바이올린을 연습한다. 실패하면 안 되는 상황인 경기장이나 연주회장에서 제대로 경기하거나 연주하기 위해서이다. 브라이언 보이드, 스티븐 핑커, 미셸 스컬리스 스기야마 같은 진화 이론가들은 사람들이 이야기를 통

HBO의 시트콤 「열정을 억제하라」는 사회적 존재가 위험에 말려드는 상황을 적나라하게 보여 준다. 자폐적인 주인공 래리 데이비드(위 사진)는 대부분의 에피소드에서 대인 관계의 기이한 줄타기를 이해하거나 구사하지 못해 어처구니없는 실수를 저지른다.

해 사회생활의 주요 기술을 연습한다고 주장한다.[9]

이 주장은 진화 심리학에서는 새로운 것이 아니다. 픽션을 정당화하는 전통적 논리를 변주한 것에 불과하다. 이를테면 재닛 버러웨이는 비용이 적게 드는 대리 경험, 특히 정서 경험이 픽션의 일차적 유익이라고 주장한다. "문학은 공짜로 감정을 선사한다. 일상에서는 사랑하고 비난하고 용서하고 소망하고 두려워하고 미워하는 감정에 대가가 따르지만, 문학에서는 그런 위험 없이 이 감정들을 느낄 수 있다."[10]

심리학자이자 소설가 키스 오틀리는 이야기를 인간 사회생활의 모의 비행 장치라고 부른다.[11] 모의 비행 장치가 조종사를 안전하게 훈련하듯 이야기는 사회생활의 어려움을 헤쳐 나갈 수 있도록 우리를 안전하게 훈련한다. 픽션은 모의 비행 장치처럼 우리가 현실에서 맞닥뜨리는 것과 똑같은 문제들을 극한 상황으로 시뮬레이션 한다. 풍부한 경험을 얻고서도 마지막에 죽지 않는다는 이야기의 주된 미덕 또한 모의 비행 장치와 닮은꼴이다. 우리는 위험한 사내에게 대들거나 남의 배우자를 유혹할 때 어떤 일이 일어나는지 경험하지만, 죽는 것은 우리가 아니라 이야기의 주인공이다.

따라서 이 논리를 따르자면 우리가 이야기를 추구하는 것은 이야기를 즐기기 때문이지만, 이야기를 즐기도록 자연이 우리를 설계한 이유는 연습의 유익을 누리도록 하기 위해서이다. 픽션은 인간의 문제를 시뮬레이션 하는 데 특화된 아주 오래된 가상 현실 기술이라는 것이다. 흥미로운 이론이다. 그런데 문제 구조 외에 이에 대한 증거가 또 있을까?

시뮬레이션이 곧 실제

텔레비전 프로그램을 보고 있는데 중간에 프로 미식축구 광고가 나온다. '채널 돌려야겠다.' 하고 생각하기도 전에 광고가 눈길을 사로잡는다. 거실까지 곧게 뻗은 푸른 잔디 위를 구릿빛 피부의 소년이 슬로 모션으로 달려온다. 소년은 빙긋 웃으며 오른쪽에 있는 누군가 또는 무언가를 향해 절반은 두렵고 절반은 반가운 시선을 던진다. 그 순간 우람하고 잘생긴 젊은 남자(휴스턴 텍슨스 구단의 수비 라인맨)가 화면 바깥에서 불쑥 나타난다. 그는 키득거리는 소년을 풋볼 공처럼 번쩍 들더니 카메라를 향해 슬로 모션으로 달려든다. 남자와 소년이 환하게 미소 짓는다. 거실에 홀로 앉아 있는 나도 턱이 아릴 정도로 터져 나오는 미소를

참을 수 없다.

1990년대에 이탈리아의 신경 과학자들이 거울 뉴런을 발견했다.[12] 아주 우연한 계기였다. 연구진은 원숭이가 나무 열매를 집으려고 손을 뻗을 때 어떤 신경 부위가 작용하는지 알아내고자 원숭이 뇌에 전극을 연결했다. 결과만 말하자면, 직접 열매를 집을 때뿐 아니라 다른 원숭이나 사람이 열매를 집는 것을 볼 때에도 원숭이 뇌의 특정 부위가 활성화되었다.

그 뒤로 원숭이와 인간을 대상으로 한 거울 뉴런 연구가 봇물 터지듯 쏟아졌다. 이제 많은 과학자들은 우리가 어떤 행동을 하거나 정서를 체험할 때, 또한 다른 사람이 어떤 행동을 하거나 정서를 체험하는 것을 볼 때 특정 신경망이 활성화된다고 믿는다. 정신적 상태가 전염되는 것은 이 때문인지도 모른다. 이것은 미식축구 광고를 보았을 때 내게 일어난 현상을 기본적 뇌 수준에서 밝혀 줄지도 모른다. 미식축구 선수와 소년의 얼굴에 떠오른 해맑은 미소를 보는 것만으로 내 뇌에서는 거울 반응이 저절로 촉발되었다. 나는 그들의 기쁨을 말 그대로 '캐치' 했다.

또한 거울 뉴런은 우리가 머릿속에서 강력한 픽션 시뮬레이션을 작동시킬 수 있는 토대인지도 모른다. 거울 뉴런 연구의 선구자 마르코 야코보니는 영화가 그토록 생생한 이유를 이렇게 설명한다.

우리 뇌 안의 거울 뉴런들은 우리가 보고 있는 영화 속 슬픔을 재창조한다. 우리가 가공의 인물과 공감하는, 즉 그들이 어떻게 느끼는지를 알 수 있는 이유는 우리가 말 그대로 영화 속 인물들과 똑같은 느낌을 경험하기 때문이다. 그렇다면 영화배우들이 키스하는 장면을 볼 때는 어떨까? 우리 뇌 안에서는 신기한 일이 일어난다. 우리가 실제 우리의 연인과 키스할 때 발화하는 것과 똑같은 세포들이 발화하는 것이다. 이때 '대리'라는 단어

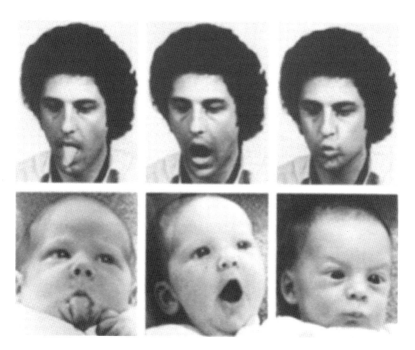

표정을 흉내 내는 신생아. 앤드루 멜조프(위 사진) 연구진은 태어난 지 40분밖에 안 된 신생아가 표정과 손짓을 흉내 낼 수 있는 것은 거울 뉴런 덕분인지도 모른다고 주장한다.[13]

는 이 거울 뉴런들의 효과를 묘사하기엔 부족하다.[14]

　신생 과학 분야가 늘 그렇듯 거울 뉴런에 관해서도 열띤 논란이 벌어지고 있다. 어떤 신경 과학자들은 상대방의 마음을 신경 수준에서 시뮬레이션 함으로써, 다시 말해 상대방의 뇌 상태를 자신의 상태에 투사함으로써 상대방의 머릿속에서 어떤 일이 일어나는지 이해할 수 있다고 확신한다. 좀 더 신중을 기하는 과학자들도 있다.[15] 하지만 거울 뉴런이 궁극적 원인으로 밝혀지든 아니든 간에 실험실 연구에 따르면 이야기는 우리에게 정신적 영향뿐 아니라 신체적 영향도 미친다.[16] 주인공이 궁지에 몰리면 우리도 심장이 벌렁벌렁 뛰고 숨이 가빠지며 땀이 비 오듯 흐른다. 공포 영화를 보다가 희생자가 공격당하면 우리도 방어적으로 몸을 움츠린다. 주인공이 악당과 맞붙으면 마치 주먹을 날리듯 의자에서 들썩들썩 춤을 춘다. 우리는 영화 「소피의 선택」을 보면서 전율하고 흐느낀다. 『캉디드』나 『라스베이거스의 공포와 혐오』를 읽으면서는 허리가 끊어져라 웃어 댄다. 영화 「사이코」의 샤워 장면에서는 손바닥으로 얼굴을 눈만 빼고 가린 채 침을 꼴깍 삼키며 땀을 삐질삐질 흘린다. 충격이 어찌나 생생한지 그 뒤로 몇 달간 샤워를 못할 정도이다.

컴퓨터 과학자 바이런 리브스와 클리퍼드 나스는 『미디어 방정식』에서 사람들이 픽션과 컴퓨터 게임에 대해 실제 사건을 대할 때처럼 반응한다는 사실을 밝혀냈다. 리브스와 나스는 "미디어는 실제 삶과 같다."[17]라고 말한다. 픽션이 허구임을 알더라도 정서적 뇌는 픽션을 현실처럼 처리한다. 우리가 슬래셔 영화의 여주인공을 향해 "휴대폰 내려놓고 뛰어! 제발 도망가! 달리란 말이야!"라고 소리치려는 어리석은 충동에 사로잡히는 것은 이 때문이다. 우리는 픽션 자극에 아주 자연스럽게 반응하기 때문에, 심리학자들은 슬픔과 같은 감정을 실험할 때 「내 사랑 옐러」나 「러브 스토리」 같은 신파 영화를 보여 준다.

우리가 픽션에 어떻게 반응하는지에 대해서는 오늘날 신경 수준에서 연구가 진행되고 있다. 영화에서 무섭거나 야하거나 위험한 장면을 보면 뇌는 그 사건이 단지 영화 속 허구가 아니라 실제로 우리에게 일어나는 것처럼 반응한다. 이를테면 다트머스 뇌 연구소에서는 피험자들에게 클린트 이스트우드가 주연을 맡은 스파게티 웨스턴* 「석양의 무법자」를 보여 주면서 뇌를 fMRI**로 촬영했다.[18] 앤 크렌들 연구진은 피험

---

* 미국 서부 시대를 배경으로 하는, 이탈리아에서 제작한 영화.
** 기능적 자기 공명 영상. 뇌가 어떻게 활동하는지를 동적으로 촬영할 수 있는 MRI 장비이다.

과학자들은 실험실에서 가상의 인간을 대상으로 실험하기 시작했다. 런던 유니버시티 칼리지 연구진은 스탠리 밀그램의 악명 높은 전기 충격 실험을 재연했다. 단 진짜 사람이 아니라 사람을 닮은 그래픽을 고문했다. 모든 참가자들은 설정이 가짜라는 사실을 알면서도 실제 고문을 할 때와 행동적으로 그리고 생리적으로 같은 반응을 보였다.[19]

자의 뇌가 스크린의 모든 감정에 전염된다는 사실을 알아냈다. 이스트우드가 성내면 피험자의 뇌도 성난 반응을 보였다. 슬픈 장면에서는 피험자의 뇌도 슬퍼 보였다.

비슷한 연구에서 음벰바 자비가 이끄는 신경 과학자 팀은 피험자를 fMRI 기계에 넣고는 배우가 컵에 든 음료를 마신 뒤에 역겨운 듯 얼굴을 찡그리는 동영상을 보여 주었다. 피험자에게 짧은 시나리오를 읽어 주고는 피험자가 길을 걷다가 구역질하는 취객과 부딪혔는데 그의 토사물이 피험자 자신의 입에 묻었다고 상상해 보라고도 했다. 마지막으로 역한 맛이 나는 용액을 실제로 맛보게 하면서 피험자의 뇌를 촬영했다. 세 가지 경우에서 모두 동일한 뇌 부위가 활성화되었다. 바로 혐오를 관장하는 전측 뇌섬엽이었다. 연구에 참여한 한 신경 과학자는 이렇게 말했다. "이 실험 결과의 의미는 우리가 영화를 보든 이야기를 읽든 간에 같은 현상이 일어난다는 것, 즉 역겨울 때 일어나는 신체 표상이 활성화된다는 것이다. 책을 읽거나 영화를 볼 때 주인공이 겪는 감정을 우리가 실제로 겪는 것처럼 느끼는 이유는 이 때문이다."[20]

이러한 '뇌의 픽션 반응' 연구들은 스토리텔링의 문제 시뮬레이션 이론에 부합한다. 픽션을 경험할 때 우리의 뉴런은 소피가 맞닥뜨린 선택의 상황 또는 샤워하고 있는데 살인자가 커튼을 확 잡아 뜯는 상황을 우리가 실제로 맞닥뜨리는 것처럼 발화한다.

픽션에서 문제를 해결하는 데 꾸준히 몰두하다 보면 현실에서 문제에 대처하는 능력도 향상되리라는 주장은 타당해 보인다. 이 주장이 사실이라면 픽션은 문제 대처 능력의 향상을 위해 우리 뇌를 말 그대로 새로 연결할 것이다. "함께 발화하는 세포는 함께 묶인다."[21]라는 말은 신경 과학의 공리다. 기술이 연습을 통해 향상되는 이유는 같은 일을 반복함으로써 신경 연결이 더 촘촘하고 효율적으로 바뀌기 때문이다. 우리가 연습하는 것은 곧 뇌에 골을 파서 행동을 더 민첩하고 확실하게 하기 위해서이다.

이쯤에서 내가 설명하는 문제 시뮬레이터 모형과 스티븐 핑커가 내세운 유사한 모형이 어떻게 다른지 해명해야겠다. 핑커는 혁신적 저작 『마음은 어떻게 작동하는가』에서 우리가 언젠가 맞닥뜨릴지도 모르는 난제와 이를 해결할 방안을 담은 '마음의 서류철'을 이야기로부터 얻을 수 있다고 주장한다.[22] 전문 체스 기사가 다양한 공격과 수비에 대한 최적의 대응을 암기하듯 우리는 픽션의 경기 계획을 흡수해서 실제 삶에 대비한다는 것이다.

하지만 이 모형에는 결함이 있다. 일각에서는 픽션이 현실에 대한 안내서라기에는 너무 형편없다는 비판을 제기하기도 했다.[23] 픽션의 해법을 현실 문제에 적용하면 어떻게 될까? 그랬다가는 희극의 주인공인 미치광이 돈키호테나 비극의 주인공 바람난 여인 엠마 보바리와 비슷한 결말을 맞을지도 모른다. 둘 다 문학적 공상과 현실을 혼동해서 고초를 겪지 않았던가.

하지만 핑커의 문제는 이것만이 아니다. 핑커의 주장은 명시적 기억, 즉 우리가 의식적으로 접근할 수 있는 기억을 바탕으로 삼는 듯하다. 하지만 지난 몇 년을 되돌아보라. 여러분에게 가장 깊은 감동을 준 소설이나 영화는 무엇이었나? 그 내용이 얼마나 기억나는가? 여러분이 나와 같다면 주요 등장인물 몇 명과 대강의 줄거리를 떠올리는 것이 고작일 것이다. 안타깝게도 깨알 같은 세부 사항은 죄다 망각의 늪에 빠졌을 것이다. 여러분에게 가장 깊은 감동을 준 이야기인데도 말이다. 이제 같은 기간에 보거나 읽은 드라마, 영화, 소설 수천 편을 생각해 보라. 이 이야기들의 세부 사항은 여러분의 기억 저장고에 하나도 남아 있지 않을 것이다.[24]

하지만 내가 설명하는 시뮬레이터 모형에서는 픽션의 시나리오를 정확하고 명시적인 기억으로 저장할 필요가 없다. 시뮬레이터 모형은 암묵적 기억, 다시 말해 우리 뇌는 알지만 '우리'는 모르는 기억을 바탕으로 삼는다.[25] 의식적 마음은 암묵적 기억에 접근할 수 없다. 차를 운전하거나 골프채를 휘두르거나 심지어 칵테일 파티의 인파를 헤쳐 나가는 따위의 일은 모두 무의식적으로 처리된다. 시뮬레이터 이론은 "기술을 실제처럼 예행연습 하면 …… 훈련 내용을 명시적으로 기억하든 못 하든 연주 능력이 향상된다."[26]라는 연구 결과를 토대로 삼는다. 우리가 픽션을 경험할 때 마음은 실생활의 경험에 대한 반응을 조절하는 신경 회로를 발화하고 연결하면서 다듬는다.

"책에서 뽑아낸 혼란스러운 상념의 세계가 그의 상상 속에 자리 잡았다."(미겔 데 세르반테스, 『돈키호테』)

연구자들은 오래전부터 이렇게 생각했지만, 이를 실험으로 검증하는 일은 진척이 거의 없었다. 검증할 수 없는 개념이기 때문이 아니다. 문학적 질문에 과학적으로 대답하는 습관이 들지 않아서일 뿐이다.[27] 해군에서 모의 비행 장치의 효과를 검증하는 방법은 모의 비행 장치 훈련을 받은 조종사가 이 장치의 등장 이전에 비행한 조종사와 비교해서 살아 있는지는 물론 더 능숙하게 비행하는지를 살펴보는 것이다. 증거는 분명했으며 모의 비행 장치는 효과가 있음이 입증되었다.[28] 마찬가지로 픽션의 진화적 기능이 적어도 부분적으로는 삶의 거대한 딜레마를 시뮬레이션 하는 것이라면 픽션을 많이 소비하는 사람은 그렇지 않은 사람보다 사회 활동에 더 능숙해야 한다.

이것을 알아보는 방법은 과학뿐이다. 키스 오틀리, 레이먼드 마, 그리고 동료 심리학자들이 첫발을 뗐다. 한 실험에서는 픽션을 즐겨 읽는 사람이 논픽션을 즐겨 읽는 사람보다 사회성이 뛰어나다는 결과가 나왔다.(사회적 능력과 공감 능력 검사에서 높은 점수를 받았다.)[29] 사회성이 원래 뛰어난 사람이 자연스럽게 픽션에 끌린 것은 아니라고 밝혀졌다. 성별, 나이, 지능 지수 등 개인별 특성을 고려한 두 번째 실험에서도 픽션을 즐겨 읽는 사람이 논픽션을 즐겨 읽는 사람보다 사회적 능력이 뛰어났다. 오틀리 말마따나 사회적 능력의 차이를 "가장 잘 설명하는 것은 사람들이 무엇을 즐겨 읽느냐"이다.[30]

그런데 이 결과는 당연한 것이 아니다. 세상 물정 모르는 책벌레와 집에 틀어박혀 텔레비전만 보는 내성적 인간형을 생각해 보면 픽션이 사회적 능력을 향상시키기보다는 오히려 퇴보시킨다고 예상할 수도 있었을 테니 말이다.

지금까지의 논의를 정리하면 다음과 같다. 픽션은 삶의 거대한 난제를 시뮬레이션 하는 강력하고도 오래된 가상 현실 기술이다. 책을 집어 들거나 텔레비전을 켜면 (헉!) 우리는 평행 우주로 순간 이동 한다. 우리는 주인공들의 분투에 단순히 공감하는 것이 아니라 격하게 감정 이입할 정도로 자신의 일로 동일시해서 그들의 행복과 욕망과 두려움을 느낀다. 우리 뇌는 그들에게 일어나는 일이 우리에게도 실제로 일어나는 것처럼 반응한다.

픽션 자극에 반응해서 뉴런이 지속적으로 발화하면 삶의 문제를 능숙하게 헤쳐 나갈 수 있는 뉴런 회로가 강화되고 정교해진다. 이렇게 볼 때 우리가 픽션에 매력을 느끼는 이유는 진화적 결함 때문이 아니라 픽션이 전반적으로 우리에게 이롭기 때문이다. 또한 인간의 삶, 특히 사회적 삶은 아주 복잡하고 만약 실패하면 잃을 것도 많기 때문이다. 픽션은 예나 지금이나 종으로서 인류가 성공하는 데 더없이 중요한 과제들에 반응하도록 뇌를 연습시킨다. 그리고 다음 장에서 보듯 시뮬레이션은 해가 진 뒤에도 계속된다.

4
밤의 이야기

돼지는 도토리 꿈을 꾸고 거위는 옥수수 꿈을 꾼다.

— 헝가리 속담(지그문트 프로이트, 『꿈의 해석』에서 재인용)

침대에 누워 있다. 땀을 뻘뻘 흘리고 숨을 헐떡거린다. 눈꺼풀 밑에서 눈알만 굴릴 뿐 몸이 말을 듣지 않는다.

저녁 어스름이 깔린 사막이다. 나는 세 살배기 딸의 손을 잡고 걷고 있다. 지평선이 까마득하다. 가뭄으로 땅바닥이 쩍쩍 갈라진다.

나는 높은 낭떠러지 끝에 걸터앉아 있다. 발을 달랑거리며 계곡에서 펼쳐지는 스포츠 경기를 구경한다. 때는 한밤중이다. 파도처럼 절벽에 늘어선 횃불이 선수들을 비춘다. 나는 미소를 띤 채 소년처럼 다리를 흔들거리며 경기를 관람한다.

우리 딸은 낭떠러지 가장자리에서 춤추며 무아지경에 빠져 있다. 빙빙 돌 때마다 치마와 말총머리가 팔랑거린다. 아이가 나지막이 노래 부르며 발끝으로 팔짝팔짝 뛴다. 나는 아이에게 미소를 지어 보이고는 다시 계곡 아래 경기에 눈을 돌린다.

아이가 떨어진다. 같이 뛰어내려야 하건만 발이 떨어지지 않는다.

　지금껏 겪어 보지 못한 절망. 견딜 수도, 설명할 수도 없는 고통. 매몰찬 죽음이 아이를 데려가 다시는 돌려주지 않을 것이다.

　하지만 꿈이 나를 놓아주자, 죽음이 아이를 놓아주었다. 한동안 어둠 속에서 두려움에 떨며 정말 기적이 일어났는지 반신반의했다. 나의 가장 간절하고 불가능한 소원이 진짜로 이루어진 걸까? 침대에 누운 채 무신론자의 감사 기도를 무(無)에게 올렸다.

　우리는 매일 밤 잠을 잘 때마다 또 다른 차원의 현실을 헤맨다. 우리는 꿈에서 격한 공포와 슬픔, 기쁨, 분노, 욕정을 느낀다. 끔찍한 짓을 지지르고 비극을 겪는다. 오르가슴을 느끼거나, 하늘을 날거나, 죽기도 한다. 몸은 꼼짝 않고 누워 있지만, 쉴 줄 모르는 뇌는 직접 제작한 연극을 마음의 극장에서 즉흥적으로 공연한다.

　소설가 존 가드너는 소설 속의 이야기를 "생생하고 지속적인 꿈"[1]에

비유한다. 하지만 순서를 바꾸어 꿈을 '생생하고 지속적인 이야기'라고 부르는 것이 더 정확하다. 꿈의 학문적 정의는 "서사 구조가 있는 감각 운동의 환각"[2]이다. 꿈은 사실상 밤의 이야기이다. 꿈은 욕망을 이루려고 분투하는 주인공(대개는 꿈꾸는 자신)에게 초점을 맞춘다. 심지어 연구자들은 꿈에 대해 이야기할 때 문학 개론의 기본 개념인 줄거리, 주제, 인물, 장면, 배경, 시점, 관점 등을 가져다 쓴다.

밤의 이야기는 미스터리이다. 꿈꾸는 마음의 정신병적 창조성에 경탄한 적 없는 사람이 어디 있겠는가? 꿈꾸는 여러분 자신이 벌거벗은 채 교회에 가거나 무고한 사람을 살해하거나 하늘로 치솟아 오르는 것은 무엇을 의미할까? 여러분이 욕실에서 장난꾸러기 요정이 빨래 바구니 위에 앉아 자위행위 하는 광경을 아연실색해서 보고 있는데, 그때 엄마가 욕실 문을 쾅쾅 두드려 거울을 쳐다보니 요정은 간데없고 여러분이 요정의 자세로 웅크리고 있었다면 이것은 어떤 뜻일까? 내가 사막 꿈에서 깨어 땀에 흠뻑 젖은 채 고민했듯, 뇌가 밤새도록 깨어 스스로를 고문하는 이유가 대체 무엇인지 고민해 본 적 없는 사람이 있을까? 꿈은 대체 왜 꿀까?

수천 년 동안 꿈은 영적인 세계에서 보내는 암호문이며 사제와 샤먼만이 이를 해독할 수 있다고 여겨졌다. 그러다 20세기에 프로이트 학파가 꿈은 자아가 보내는 암호문이며 정신 분석학의 사제만이 이를 해독할 수 있다고 의기양양하게 선포했다. 정신 분석학의 꿈 해석을 맛보고 싶다면 늑대 인간(세르게이 판케예프)에 대한 프로이트의 유명한 사례 연구를 해설한 프레더릭 크루스의 글을 읽어 보라.

> 프로이트는 판케예프의 증상을 일으킨 원초적 장면*을 찾을 생각이었다. 판케예프는 미심쩍을 정도로 어린 나이인 네 살 적 꿈에서 흰 늑대 예닐곱 마리가 창밖 나무 아래에 앉아 있는 장면을 기억해 냈는데(프로이트는 훗날 실은 늑대가 아니라 개였다고 털어놓았다.) 프로이트는 원초적 장면을 형상화하기 위해 이 꿈을 터무니없이 자의적으로 해석했다. 프로이트의 설명에 따르면 늑대는 부모를, 흰색은 이부자리를, 정지 상태는 그와 반대인 성교 동작을, 커다란 꼬리는 (마찬가지로 엉성한 논리를 통해) 거세를, 낮의 햇빛은 밤을 의미하며 이 모든 이미지는 틀림없이 판케예프가 한 살 때 목격한 부모의 개 체위 성교 장면으로 거슬러 올라간다. 판케예프가 침대에서 그 장면을 연속으로 세 차례나 보면서 겁에 질린 채 반항심에 물들었다는 것이다.[3]

요즘 꿈 연구자 중에는 프로이트의 유산을 노골적으로 경멸하는 사

---

* 부모의 성교 장면과 같은 시각적 충격으로, 이후의 성장에 지속적으로 영향을 미친다.

지그문트 프로이트(1856~1939). 위 사진은 프로이트의 가장 유명한 저작 『꿈의 해석』이 출간된 1900년에 찍은 것이다.

람이 많다. 현대의 꿈 연구자 중에서 가장 저명한 인물인 J. 앨런 홉슨은 정신 분석을 '포천 쿠키(간단한 운세 풀이가 들어 있는 중국식 과자)' 식의 꿈 해석 모형이라고 부른다.[4] 홉슨 같은 연구자들은 꿈에 숨겨진 상징을 찾는 일이 한심한 시간 낭비라고 생각한다. 프로이트는 꿈의 외현적(명시적) 내용과 잠재적(상징적) 내용을 구분했는데, 홉슨은 이를 두고 "외현적 꿈이 바로 꿈이야. 꿈, 꿈이라고!"라고 일갈한다.[5] 하지만 꿈이 신이나 정신이 보내는 암호문이 아니라면 꿈은 대체 무엇에 쓰는 걸까?

손처럼 꿈에도 여러 쓰임새가 있을지 모른다. 이를테면 꿈이 새로운

경험을 단기 기억과 장기 기억의 상자에 정확히 보관하는 역할을 한다는 증거가 있다. 많은 심리학자와 정신 병리학자는 꿈이 일종의 자기 치유로, 깨어 있는 동안의 불안에 대처하는 데 도움을 준다고 생각한다. 노벨상 수상자인 고(故) 프랜시스 크릭 같은 사람은 꿈이 쓸모없는 정보를 마음에서 솎아 내는 역할을 한다고 주장한다. 크릭에게 꿈은 쓰레기 처리 시스템이다. "꿈은 잊으려고 꾼다."[6]

꿈에는 아무런 목적도 없다고 말하는 사람도 있다. 꿈 연구자 오언 플래너건 말마따나 "꿈은 어떤 역할을 수행하라고 자연이 설계한 것이 아니다. …… 위장이 꾸르륵하는 소리나 심장 뛰는 소리 같은 소음에 불과하다."[7] 심장이 콩닥콩닥 뛰는 소리는 혈액을 내보내는 일과 무관하다. 어린이책에서 말하듯 누구나 방귀를 뀌지만, 이것이 먹는 일의 요점은 아니다. 방귀는 식욕의 부산물이다. 플래너건을 비롯한 여러 연구자에 따르면 꿈 또한 이와 마찬가지로 뇌의 폐기물에 불과하다. 꿈은 잠자는 뇌의 온갖 유용한 활동에서 배출되는 쓸모없는 부산물이다. 내가 사막 꿈을 왜 꾸었느냐고? 그냥.

꿈의 부산물 이론은 '무작위 활성화 이론(random activation theory)'의 약어 RAT로 통한다. RAT의 토대가 되는 개념은 뇌가 밤에, 특히 렘수면 중에 중요한 활동을 한다는 것이다. 이 야간 작업이야말로 우리가 애초에 잠을 자는 한 가지 이유인지도 모른다. 낮에는 온갖 잡무에 시달리느라 짬을 낼 수 없기 때문이다.

하지만 다음 장에서 보듯 모든 사람에게는 유입 정보를 판단하고 패턴을 걸러 내며 이 패턴을 서사로 배열하는 뇌 회로가 있다. RAT에 따르면 이 스토리텔링 회로에는 결함이 있다. 이 회로는 잠자는 뇌의 삐걱거리는 소음에 아무 의미가 없다는 사실을 알지 못한다. 뇌는 이 소음을 낮에 유입되는 정상적 정보와 똑같이 취급해서 일관된 서사로 짜 맞추려 한다. 우리 속의 이야기꾼이 이렇게 하는 데는 아무런 실용적 이유가 없다. 그저 뇌가 평생 불면에 시달리기 때문이고 이야기에 중독되었기 때문이다. 이야기를 만들지 않을 수 없어서 만드는 것일 뿐이다.

꿈을 마음의 쓰레기로 정의하는 RAT는 심리학과 통념의 표준에 시비를 거는 대담한 이론이며, 꿈에 대한 온갖 뒤죽박죽된 자료를 깔끔하게 정리하는 똑똑한 이론이기도 하다. 꿈이 그토록 괴상한 것은 왜일까? 소중한 딸이 낭떠러지 끝에서 발끝으로 회전하는데 아빠가 차분하게 앉아 있는 것은 왜일까? 요정이 욕실에서 격렬하게 자위행위를 하는 것은 왜일까? 꿈의 이 모든 기묘한 요소들은 무작위로 입력되는 정보로부터 질서 정연한 서사를 만들어 내려고 마음이 안간힘을 쓰는 탓인지도 모른다.

꿈의 일부 속성이 부산물인지도 모른다는 데는 이견이 없지만, 모든 연구자가 RAT에 찬성하는 것은 아니다. 꿈이 괴상한 것은 사실이지만

RAT로 설명해야 할 만큼 괴상한 것은 아니라는 비판이 있다. 핀란드의 꿈 연구자 안티 레본수오는 우리가 꿈의 기묘함에 너무 쉽게 혹한다고 생각한다. 우리는 이상한 꿈을 잘 기억하기 때문에 꿈이 주로 현실적이고 일관되어 있다는 사실을 알아차리지 못한다는 것이다.[8] 레본수오는 RAT를 이렇게 설명한다.

> 무작위적 과정으로는 우리가 깨어 있을 때를 그토록 복잡하게 시뮬레이션 할 수 없다. 기묘함이 꿈의 일반적 특징인 것은 분명하지만, 이는 정교하게 짜인 구조를 튼튼한 배경으로 삼아 살짝 일탈하는 것에 불과하다. 고도로 조직화된 신호에 담긴 약간의 잡음인 것이다. RAT는 기묘함, 즉 약간의 잡음만을 설명할 수 있을 뿐 그 기묘함이 담긴 정교한 구조는 설명하지 못한다.[9]

레본수오는 또한 RAT 지지자들이 인과 관계의 방향에 대해 근거 없는 자신감을 가지고 있다고 지적한다. RAT는 꿈의 속성이 특정 뇌 상태에 의한 것이라고 단순히 가정한다. 이를테면 RAT 지지자들은 꿈이 매우 정서적인 이유에 대해·렘수면 중에 변연계와 편도체(둘 다 정서와 연관되어 있다.)가 우연히 자극되기 때문이라고 말한다. 하지만 정서적인 꿈을 꾸기 때문에 뇌의 정서 영역이 자극된다는 해석 또한 그에 못지않게 그럴듯한데도 RAT는 이를 받아들이지 않는다.

또 하나 살펴볼 점은 렘수면 중에 일어나는 수면 마비 증세인 무긴장증*이다. 이 증세는 왜 일어날까? 그 이유는 아주 오래전에 우리 조상들이 꿈을 행동으로 옮기다가 자신과 남에게 피해를 주었기 때문일

---

* 근육의 긴장이 매우 약해져서 탄력을 잃고 느슨해지는 증상.

것이다. 식인 좀비와 싸우는 꿈을 꿀 때 여러분의 뇌는 꿈인 줄 모르고 정말 좀비와 싸우고 있는 줄 안다. 뇌는 몸을 향해 명령을 쏟아 낸다.(웅크려! 왼손 잽! 오른손 스트레이트! 눈알을 쑤셔! 달아나! 뛰어!) 잠자는 몸이 이 명령을 따르지 않는 유일한 이유는 애초에 명령을 받은 적이 없기 때문이다. 모든 운동 명령은 뇌간의 바리케이드에서 차단된다.

하지만 RAT의 관점에서 보면 바리케이드는 그다지 효과가 없다. RAT에 따르면 뇌의 특정 영역이 잠결에 헛소리를 내뱉는 경우 다른 영역에서는 말도 안 되는 이야기를 지어낸다. 이건 괜찮다 쳐도 문제는 뇌의 운동 영역이 밤의 이야기를 버젓한 현실로 착각해서 그에 따라 대응하려 든다는 것이다. 꿈이 뛰라면 뇌는 뛰고 꿈이 도망치라면 뇌는 도망친다. 따라서 RAT의 관점에서 볼 때 꿈은 그저 쓸모없는 것이 아니라 위험하다.

이 문제를 진화적으로 가장 간단히 해결하는 방법은 무엇일까? 렘수면 중에 몸 전체를 마비시키는 극약 처방이 해법은 아닐 것이다. 가장 간단한 방법은 우리 속 이야기꾼의 입을 막는 것, 다시 말해 밤에는 아무것도 못 하게 하거나 뇌의 나머지 활동에 접근하지 못하도록 일시적으로 차단하는 것일 터이다. 그런데 진화는 마음이 시뮬레이션을 안전하게 돌리도록 내버려 두는 해법을 설계했다. 보호해야 할 중요한 목표를 꿈이 수행하기라도 한다는 듯 말이다.

무엇보다도 RAT에 대한 가장 뼈아픈 타격은 인간뿐 아니라 많은 동물도 꿈을 꾼다는 증거이다. 렘수면, 꿈, 그리고 안전하게 꿈꿀 수 있도록 지켜 주는 뇌 바리케이드는 다양한 종에서 명백하게 보존되었는데, 이는 꿈에 그럴 만한 가치가 있음을 암시한다.

주베의 고양이

1950년대에 프랑스의 꿈 연구자 미셸 주베는 많은 동물이 렘수면과 무긴장증을 겪는다는 사실을 알고 있었다. 하지만 동물이 정말 꿈을 꾸는 걸까? 진실을 알기 위해 주베는 뼈 자르는 톱, 저미는 칼, 찌르는 칼을 준비하고 집 없는 고양이를 마구 잡아들였다. 고양이의 머리를 갈라서 뇌간의 위치를 확인한 뒤에 작업이 시작되었다.

주베의 목표는 고양이의 차단 능력을 파괴해서 무긴장증을 없애는 것이었다. 그러면 고양이가 꿈을 꿀 때 뇌의 운동 신호가 근육까지 도달해서 꿈을 행동으로 옮길 것이라는 추측에서였다. 고양이를 죽이거나 불구로 만들지 않고 무긴장증만 없애려면 고양이의 뇌에 적당한 손상을 일으켜야 하는데, 이를 알아내기 위해 주베는 시행착오를 겪어야 했다.

주베는 살아남은 고양이를 투명한 플라스틱 상자에 넣었다. 고양이에게는 활력 징후와 뇌 활동을 모니터링하는 장치를 달았다. 고양이가 자는 동안 카메라가 일거수일투족을 촬영했다. 실험 결과는 놀랍고 명백했다. 고양이도 꿈을 꾼다! 렘수면에 돌입한 지 몇 분 지나지 않아 주베의 고양이는 갑자기 깨어난 것처럼 보였다. 눈을 번쩍 뜨고 머리를 쳐들고는 주위를 두리번거렸다. 하지만 아무것도 볼 수 없었다. 맛있는 먹이를 보여 줘도 반응이 없었다. 연구자들이 눈을 향해 손을 확 내밀어도 고양이는 움찔하지 않았다.

고양이는 저 멀리 꿈나라에 가 있었으며 깨어 있는 세계와 완전히 단절되었다. 고양이는 꿈을 그대로 행동으로 옮겼다. 주위를 돌아다니며 정찰했다. 사냥감에게 접근하거나 누워서 기다리는 자세를 취하기도 했다. 고양이는 보이지 않는 먹이에 달려들어 이빨을 박는 사냥 행동을 취했다. 방어 행동도 보였다. 귀를 납작하게 붙이고 뒷걸음질로 물러나 거나 쉿 소리를 내고 앞발을 휘둘렀다.

한마디로 주베의 실험에서 보듯 고양이는 꿈을 꿀 뿐 아니라 꿈의 내용도 매우 구체적이었다. 주베는 고양이가 "고양이 종 특유의 행동(누 워서 기다리기, 공격, 분노, 공포, 쫓아가기 등)을 꿈꾸었다."[10]라고 언급했다. 당연한 말이다. 하지만 주베의 목록을 보자. 고양이는 종 '특유'의 행동 을 꿈꾼 것이 아니다. 고양이의 꿈은 삶에서 맞닥뜨리는 '문제'의 작은 부분 집합, 즉 잡아먹는 법과 잡아먹히지 않는 법에 대한 꿈이었다.

여느 수고양이에게 꿈나라는 개박하,* 따뜻한 햇볕, 참치 통조림, 몸 이 달아올라 야옹거리는 암고양이의 세계가 아니다. 고양이의 꿈나라는 고양이 천국보다는 고양이 지옥에 가깝다. 이곳을 지배하는 것은 공포 와 공격성 같은 감정이다.

주베는 자신의 연구의 함의가 고양이에 국한되지 않을 것이라 생각 했다. 꿈은 본디 동물에게서 드문 현상인데 공교롭게도 자신이 실험한 고양이만 꿈을 꾸었을 리는 없다고 보았다. 주베는 꿈이 동물에게 흔하 며 어떤 목적이 있을 것이라고 믿었다.

주베는 꿈의 목적이 연습일 가능성을 제기했다. 꿈에서 동물은 생 존과 가장 밀접하게 연관된 문제에 반응하는 법을 예행연습 한다. 고양 이는 묘사(猫事)를 연습하고 쥐는 서사(鼠事)를 연습하며 사람은 인간 사를 연습한다. 꿈은 사람과 동물이 삶의 거대한 문제에 대처하는 법을 연마하는 가상 현실 시뮬레이터다.

하지만 꿈 연구자들은 주베의 주장을 꿈의 일반 이론으로 덥석 받 아들이지 않았다. 1950년대에는 꿈 연구의 모든 분야가 프로이트의 그

---

* 고양이를 흥분시키는 식물.

매사추세츠 공과 대학의 과학자들은 쥐가 꿈을 꿀 것이라고 판단했으며 이는 RAT 이론에 타격을 가했다.[11]

림자에 가려져 있었기 때문이다. 프로이트주의자들은 꿈이 '억압된 소망의 위장된 실현'이라고 생각한다. "돼지는 도토리 꿈을 꾸고 거위는 옥수수 꿈을 꾼다."라는 속담을 프로이트가 긍정적으로 인용한 것은 이런 까닭이다. 하지만 훗날 여러 연구를 통해 뒷받침된 주베의 이론은 프로이트의 소망 실현 이론과 정반대에 가깝다. 최근 연구에 따르면, 거위가 꿈을 꾸는 것이 사실이라도(그럴 가능성이 충분하다.) 옥수수 꿈을 꾸지는 않을 것이다. 아마도 여우 꿈을 꿀 것이다. 고양이는 으르렁거리는 개 꿈을 꾼다. 그리고 사람은 악당 꿈이나 어린 소녀가 발을 헛디뎌 떨어지는 꿈을 꾼다.

사람은 괴물 꿈을 꾼다

꿈나라는 우리 생각과 매우 다르다. 꿈이 위장된 소망이라는 프로이트의 이론은 꿈나라가 '꿈만 같다'는 통념을 정식화한 것에 불과하다. 휴가 다녀온 동료에게 "어땠어?"라고 묻자 "꿈만 같았어!"라고 대답할 때의 그 '꿈' 말이다. 근사한 일이 일어나면 우리는 '꿈이 이루어졌다'고 말한다.

하지만 다행히도 꿈은 대체로 이루어지지 않는다. J. 앨런 홉슨 말마따나 "(꿈에서는) 강력한 정서의 파도, 그중에서도 공포와 분노가 상상 속 포식자로부터 달아나거나 싸우도록 부추긴다. 싸우거나 달아나는 것은 꿈속 의식의 규칙이며 밤이면 밤마다 줄기차게 진행된다. 가상의 승리감에 도취해 휴식을 취하는 경우는 찾아보기 힘들다."[12] 자료의 해석을 둘러싼 논란이 있기는 하지만, 대다수의 꿈 연구자는 꿈나라가 행복의 나라가 아니라는 홉슨의 생각에 대체로 동의한다.

꿈 내용을 수집하는 방법은 주로 두 가지이다. 통제가 덜한 방법은 꿈 일기를 쓰도록 하는 것으로, 피험자는 아침에 잠에서 깨는 즉시 연필을 들고 기억이 사라지기 전에 꿈 내용을 기록한다. 또 다른 방법은 실험실에서 잠자는 피험자를 연구자가 흔들어 깨워 "무슨 꿈을 꾸고 있었는지 얼른 대답하세요!"라고 다그치는 것이다. 그런 뒤에 다양한 기법을 이용해서 꿈 내용을 통계적으로 분석한다.

아래는 내가 2009년 12월 14일에 잠에서 깨자마자 서둘러 기록한 꿈 일기다.

- 성탄절 아침이었다. 아내 선물을 깜박한 것이 생각났다. 선물 개봉이 시작되고 다들 기뻐했지만 나는 바늘방석이었다. 이 난국을 어떻게 타개한담?
- 또 다른 불안 꿈: 어떤 저술가가 이 책의 중요 부분을 먼저 써내서 출간 경쟁에서 승리했다. 내 작업은 헛수고가 되었다.
- 조깅을 하러 나가서 딸 애너벨이 잠들어 있는 유모차를 밀었다. 애너벨

이 잠에서 깨어 비틀비틀 유모차 밖으로 몸을 내밀더니 제방 아래로 떨어졌다. 나는 혼비백산해서 뒤따라 내려갔다. 애너벨은 등에 찰과상을 입기는 했지만 나머지는 멀쩡했다. 부잣집 여인이 고급 차를 길가에 대고는 우리를 자신의 대저택에 데려갔다. 애너벨은 커다란 실내 놀이터에서 딴 아이들과 뛰어놀았다.

- 나는 리조트에 있었다. 우리 부부가 신혼여행을 갔던 곳 같았다. 매력적인 여인이 내게 추파를 던졌다. 마음을 정하려던 찰나, 이것이 나를 음해하려는 수작임을 깨달았다.

위의 꿈 중에서 끔찍한 악몽은 하나도 없다. 어떤 꿈도 사막 꿈처럼 내 뇌리에 박히지는 않았다. 하지만 이 꿈들은 아내의 사랑, 저술가로서의 일, 자녀의 안녕, 성실한 남편이라는 평판 등 내 삶에서 가장 중요한 것들이 위협받는, 지독히 불안한 꿈이었다.

나의 꿈 일기는 꿈나라가 정서적, 신체적 위험으로 가득하다는 연구 결과와 일치한다. 꿈의 위협적 측면을 살펴본 2009년 연구에서 카티아 발리와 안티 레본수오는 놀라운 통계 수치를 내놓았다.[13] 발리와 레본수오는 사람들이 렘수면 꿈을 평균적으로 밤마다 세 번, 해마다 1200번가량 꾼다고 추산했다. 두 사람은 많은 대규모 연구에서 나온 꿈 보고를 분석해서 1200개의 꿈 중 860개에서 위협적 사건이 한 번 이상 일어났다고 추산했다.(두 연구자는 '위협'을 신체적 위협, 사회적 위협, 귀중품에 대한 위협 등으로 폭넓게 정의했지만 납득할 만하다.) 하지만 위협적인 꿈에서는 위협적 사건이 두 번 이상 일어나는 것이 대부분이므로 두 연구자는 사람들이 위협적 렘수면 꿈 사건을 해마다 1700번가량, 즉 밤마다 다섯 번 가까이 경험한다고 추산했다. 수명이 70년이라고 치면 평생 동안 위협적 렘수면 꿈을 6만 번가량 꾸며 뚜렷한 위협을 12만 번 가까이

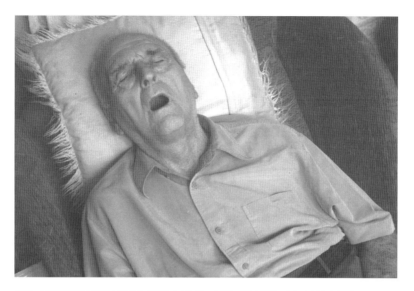

우리는 미셸 주베의 실험을 사람에게 재연할 수 없지만, 자연은 이런 실험을 여러 번 수행했다. 렘수면 행동 장애는 파킨슨병 같은 신경병성 장애가 있는 노인이 주로 걸리는데, 이 병에 걸리면 뇌가 망가져 뇌간에서 꿈 바리케이드가 형성되지 않는다. 따라서 뇌가 잠들어 꿈꿀 때 침대에서 일어나 뇌의 명령대로 행동한다. 주베의 고양이처럼 행복한 꿈을 꾸는 경우는 드물며 대체로 말썽이 벌어지는 꿈을 꾼다. 렘수면 행동 장애에 걸린 환자 네 명을 연구했더니 네 명 다 잠자는 중에 위험할 정도로 공격적인 행동을 나타냈으며 자신이나 아내에게 위해를 가하기도 했다.[14]

경험하는 셈이다. 한마디로 비비언 페일리가 아이들의 흉내 놀이에 대해 쓴 글은 꿈에도 그대로 들어맞는 듯하다. 즉 꿈은 "나쁜 일들이 오디션을 받는 무대"이다.[15]

발리와 레본수오는 자신들의 통계가 엄밀함과는 거리가 멀며 불완전한 자료에 근거한 추정일 뿐임을 인정한다. 하지만 앞의 위협 추정치가 근소한 오차를 보이든 커다란 오차를 보이든 간에 둘의 연구는 중요한 점을 시사한다. 꿈나라가 깬 나라보다 평균적으로 훨씬 위협적이라는 사실은 부정할 수 없다. 레본수오 말마따나 목숨과 팔다리에 대한 위협이 "현실에서 얼마나 드문가 하면, 꿈에서 한 번이라도 일어나기만 하면 현실에서의 발생 횟수를 뛰어넘을 가능성이 매우 크다."[16] 이를 테면 발리와 레본수오의 피험자인 핀란드 대학생들이 신체적 위협을 겪은 것은 '낮'마다가 아니라 '밤'마다였다.

이 같은 위협 패턴이 서구 대학생뿐 아니라 아시아인, 중동인, 고립된 수렵 채집인, 아동, 성인을 비롯한 모든 분류군에서 나타났다는 점에 주목하라. 전 세계를 통틀어 가장 흔한 꿈 유형은 쫓기거나 공격당하는 꿈이다. 그 밖의 보편적 주제로는 높은 곳에서 떨어지는 것, 물에 빠지는 것, 길을 잃거나 함정에 빠지는 것, 벌거벗은 채 남들 앞에 서는 것, 부상을 입는 것, 병들거나 죽는 것, 자연재해나 인재를 당하는 것 등이 있다.[17]

따라서 꿈나라의 주된 정서가 부정적 정서임은 놀라운 일이 아니다. 꿈나라를 방문해 행복이나 희열을 느끼는 때도 간혹 있으나 대부분 분노와 공포, 슬픔에 사로잡힌다. 섹스를 하거나 새처럼 나는 신나는 꿈을 꿀 때도 있지만, 이런 행복한 꿈은 우리가 생각하는 것보다 훨씬 드물다. 하늘을 나는 꿈은 200번당 한 번에 지나지 않으며 종류를 막론하고 에로틱한 꿈은 열 번당 한 번에 불과하다. 섹스가 주제인 꿈에서도 쾌감에 흠뻑 젖는 일은 가물에 콩 나듯 한다. 섹스 꿈도 여느 꿈처럼 대개는 불안, 의심, 후회가 묻어 있기 마련이다.

붉은 실

꿈에서는 갈등과 위기가 과도하게 부각되는 반면 평범한 일상은 묻히기 쉽다. 예컨대 하루 평균 여섯 시간을 사무실과 학교에서 타자 치고, 글 읽고, 계산하고, 컴퓨터 작업 하면서 보내는 400명의 꿈 보고를 연구한 결과에 따르면, 깨어 있는 시간의 대부분을 차지하는 일상 업무가 꿈에 등장하는 일은 거의 없었다.[18] 꿈에 등장한 것은 말썽이었다. 말썽은 흉내 놀이, 픽션, 꿈의 환상들을 하나로 묶는 굵고 붉은 실이다. 말썽은 이 모든 활동에 공통된 기능, 즉 '삶의 커다란 문제에 대처하는 연습'을 해명하는 단서이다.

렘수면만을 감안해서 보수적으로 추산하더라도 우리는 생생하고 이야기 같은 꿈을 밤마다 두 시간가량 꾼다. 일생으로 따지면 5만 1000시간으로, 줄잡아 6년 동안 꿈만 꾸는 셈이다. 이 기간 동안 우리의 뇌는 오만 가지 위협과 문제와 위기에 대해 오만 가지 대응을 시뮬레이션 한다. 우리 뇌는 꿈이 그저 꿈일 뿐임을 알 도리가 없다. 꿈 연구자 윌리엄 디멘트가 말했듯 우리가 "꿈을 진짜처럼 경험하는" 이유는 뇌의 관점에서 "꿈은 진짜이기 때문"이다.[19]

미시간 대학 심리학과 교수 마이클 프랭클린과 마이클 지퍼는 여기에 중요한 의미가 담겨 있다고 생각한다.

피아노 연주와 같은 특정 작업에 관해 하루에 10~12분씩만 동작 연습을 하면 몇 주 만에 운동 피질이 재구성되는데, 이러한 뇌의 가소성을 고려하면 꿈꾸는 데 드는 시간은 뇌의 발달과 미래의 행동 성향에 영향을 미칠 수밖에 없다. 우리가 평생 꿈에서 쌓는 경험은 우리가 세상과 상호 작용하는 데 틀림없이 영향을 미치며 개인으로서뿐 아니라 종으로서 우리의 전반적 적합성에 영향을 미칠 수밖에 없다.[20]

하지만 꿈이 기억나지 않는 문제는 어떨까? 프랭클린과 지퍼는 꿈 건망증을 이유로 들어 꿈의 가치를 무시하는 것이 매우 직관적임을 인정한다. 꿈 기억은 대체로 아침 햇살에 사라지기 때문에 우리에게 별

소용이 없다는 얘기이다.

하지만 앞에서 보았듯 우리는 의식적 지식을 과대평가하는 경향이 있다. 기억에는 암묵적 기억과 명시적 기억이 있다. 문제 시뮬레이션 모형은 암묵적이고 무의식적인 기억을 바탕으로 삼는다. 우리는 뇌가 스스로 배선을 바꿀 때 배우지만, 이 재배선이 일어났다는 사실을 의식적으로 기억할 필요는 없다. 이를 가장 극명하게 보여 주는 예는 건망증이다. 건망증 환자는 자신이 연습했다는 사실을 의식적으로 기억하지 못하면서도 연습을 통해 기술을 향상시킬 수 있다.

최근에 여섯 살짜리 큰딸 애비에게 보조 바퀴 없이 자전거 타는 법을 가르친 적이 있다. '가르쳤다'고 말하기는 했지만, 내가 실제로 한 일은 도로를 비틀비틀 나아가는 딸 옆에서 함께 뛰며 균형 잡는 법을 알려 준 것뿐이었다. 애비는 일주일도 지나지 않아 자전거 타는 법을 몸에 익혔으며 작은 원을 그리며 돌 줄도 알았다. 애비가 방향 전환 기술을 습득한 것이 대견해서 어떻게 익혔느냐고 물었다. 애비는 당연하다는 듯 말했다. "그냥 핸들을 돌리면 바퀴 방향이 달라져요."

합리적인 대답이다. 하지만 애비는 그런 식으로 방향을 바꾸지 않았다. 버클리 대학 물리학과의 조엘 파얀스 교수는 자전거 방향 전환이 실은 복잡한 과정이라고 설명한다. "자전거를 우선 오른쪽으로 기울이지 않고서 우회전하려다가는 원심력 때문에 왼쪽으로 쓰러질 것이다. …… 자전거를 오른쪽으로 기울이면 중력이 원심력을 상쇄한다. 그런데 자전거를 오른쪽으로 기울이려면 어떻게 해야 할까? 핸들을 왼쪽으로 꺾으면 된다. 달리 말하자면, 우회전하기 위해서는 우선 핸들을 왼쪽으로 꺾어야 한다!"[21]

언젠가 애비는 자전거 타는 법을 배운 기억을 까맣게 잊을 것이다. 자신이 느낀 두려움과 자부심도, 숨을 헐떡이며 함께 뛰던 아빠의 모습도 기억하지 못할 것이다. 하지만 자전거 타는 법은 잊지 않을 것이다. 자전거 타기는 우리가 무언가를 무의식적으로, 그것도 잘 배울 수 있음을 보여 주는 예이다. 우리의 뇌는 '우리'가 모르는 것을 많이 안다.

심리학자 해리 헌트 같은 회의론자들은 꿈이 문제 시뮬레이션이라는 설을 반박하는데, 일견 매우 타당해 보인다. 이들의 주장은 시뮬레이터가 효과가 있으려면 현실적이어야 한다는 것이다. 이를테면 현실감이 떨어지는 모의 비행 장치로 하는 훈련은 조종사에게 축복이 아니라 저주일 것이다. 회의론자들은 꿈이 비현실적이기 때문에 시뮬레이터 역할을 할 수 없다고 주장한다. 헌트가 말한다. "두려워 옴짝달싹 못하고, 슬로 모션으로 달리고, 엉뚱한 논리로 탈출 전략을 짜는 것이 어떻게 적응적 행동의 예행연습이 될 수 있는지 이해하기 힘들다."[22]

하지만 헌트의 반박을 자세히 들여다보면 그가 묘사하는 것은 꿈 일반이 아니라 악몽임을 알 수 있다. 여러 연구에 따르면 악몽은 여느 꿈보다 더 괴상하며 더 잘 기억된다. 따라서 꿈이 말도 안 되게 괴상하다고 생각하는 것은 우리가 그런 꿈을 많이 기억하기 때문이다. 실제로 여러 연구에서 꿈 보고를 대량으로 취합했더니 대부분의 꿈이 꽤 현실적이라는 결과가 나왔다.[23] 발리와 레본수오는 우리가 꿈속에서 문제에 대처하는 방식이 대체로 "적절하고 합리적이며 꿈속 상황에 알맞다."[24]라고 결론 내린다.

레본수오에 따르면 꿈의 시뮬레이션 모형은 대단한 진전이다. "처음으로 우리가 꿈꾸는 이유를 정확하게 이해할 수 있게 되었다."[25] 하지만 내가 여러 차례 강조했듯 꿈이나 흉내 놀이나 픽션의 한 가지 기능을 안다고 해서 꿈이나 흉내 놀이나 픽션의 기능을 안다고 말할 수는 없다. 나의 사막 악몽은 내게 가장 소중한 사람을 더욱 잘 보살피도록 자극하는 방법이었을지 몰라도 그게 전부는 아니다. 인정하기 부끄럽지만, 그 꿈은 전형적인 장면의 과장된 버전이었다. 내가 책을 읽거나 글을 쓰거나 텔레비전으로 중요한 경기를 시청할 때 아이가 내 관심을 끌려고 애쓰지만 번번이 실패하는 이야기를 변주한 것이다. 내 악몽은 어떤 면에서 신랄한 꾸짖음이었다. 꿈은 이렇게 말한 것이다. 중계방송은 중요하지 않아. 무릎에 얹은 책은 중요하지 않아. 중요한 것은 네 딸이야. 관심을 가져 줘.

5
마음은 이야기꾼

정의하자면, 인간은 이야기하는 동물이다. 어딜 가든 혼돈의 흔적이나 빈 공간이 아니라 이야기의 편안한 부표와 표지판을 남기고 싶어 한다. 끊임없이 이야기를 만들어 내야 한다. 이야기만 있으면 만사 오케이다. 마지막 순간에조차, 추락 중 찰나의 순간이나 익사하기 직전에조차 인간은 전 생애의 이야기가 눈앞을 빠르게 스쳐 지나가는 것을 본다.

— 그레이엄 스위프트, 『강마을』

1796년 12월 30일. 런던 베들레헴 병원 밑 깊숙한 지하실의 축축하고 넓은 방에 한 무리의 범죄자들이 모여 있다. 음산한 분위기를 풍기는 우두머리 빌 왕이 방을 돌며 자신의 무시무시한 기계를 점검한다. 쇠테를 두른 커다란 나무통을 발끝으로 툭툭 찬다. 나무통은 사람 정액, 개똥, 하수 악취, 말 방귀 등 오물로 가득하다. 빌 왕이 나무통에 귀를 대고 원료가 뒤섞여 압출되는 소리를 확인하고는 나무통에 꽂은 튜브를 손가락으로 만지작거린다. 검은 뱀처럼 생긴 튜브가 쉿 소리를 내며 유독한 증기를 기계 속으로 뿜어낸다.

빌 왕은 기계를 점검하면서 부하들 앞을 지나친다. 사슬에서 갓 풀려난 꼬맹이 샬럿이 반쯤 벌거벗은 채 차가운 돌멩이 위에 누워 있다. 잭 선생이 공책에 연필로 그림을 그리고 있다. 선생이 자기네끼리만 아는 농담을 빌에게 건넨다. "공정한 경기 부탁해!" 빌 왕은 찌푸린 얼굴을 풀지 않은 채 걷기만 한다. 지금껏 그 누구도 빌의 얼굴에 미소가 떠오르게 하지 못했다. 하지만 아치 경이 너털웃음을 터뜨리면서 선생에게 특유의 농담을 던진다. 꼬맹이 샬럿에 빗댄 상스러운 농담이다. 아치 경은 목소리가 가늘고 말씨가 늘 어색하다. 사람들은 아치 경이 남장여자일 거라고 의심한다.

빌 왕이 멍청이들을 무시한 채 거대한 엔진 주위를 돌며 참나무 표면을 만지고 판과 나사못을 하나하나 점검한다. 기계의 이름은 '공기 베틀'이다. 땅딸막한 다리 위에 커다랗고 네모난 상자를 올려놓은 모습이다. 상자의 높이는 1.8미터, 가로세로는 4.6미터이다.

빌 왕이 공기 베틀 제어반에 다가간다. 그 앞에 곰보 노파가 앉아 있다. 아치 경과 잭 선생이 노파를 사정없이 놀려 댄다. 노파의 별명은 '장갑 할망구'이다. 장갑 할망구가 의자에 앉아 공기 베틀을 조종한다. 손이 보이지 않을 정도이다. 장갑 낀 손이 동에 번쩍 서에 번쩍 하며 손잡이를 돌리고 당기고 스위치를 켰다 끄고 장치의 상아색 키를 딸깍거린다. 빌 왕이 허리를 숙여 장갑 할망구 귀에 대고 말한다. "유체 감금."

장갑 할망구가 제일 커다란 놋쇠 손잡이를 돌린다. 계기판 바늘이 달가닥달가닥 움직인다. 계기판 눈금에는 연날리기(생각을 마음속에 오랫동안 머물게 한다.), 뇌 늘이기(생각을 배배 꼬이게 한다.), 가스 뽑기(자성(磁性)을 띤 액체를 항문으로부터 방귀의 형태로 거두어 낸다.), 폭탄 터뜨리기(머릿속에서 고통스러운 폭발을 일으킨다.), 생각 만들기와 발 구부리기(말 그대로.), 생기(生氣) 찢기와 섬유 뜯기(무척 아프다.), 그리고 그중 으뜸인 바닷가재 으깨기(치명적이다.) 따위의 이름이 붙어 있다. 장갑 할망구가 바늘을 '유체 감금'에 놓자 빌이 낮은 목소리로 "계속해."라고 말한다.

장갑 할망구는 공기 베틀의 원리에 대해 아무것도 모르지만, 오랫동안 이 기계를 만진 덕에 이제는 도사가 되었다. 장갑 할망구가 손잡이를 당겨 장치를 작동한다. 키 하나하나가 저마다 다른 통의 밸브를 조

화가 로드 디킨슨이 제임스 틸리 매슈스의 스케치를 그대로 본떠 제작한 공기 베틀.

절한다. 공기 베틀에서 흘러나오는 소리는 마치 전기 화학적 음으로 작곡한 노래 같다.

기계 안쪽에서 진동하는 자기장 속에서, 거대한 베틀이 나무통으로 부터 나온 화학적 추출물을 직접 공기 중으로 '뽑아내기' 시작한다. 자성을 띤 기체가 위로 올라가서 공기 베틀 지붕에 얹은 조그만 풍차 모양 장치의 돛을 부풀린다. 장치의 돛이 회전하기 시작하면서 이 인공 기체를 옆으로 또 위로 광선처럼 방사한다.

자성 기체는 지하실 벽으로 빠져나가 축축한 흙과 자갈을 통과해 한참을 올라가더니 하원 의사당 바닥을 뚫고 나와 방청석에 앉은 젊은 남자에게 집중된다. 이 남자 제임스 틸리 매슈스는 주변 공기가 요동치며 뒤섞이는 것을 느낀다. 입안에서 피 맛이 난다. 이럴 때 어떻게 해야 하는지는 잘 안다. 매슈스는 숨을 꾹 참고 한참을 버틴다. 호흡 패턴을 불규칙하게 바꾸어 공기 베틀이 자신을 찾지 못하도록 한다.

매슈스가 자리에 앉은 채 거칠게 숨을 몰아쉬는데, 제 나이 또래의 거물들이 의원석에서 떠들고 있다. 윌리엄 피트 총리가 일어나 프랑스에 대해 욕을 퍼부으며 전쟁 불사를 외친다. 피트의 행동을 보아하니 매슈스가 가장 두려워하는 것, 즉 영국 총리가 공기 베틀단의 꼭두각시일지도 모른다는 추측은 사실이 틀림없다.

매슈스는 절망에 사로잡힌다. 그는 영국 정부가 고도의 음모에 걸려들었다는 진실을 아는 유일한 사람이다. 차 상인을 하다가 파산해서 빈털터리가 된 매슈스는 지금 역사의 한복판에 서 있다. 공기 베틀단도 이 사실을 안다. 요크 공과 프러시아 왕이 매슈스에게 은밀한 공작을 편 것은 이 때문이다. 그의 입을 막기 위해 엄격한 법률이 제정된 것도 같은 까닭이다. 정부 기관들이 하나같이 그의 우편을 검열하는 것도 마찬가지이다.

매슈스는 중대한 실책을 저지른다. 근심으로 주의가 산만해져 기계로부터 몸을 숨겨야 한다는 것을 깜박 잊는다. 매슈스가 깊게 규칙적으로 숨을 쉬자 공기 베틀이 그를 찾아내서 유독하고 따끔따끔한 기체를 허파 가득 채운다. 이것이 유체 감금이다. 기체가 정맥에서 부글부글 끓으며 체액을 굳히고 혀뿌리 근육을 마비시키는 것이 느껴진다. 몇 초 뒤에 그는 벙어리가 될 것이다. 지금 행동을 취해야 한다. 매슈스가 자리에서 일어나 의원들을 내려다보며 소리친다. "반역자!"

재주 있는 미치광이

제임스 틸리 매슈스는 불치의 정신병자로 진단받아 베들레헴 병원('베들램'이라는 명칭으로 더 유명하다.)에 수용되었지만, 병원 담벼락 바깥을 자유롭게 돌아다니는 그의 분신이 여러 명 있었다. 매슈스는 공기 베틀의 광선을 피하면서 자신이 전 세계의 황제임을 깨달았다. 그는 자신을 가둔 군주와 권력자에게 신랄한 항의 서한을 썼다.

매슈스의 주치의 존 해슬럼은 『광기의 실례』라는 책에서 매슈스의 사례를 묘사했다.(앞의 글은 해슬럼의 책을 주로 인용하되 매슈스에 대한 훌륭한 연구서인 마이크 제이의 『공기 베틀단』도 참고했다.) 『광기의 실례』는 정신병 분야의 고전적 사례 연구이며 의학사(史)상 최초로 편집성 정신 분열병을 명확하게 기술했다.

정신 분열병은 "정신 병리학의 주요 미스터리"[1]였다. 정신 분열병 환자는 온갖 괴상한 신념, 망상, 환각에 빠진다. 매슈스처럼 외계의 목소리가 귓전에 울리는 경우도 많다. 이들은 곧잘 외계인, 신, 악마, 사악한 음모 같은 외부의 힘이 자신의 행동을 좌지우지한다고 믿는다. 과대망상을 품기도 한다. 자신이 외계인이나 악마나 음모 집단의 표적이 될 만큼 중요한 거물이라고 생각한다.

제임스 틸리 매슈스의 상상 속 공기 베틀단은 픽션이 만들어 낸 화려한 작품이다. 매슈스는 전 세계를 아우르는 역사 드라마에서 스스로 주인공이 되었으며 실제 권력자와 총리에게 단역을 맡겼다. 악당도 완벽한 모습으로 그려 냈다. 빌 왕, 장갑 할망구, 아치 경에 대한 묘사는 평면적 등장인물에게 입체감을 부여한다.[2] 매슈스가 자신의 음모론 망상을 소설로 썼다면 큰돈을 벌었을지도 모른다. 18세기의 댄 브라운이 되었을지도.

매슈스가 서른 살쯤 되었을 때 그의 뇌는 (그의 허락을 받지 않고) 정교한 픽션을 만들어 내겠다고 마음먹었다. 매슈스는 평생 그 픽션 속에서 살았다. 우리는 망상적인 정신 분열병 환자의 창조성과 창의적인 예술가의 창조성에서 유사성을 이끌어 내려는 유혹을 받는다. 실제로 수백 년 동안 광기와 천재적인 예술적 재능의 연관성은 일종의 문화적 상투어였다. 바이런은 시인에 대해 "우리, 그 기예를 가진 자들은 모두 미치광이다."[3]라고 말했으며 존 드라이든은 「압살롬과 아히도벨」에서 "위대한 천재들은 확실히 미친 자들과 가까워,/ 얇은 막이 그들의 경계를 나누네"라고 선언했다. 셰익스피어는 『한여름 밤의 꿈』에서 광인과 시인이 "상상력으로 꽉 차" 있다고 썼다.

오랫동안 광기와 창조성의 연관성은 빈센트 반 고흐가 귀를 자르고, 실비아 플래스가 가스 오븐에 머리를 넣어 자살하고, 그레이엄 그린이 러시안 룰렛을 하고, 버지니아 울프가 호주머니에 돌멩이를 가득 채운 채 우즈 강에 투신하는 등의 일화적인 기행(奇行)으로 치부되었다. 하지만 지난 몇십 년 동안 중요한 증거들이 쌓였다.

심리학자 케이 레드필드 제이미슨은 양극성 장애와 분투한 사연을 감동적인 글로 남겼는데, 고전의 반열에 오른 저서 『불의 손길』에서 정신 질환과 문학적 창조성이 밀접하게 연관되어 있다고 주장했다. 편지, 진료 기록, 전기를 토대로 해서 작고한 작가를 연구하고 또한 재능 있는 생존 작가를 연구했더니 정신 질환이 만연해 있었다. 이를테면 소설가는 양극성 장애를 앓을 확률이 일반인의 열 배이며 시인은 40배나 된다. 이 같은 통계를 바탕으로 심리학자 대니얼 네틀은 "서구 문화의 정전은 대부분 광기의 세례를 받은 사람들 손으로 쓰였다는 결론을 피하기 힘들다."[4]라고 썼다. 수필가 브룩 앨런은 한술 더 떴다. "서구 문화 전통은 알코올 의존증 환자, 강박적 노름꾼, 조울증 환자, 성 약탈자* 내지는 이런 성향을 두세 개 혹은 전부 가진 사람들이 지배한 듯하다."[5]

---

* 약탈적인 성폭력 범죄를 유발하는 정신 이상이나 인격 장애를 앓는 환자.

스티븐 킹은 회고록에서 약물 남용과 문학적 창조성을 연관시키는 '신화'에 회의적이라고 말했다. 하지만 건전한 삶을 살기 전에는 그도 하루에 맥주를 한 짝씩 마셨으며 『토미노커』를 쓸 때는 "코카인 때문에 흐르는 코피를 솜으로 막아야" 할 정도였다. 남편을 구조하러 나선 킹 부인이 집필실 쓰레기통을 바닥에 들이부었더니 "맥주 깡통, 담배꽁초, 코카인이 들어 있던 작은 병, 코카인이 들어 있던 비닐 봉지, 콧물과 핏물로 뒤범벅이 된 코카인 스푼, 발륨, 재낵스, 진해 시럽 로비투신 병, 감기약 나이퀼 병, 심지어는 구강 청정제 병까지 우수수 떨어졌다."[6]

정신 병리학자 아널드 루드비히가 정신 질환과 창조성의 관계를 대규모로 연구해서 발표한 『천재인가 광인인가』에 따르면 저명 시인의 87퍼센트와 저명 소설가의 77퍼센트가 정신 장애를 앓았다.[7] 비즈니스, 과학, 정치, 군사 등 비예술 분야에서 뛰어난 성취를 이룬 사람들보다 훨씬 높은 비율이었다. 또한 대학에서 시작법 강좌를 수강하는 학생은 일반 학생보다 양극성 성향이 컸다. 창작가는 양극성 우울증을 앓을 위험이 크며 정신 분열증 같은 정신병에 걸릴 가능성도 더 크다. 따라서 저명 작가가 알코올이나 약물을 남용하거나 정신 병원에 수용되거나 자살할 확률이 훨씬 높은 것은 놀랄 일이 아니다.

그런데 외로움, 욕구 좌절, 기나긴 몽상 같은 작가의 성향이 역으로 정신 질환을 촉발했을 가능성은 없을까? 그럴 수도 있다. 하지만 창작가의 가족과 친척을 연구했더니 유전적 공통점이 발견되었다.[8] 정신 질환이 있는 사람은 가족(특히 직계 가족) 중에 예술가가 더 많은 경향이 있으며 예술가는 가족 중에 정신 질환자가 더 많은 경향이 있다.(자살, 시설 수용, 약물 중독 비율도 높다.)

제임스 틸리 매슈스의 터무니없는 환상에서 보듯 병든 마음은 감각을 복잡하게 짜 맞춰 도무지 이해할 수 없는 이야기를 만들어 낸다. 이 이야기는 환각과 외부의 목소리, 과대망상에 구조를 부여한다. 매슈스의 괴상한 망상에 고개를 절레절레 내젓는 우리도 의외로 그와 비슷하다. 우리의 마음 또한 감각을 통해 들어오는 자료로부터 의미를 추출해 내려고 끊임없이 애쓴다. 정신이 멀쩡한 사람이 스스로에게 들려주는 이야기는 편집성 정신 분열병 환자의 이야기처럼 극적으로 일탈하지는 않지만 그래도 곧잘 일탈한다. 이것은 이야기하는 마음을 얻은 대가이다.

뇌를 둘로 가르다

1962년, 이야기하는 마음이 우연히 발견되었다.(정확히 말하자면 분리되었다.) 조지프 보건이라는 신경 외과의가 중증 간질 환자를 설득해서 위험한 실험적 치료법을 시술한 덕이었다.[9] 보건은 환자의 두개골 꼭대기에 작은 구멍을 뚫고 특수 톱을 구멍에 집어넣어 두개골 피판을 열었다. 그러고는 뇌를 보호하는 섬유질 막인 경막을 잘랐다. 그다음 뇌량이 보일 때까지 뇌의 좌엽과 우엽을 조심스럽게 벌렸다. 뇌량은 신경 섬유 다발로, 좌반구와 우반구 사이에서 정보를 보내고 받는 역할을 한다. 보건은 파괴 공작원이 통신선을 절단하듯 메스를 들어 뇌량을 잘랐다. 말하자면 뇌를 둘로 가른 것이다. 좌반구와 우반구는 정보를 주고받을 수 없게 되었다. 마지막으로 작은 나사못을 써서 두개골 피판을 재결합하고 두피를 꿰맨 다음 무슨 일이 일어나는지 관찰했다.

보건은 미치광이 과학자와는 거리가 멀었다. 수술은 위험하고 결과도 불확실했지만, 전직 낙하산 부대원인 환자는 백약이 무효인 치명적 발작을 겪고 있었다. 보건은 뇌량을 분리하면 발작을 억제할 수 있을 것이라고 생각했다. 동물 실험에서 그런 결과가 나왔고, 사람의 경우에도 종양이나 부상으로 뇌량이 손상되었을 때 발작이 감소한 사례가 있었다.

놀랄지도 모르겠지만 보건의 마지막 승부수는 성공했다. 여전히 발작이 일어나기는 했지만 횟수와 강도가 부쩍 줄었다. 더 놀라운 사실은 부작용이 전혀 나타나지 않았다는 것이다. 뇌가 분리된 뒤에도 환자의 정신 활동에는 아무 변화가 없었다.

fMRI를 비롯한 뇌 영상 장비가 보급되기 전, 분리 뇌 환자는 신경과학의 은인이었다. 좌반구와 우반구를 분리하고 양반구의 활동을 연구할 수 있었던 데는 이들의 공이 컸다. 과학자들은 좌뇌가 '말하기, 생각하기, 추론하기' 같은 임무에 특화되었다는 사실을 발견했다.[10] 이에 반해 우뇌는 말하기나 본격적인 인지 활동을 수행하지 못한다. 우뇌의 임무는 '얼굴 인식, 주의 집중, 시각 운동 과제를 통제하는 것' 등이다.

분리 뇌 연구를 주도하고 있는 선구자는 마이클 가자니가이다. 가자니가 연구진은 주위로부터 늘 쏟아져 들어오는 정보의 홍수를 파악하는 데 특화된 뇌 회로를 좌반구에서 발견했다. 이 신경 회로의 임무는 정보 흐름에서 질서와 의미를 찾아내 일관된 경험 기술(記述), 즉 이야

기로 짜 맞추는 것이다. 가자니가는 이러한 뇌 구조에 '통역자'라는 이름을 붙였다.[11]

뇌는 배선이 기묘하게 되어 있어서 오른쪽 눈으로 들어오는 시각 정보가 좌뇌에 입력되고 왼쪽 눈으로 들어오는 시각 정보가 우뇌에 입력된다. 온전한 뇌에서는 좌뇌에 입력된 시각 정보가 뇌량을 통해 우뇌에 전달되지만, 분리 뇌 환자의 경우 반대쪽 뇌가 정보를 전달받지 못한다.

가자니가는 동료들과 함께 수행한 기발한 실험에서 분리 뇌 환자에게 컴퓨터 화면 중앙의 점을 쳐다보도록 했다. 그러고는 점 오른쪽과 왼쪽에서 그림을 짧게 보여 주었다. 점 왼쪽에서 보여 준 그림은 우뇌에만 전달된 반면에 점 오른쪽에서 보여 준 그림은 좌뇌에만 전달되었다.

또 다른 실험에서는 분리 뇌 환자의 좌뇌에 닭발을 보여 주고 우뇌에 설경을 보여 주었다.[12] 그런 다음 환자 앞에 놓인 그림 중에서 연관된 것을 고르도록 했다. 앞서 말했듯 뇌는 배선이 이상하게 되어 있으므로 좌뇌가 인체의 오른쪽을 관장하고 우뇌가 왼쪽을 관장한다. 피험자는 오른손으로 닭 그림을 고르고(오른손을 관장하는 좌뇌가 닭발을 보았기 때문) 왼손으로 눈삽 그림을 골랐다.(왼손을 관장하는 우뇌가 설경을 보았기 때문)

그 뒤에 분리 뇌 환자에게 왜 그 그림을 골랐느냐고 물었다. 피험자의 반응 중에서 앞부분은 아귀가 꼭 맞았다. "닭을 고른 건 닭발 그림을 보았기 때문입니다." 피험자가 정확하게 대답할 수 있었던 이유는 언어를 관장하는 좌반구에 닭발 그림이 입력되었기 때문이다. 하지만 우뇌는 말을 하지 못한다. 그래서 "왜 삽을 골랐죠?"라는 질문을 받았을 때 "설경을 보여 주셨으니까요."라고 제대로 답할 수 없었다.

좌뇌와 우뇌의 복잡한 상호 작용이 여러분에게 혼란스러울 수도 있겠지만, 요점은 간단하다. 연구자와 소통하는 뇌 부위(좌반구)는 우반구가 설정을 입력받았다는 사실을 전혀 몰랐다. 말하는 뇌 부위가 아는 것이라고는 (우뇌가 관장하는) 왼손이 앞으로 움직여 삽을 골랐다는 사실뿐이었다. 왜 그런지는 전혀 몰랐다. 하지만 연구자가 "왜 삽을 골랐죠?"라고 물었을 때 피험자는 준비된 답변을 자신 있게 내놓았다. "닭장을 치우려면 삽이 있어야 하잖아요."

가자니가와 동료들은 이 연구를 온갖 기발한 방식으로 변주했다. 분리 뇌 환자의 우반구에 우스운 그림을 보여 준 실험에서는 피험자가 웃음을 터뜨렸을 것이다. 하지만 "왜 웃고 있나요?"라고 물었을 때 질문에 답하는 임무를 맡은 좌뇌는 말문이 막혔을 것이다. 함께 웃지 못했기 때문이다. 하지만 설명을 지어내는 데는 아무 지장이 없다. 피험자는 우스꽝스러운 사건이 막 떠올랐다고 주장할지도 모른다. 또 다른 연구에서는 '걸으세요'라는 단어를 피험자의 우뇌에 잠깐 보여 주었다. 그랬더니 피험자는 시키는 대로 일어나 방을 가로질러 걷기 시작했다. 연구자가 피험자에게 어디로 가느냐고 묻자 피험자는 목이 말라서 콜라를 가지러 간다며 즉석에서 이야기를 지어내고는 스스로 믿었다.

가자니가와 동료들이 분리 뇌 환자에게 보여 준 모형은 이것 말고도 많다. 좌뇌는 전형적인 안다니로, 질문에 답하지 못하는 것을 견디지 못한다. 좌뇌는 지독한 설명꾼으로, 입을 다물기보다는 어떻게 해서든 이야기를 만들어 내고야 만다. 좌뇌와 우뇌가 따로 노는 분리 뇌 환자조차 이야기를 어찌나 교묘하게 지어내는지 실험실에서가 아니면 알아차리기 힘들 정도이다.

가자니가의 연구가 분리 뇌 수술을 받은 간질 환자 수십 명에게만 적용된다면 그다지 관심을 쏟을 필요가 없을 테지만, 이 연구는 멀쩡한 보통 뇌를 이해하는 데에도 중요한 실마리를 던진다. 이야기하는 마음은 메스가 뇌량을 자르는 순간에 창조되는 것이 아니다. 뇌를 분리함으로써 비로소 이야기하는 마음을 연구할 수 있게 되었을 뿐이다.

셜록 홈스 증후군

이야기하는 마음은 왼쪽 눈의 위쪽과 뒤쪽으로 3~5센티미터 지점에 사는 호문쿨루스(난쟁이)라고 볼 수 있다. 이 난쟁이는 인기 텔레비전 드라마 「CSI」의 법의학 전문가를 비롯해 수많은 픽션 속 탐정들을 위한 길을 닦은 위대한 문학적 조상 셜록 홈스와 공통점이 많다. 아서 코넌 도일이 그려 낸 홈스는 범죄 수사의 천재로, 범죄학이라는 새로운 학문의 뉴턴이라 할 만하다. 홈스는 시체나 빈약한 단서 같은 특정한 결과를 관찰해서 이로 귀결되는 풍부한 이야기를, 그러니까 치정이라거나 독극물이라거나 브리검 영과 모르몬교 신도들의 미국 서부 탐험 같은 완전한 이야기를 머릿속에 그려 내는 신통력이 있다.

셜록 홈스가 처음으로 등장하는 소설 『주홍색 연구』에서 이 과정을 상세히 들여다볼 수 있다. 소설은 화자인 ('친애하는') 왓슨을 소개하면서 시작된다. 왓슨은 등장인물이라기보다는 문학적 장치에 가까운데, 그의 임무는 자신의 고리타분한 사고방식을 내세워 홈스의 기지를 대조적으로 드높이는 것이다. 왓슨이 홈스를 처음 만난 곳은 연기 자욱한 화학 실험실이다. 이곳에서 천재 홈스가 새로운 법의학 기법을 연마하고 있다. 훤칠한 키에 도도한 태도의 홈스가 왓슨을 돌아보며 손을 흔든다. 이때 홈스가 왓슨을 최초로 기절초풍케 하는 한마디를 던진다. "아프가니스탄에 있다가 오신 모양이군요."[13]

왓슨은 말문이 막혔다. 홈스가 그걸 어떻게 알았지? 나중에 두 사람이 숙소를 거닐 때 홈스는 자신의 통찰에 마법 따위는 없으며 오로지

아서 코넌 도일의 『주홍색 연구』 1906년판 삽화.

논리만 있을 뿐이라고 설명한다. 홈스는 재미있어 못 견디겠다는 표정으로 자신은 왓슨의 겉모습을 꼼꼼히 '역추리'해서 그의 삶에 대해 합리적인 추론을 내놓았다고 말한다.[14] 홈스가 말하는 '논리의 연쇄'는 다음과 같다.

·

이 신사는 의사 유형인데 군인 분위기를 풍기는군. 그렇다면 군의관일 수밖에. 열대 지방에서 온 지 얼마 안 됐군. 얼굴이 검게 탔는데, 손목이 흰

걸 보면 살갗이 원래 검은 것은 아니거든. 얼굴이 핼쑥한 걸로 봐서 고생 깨나 했고 아팠군. 왼팔에 부상을 당했어. 움직임이 뻣뻣하고 부자연스럽거든. 열대 지방에서 영국 군의관이 그토록 고생을 하고 팔에 부상을 당할 만한 곳이라면? 아프가니스탄밖에 없지.

홈스가 입을 열 때마다 왓슨은 놀라움에 고개를 내젓는다. 한편 왓슨에게서만 단서를 전해 들어야 하는 우리 독자들은 홈스의 천재성에 혀를 내두른다. 하지만 셜록 홈스 이야기가 재미있는 것과 별개로 홈스의 추리 방식이 터무니없음을 눈여겨볼 필요가 있다.

홈스가 실험실에서 왓슨을 힐끗 쳐다본 뒤에 지어낸 풍부한 이야기를 되짚어 보자. 왓슨은 평범한 민간인 복장을 하고 있다. 어디에서 '군인 분위기'가 난단 말인가? 왓슨은 왕진 가방을 들고 있지도, 목에 청진기를 걸고 있지도 않다. 어디를 봐서 '의사 유형인 신사'인가? 제국의 절정기에 있던 영국이 군대를 파견한 수많은 열대 주둔지 중에서 유독 아프가니스탄에서 돌아왔을 거라고 단정한 이유는 무엇인가?(아프가니스탄이 열대가 아니라는 사실은 그냥 넘어가자.) 전투에서 입은 부상이 아직까지 남아 있다는 결론으로 직행한 것은 왜인가? 왓슨의 팔이 뻣뻣한 것은 크리켓 경기에서 부상을 입었기 때문일 수도 있지 않은가? 왼팔의 통증은 심장 발작의 전형적 증상인데, 왓슨에게 심장 발작이 나지 않았다고 어떻게 단정할 수 있는가?

한마디로 셜록 홈스가 으레 쓰는 수법은 가장 애매모호한 단서를 가장 그럴듯하고 완벽하게 설명하는 이야기를 지어내는 것이다. 홈스는 단서에 대한 수백 가지 해석 중에서 하나를 골라 그 해석이 정확하다고 자의적으로 주장한다. 이를 토대로 삼아 마찬가지로 적중할 가능성이 낮은 오만 가지 해석을 쌓아 올려 깔끔하고 정교하고 일어날 가능성이 털끝만큼인 이야기를 만들어 낸다.

셜록 홈스는 문학적 허구이다. 그는 네버랜드에 살며 언제나 옳은 소리만 한다. 하지만 홈스가 현실에서 '자문 탐정'으로 활약하려 한다면 무능력한 얼치기로 낙인찍힐 것이다. 베이커가(街) 221번지 B호에서 친구 왓슨과 함께 사는 천재라기보다는 영화 「핑크 팬더」의 클루소 형사에 가까울 것이다.

모든 사람의 뇌에는 작은 셜록 홈스가 들어 있다. 그의 임무는 지금 관찰되는 것을 '역추리'해서 특정한 결과로 귀결된 원인의 질서 정연한 연쇄를 밝히는 것이다. 진화가 우리 속에 홈스를 넣어 둔 까닭은 세상이 실제로 이야기(음모, 책략, 제휴, 인과 관계)로 가득하며 이를 탐지하는 것이 생존에 유리하기 때문이다. 이야기하는 마음은 중대한 진화적 적응이다. 그 덕에 우리는 삶을 일관되고 질서 정연하고 의미 있게 경험한다. 삶이 지독하고 소란스러운 혼란에 머물지 않는 것은 이 때문이다.

하지만 이야기하는 마음은 완벽하지 않다. 마이클 가자니가는 좌뇌에 살면서 이야기를 지어내는 호문쿨루스를 50년 가까이 연구한 끝에 이 난쟁이가 온갖 부인할 수 없는 미덕이 있음에도 이따금 터무니없는 실수를 저지르기도 한다고 결론 내렸다. 이야기하는 마음은 불확실성, 임의성, 우연의 일치에 질색한다. 이야기하는 마음은 의미 중독자이다. 이야기하는 마음은 세상에서 의미 있는 패턴을 찾아내지 못하면 스스로 의미를 부여하려 든다. 한마디로 이야기하는 마음은 진실을 말할 수 있을 때는 진짜 이야기를, 그럴 수 없을 때는 가짜 이야기를 제조하는 공장이다.

기하학적 강간

인간의 마음은 패턴을 감지하는 데 알맞으며 부정 오류보다는 긍정 오류에 치우쳐 있다.[15] 인간의 얼굴과 형태에 민감하도록 설계된 마음 소프트웨어는 구름에서 동물을 보거나 구운 빵에서 예수를 보기도 한다. 심리학자들은 이것이 환경에서 유의미한 패턴을 지각하도록 하는 '마음 설계'의 일환이라고 말한다.

유의미한 패턴에 대한 갈망은 이야기에 대한 갈망으로 표현된다. 비디오 게임 디자이너이자 작가인 제임스 윌리스 말마따나 "인간은 이야기를 좋아한다. 우리 뇌는 서사를 즐기고 서사로부터 배울 뿐 아니라 서사를 만들어 내고 싶어 하는 마음을 타고났다. 마음이 추상적 패턴을 얼굴로 인식하듯 우리의 상상력은 사건의 패턴을 이야기로 인식한다."[16] 우리가 유입되는 정보에서 저절로 이야기를 뽑아내고 이야기가 없으면 기꺼이 지어낸다는 사실을 보여 주는 연구는 얼마든지 있다. 아래 문장을 읽어 보라.

토드가 꽃을 사러 가게로 달려갔다.

그레그가 개를 산책시켰다.

샐리가 하루 종일 침대에 누워 있었다.

자, 무슨 생각이 들었는가? 여러분이 남들과 비슷하다면 세 문장에 숨겨진 의미를 찾으려고 골머리를 썩였을 것이다. 샐리는 누가 죽어서 슬픈 걸까? 그레그와 토드는 샐리 친구인데 한 명은 샐리의 개를 돌보고 또 한 명은 샐리에게 꽃을 사다 주려는 것일까? 아니, 샐리는 행복한지도 몰라. 방금 복권에 당첨된 것을 기념하려고 하루 종일 침대에 누워 있는 호사를 누리기로 했을까? 그레그와 토드는 속옷 모델인데 샐리가 안마사와 개인 비서로 고용한 걸까?

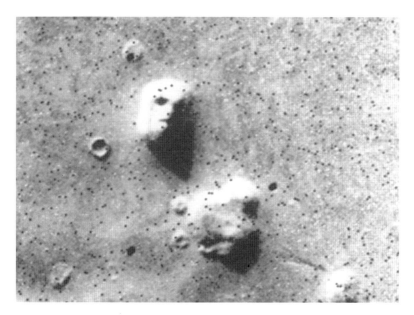

1976년에 바이킹 1호가 화성에서 찍은 '얼굴' 사진. 어떤 사람들은 이것이 화성에 문명이 존재했다는 증거라고 생각했지만 고해상도 이미지를 확인해 보니 '얼굴'은 화성의 평범한 언덕으로 드러났다.

사실 세 문장은 연관성이 전혀 없다. 내가 지어낸 문장이다. 하지만 여러분의 이야기하는 마음이 남들 못지않다면 저절로 세 문장을 엮어 이야기의 출발점으로 삼았을 것이다. 물론 우리는 세 문장으로 만들어 낼 수 있는 서사의 개수가 무한하다는 사실을 의식 차원에서 알고 있다. 하지만 연구들에 따르면, 아무 패턴도 없는 임의의 정보를 제시받았을 때 이것을 이야기로 짜 맞추지 않기란 여간 힘든 일이 아니다.[17]

심리학자 프리츠 하이더와 마리안네 지멜의 실험은 이 점을 근사하게 보여 준다.[18] 두 연구자는 1940년대 중엽에 짧은 애니메이션 동영상을 만들었다. 동영상은 매우 단순하다. 커다란 네모가 제자리에 가만히 있는데 한쪽 면의 일부가 열렸다 닫혔다 한다. 큰 세모, 작은 세모, 작은 동그라미도 있다. 처음에는 큰 세모가 큰 네모 안에 있다. 작은 세모

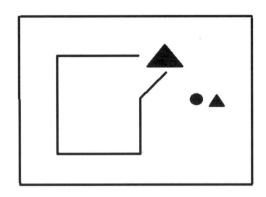

하이더와 지멜이 1944년에 만든 동영상의 정지 화면을 새로 그린 것으로, 원래 영상은 유튜브에서 볼 수 있다. 그 뒤로 많은 연구자들이 하이더와 지멜의 실험을 재연했다.

와 작은 동그라미가 나타난다. 큰 네모의 문이 열렸다 닫히는 동안 나머지 도형들이 화면에서 이리저리 움직인다. 90초가량 지난 뒤에 작은 세모와 작은 동그라미가 다시 사라진다.

나는 동영상을 처음 보았을 때 단순한 도형이 화면 위에서 제멋대로 움직이는 것을 보지 못했다. 내가 본 것은 기묘하게 설득력 있는 기하학적 상징이었다. 작은 세모는 주인공이다. 큰 세모는 악당이다. 작은 동그라미는 여주인공이다. 작은 세모와 작은 동그라미가 연인처럼 나란히 화면에 등장하자 큰 세모가 집(네모)에서 뛰쳐나온다. 큰 세모가 왜소한 남자(작은 세모)를 확 들이받아 밀쳐 내고는 반항하는 여주인공(작은 동그라미)을 집으로 데려간다. 그러고 나서 큰 세모가 동그라미를 이리저리 쫓아다니며 구석으로 몰아붙인다. 이 장면에서 성적 위협의 분위기가 느껴진다. 결국 큰 네모의 문이 열리고 작은 동그라미가 밖으로 달아나 작은 세모와 만난다. 두 연인(작은 세모와 작은 동그라미)이 큰 세모의 추격을 따돌리며 화면을 헤집고 다닌다. 행복한 두 연인은 마침내 탈출하고 큰 세모가 분을 못 이겨 집을 부순다.

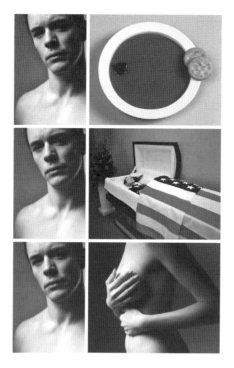

쿨레쇼프 효과를 재연한 것. 쿨레쇼프의 원본 영상은 유실되었지만 그의 실험을 재연한 동영상이 유튜브에 많이 올라와 있다.

　물론 이것은 말도 안 되는 해석이다. 셜록 홈스처럼 나도 애매모호한 단서로부터 풍부하고 확신에 찬 이야기를 지어냈다. 하지만 나만 그런 것이 아니다. 하이더와 지멜은 동영상을 피험자들에게 보여 준 뒤에 "방금 본 것을 묘사하세요."라는 간단한 과제를 냈다. 그런데 정말로 합리적인 대답을 내놓은 사람은 놀랍게도 114명 중 3명에 불과했다. 이 사람들은 화면에서 도형이 이리저리 움직이는 것을 보았다고 응답했다. 하지만 나머지 피험자들은 나와 다르지 않았다. 이들은 영혼 없는 도형이 화면을 쏘다니는 것을 보지 않았다. 이들이 본 것은 한 편의 드라마였다. 문을 쾅 닫고, 구애의 춤을 추고, 공격자를 물리치는 이야기였다.

이와 비슷한 맥락에서 20세기 초에 러시아의 영화 제작자 레프 쿨레쇼프는 관에 든 시체, 매력적인 젊은 여자, 수프 한 접시의 사진을 아무 설명 없이 보여 주는 영화를 만들었다. 사진 사이에는 배우의 얼굴 사진을 삽입했다. 관객은 수프를 보았을 때는 배우가 굶주림의 감정을 표현한다고 생각했다. 시체를 보았을 때는 배우가 슬퍼 보인다고 생각했다. 매력적인 여자를 보았을 때는 배우의 얼굴이 욕정으로 일그러졌다고 생각했다.

사실 배우는 아무 감정도 표현하지 않았다. 배우의 얼굴 사진은 무표정한 얼굴로 카메라를 쳐다보는 똑같은 사진이었다. 굶주림, 슬픔, 욕정은 배우의 얼굴에 나타난 것이 아니라 관객이 부여한 것이다. 쿨레쇼프의 실험은 우리가 이야기의 부재를 얼마나 견딜 수 없어 하는지, 무의미한 몽타주에 얼마나 열렬히 이야기 구조를 부여하려 하는지를 잘 보여 준다.

살짝 베였을 뿐

200년도 더 전에 제임스 틸리 매슈스는 정교한 허구의 세계를 만들어 내고는 그 속에 단단히 틀어박혀 살았다. 그의 사연은 병적 말짓기증의 사례이다. 이 병에 걸리면 터무니없고 믿기 힘든 소설을 지어내고 이를 털끝만큼도 의심하지 않는다.[19]

병적 말짓기증 환자는 스스로 지어낸 이야기와 한 치의 오차도 없는 삶을 산다. 뇌 손상을 입은 남자는 자신을 여전히 청년이라고 우기면서도 중년에 접어든 자기 자식들의 나이를 정확하게 읊는다. 코르사코프 증후군에 걸린 기억 상실증 환자는 자신이 누구인지 끊임없이 잊

어버리며 새로운 정체성을 끊임없이 만들어 낸다. 올리버 색스의 말을 빌리자면, 코르사코프 증후군 환자는 "말 지어내기 천재"이며 "매 순간 자기 자신과 자신의 주변 세계를 문자 그대로 창조해야 한다."[20] 코타르 증후군에 걸린 환자는 자신이 죽었는데도 살아 있는 것처럼 보이는 이유에 대해 그럴듯한 설명을 늘어놓는다. 팔다리를 잃은 말짓기증 환자는 현실을 완강히 부인할 것이다. 없는 팔다리를 움직여 보라고 하면 환자는 관절염에 걸렸다거나 의사의 부당한 요구에 저항하겠다는 등의 이유를 지어낼 것이다.[21](영화 「몬티 파이선과 성배」에는 흑기사가 등장하는데, 아서 왕에게 양팔을 잘린 뒤에도 "살짝 베였을 뿐이다."라고 우긴다. 이에 대해 아서 왕은 "그대는 팔이 없소!"라고 꼬집는다. 기사는 잘린 부위에서 동맥혈을 쏟으면서도 "아니, 있소!"라고 대꾸한다.)

손상되거나 병든 뇌가 말을 지어내는 사례들은 그 자체로 흥미로울 뿐 아니라 멀쩡한 정신의 기능을 이해하게 해 준다는 점에서도 흥미롭다. 심리학자들에 따르면 정신이 건강한 평범한 사람들 또한 일상적 상황에서 말 지어내는 데 도사이다. 수법이 교묘해서 좀처럼 들키지 않을 뿐이다. 이야기하는 마음이 얼마나 자주 말을 지어내는지 알기 위해서는 정교한 실험이 필요하다.

초창기의 실험으로는 1931년에 발표된 노먼 메이어의 연구가 있다.[22] 메이어는 피험자를 빈방에 한 명씩 들여보냈다. 밧줄 두 개가 천장에 매달려 있고 전원 연장 코드와 펜치 같은 물체가 바닥에 놓여 있을 뿐 방 안에는 아무것도 없었다. 피험자의 임무는 밧줄 두 개를 연결하는 것이었다. 하지만 밧줄이 너무 멀리 떨어져 있어서 동시에 붙잡을 수 없다는 것이 문제였다. 대다수 피험자는 어쩔 줄 몰라 쩔쩔맸다. 얼마 뒤에 메이어가 진행 상황을 점검하겠다며 방에 들어왔다. 그러자 피험자는 순간적으로 해결책을 생각해 냈다. 펜치를 추처럼 밧줄에 매달아 진자처럼 흔들어서 두 밧줄을 잡아 묶은 것이다.

메이어가 피험자에게 펜치 아이디어를 어떻게 떠올렸느냐고 묻자 그들은 거창한 이야기를 지어냈다. 심리학과 교수이기도 한 어떤 피험자는 이렇게 대답했다. "밧줄을 타고 강을 건너야 하는 상황을 생각했습니다. 원숭이가 이 나무에서 저 나무로 건너가는 상상을 했어요. 그러자 불현듯 해결책이 떠올랐습니다. 완벽한 형태로 떠올랐죠." 피험자들이 말하지 못한 것은 해결할 영감을 준 실제 계기였다. 메이어는 방에 들어오면서 '우연을 가장해' 밧줄 하나를 건드려 흔들리게 했다. 이 사건을 의식 차원에서 지각한 피험자는 거의 없었다.

그 뒤에 수행된 어떤 연구에서는 피험자에게 쇼핑객의 임무를 주고 가격이 같은 양말 일곱 켤레 중에서 하나를 고르도록 했다.[23] 피험자들이 양말을 들여다보다가 하나를 고르면 연구진은 왜 그 양말을 골랐느냐고 물었다. 전형적인 대답은 색깔, 질감, 재봉 솜씨 같은 미묘한 차이가 있다는 것이었다. 사실 일곱 켤레 모두 똑같은 양말이었다. 피험자들이 양말을 고르는 데는 실제로 패턴이 있었지만(자신의 오른쪽에 놓인 양말을 고르는 경향이 있었다.) 이를 알아차린 사람은 아무도 없었다. 피험자들은 자기가 왜 그 양말을 골랐는지 모른다고 대답하지 않았으며 자신의 결정이 합리적으로 보이도록 이야기를 지어냈다. 하지만 이들의 노력은 수포로 돌아갔다. 이들의 이야기는 지어낸 말, 바른대로 말하자면 거짓말이었다.[24]

질서를 향한 저주받은 갈망

이러한 사례들은 사소하게 보일지도 모르겠다. 방에 들어갔는데 왜 배우자가 황급히 노트북을 닫았을까, 혹은 동료의 표정에 왜 죄책감이 나타났을까 하는 의문에 대해 우리가 하루 종일 지어내는 이야기가 사실에 바탕을 두고 있는지의 여부가 과연 중요할까? 우리가 양말 이야기를 지어내든 말든 신경 쓰는 사람이 있을까? 하지만 존재하지 않는 이야기를 지어내는 성향에는 어두운 측면이 있다. 이 점을 가장 잘 보여 주는 것은 그럴듯한 음모론이다.

열정적 창의력과 매혹적 줄거리를 갖춘 음모론은 사실 일부 사람들이 믿는 허구적 이야기이다. 음모론자들은 실제 사실과 상상 속 사실을 연결해서 일관되고 정서적 만족을 주는 현실적인 설명을 만들어 낸다. 음모론은 픽션과 유사한 구조에도 '불구하고' 사람들의, 어쩌면 여러분의 상상력까지 단단히 사로잡는 것이 아니다. 픽션과 구조가 유사하기 '때문에' 상상력을 사로잡는 것이다. 음모론이 우리를 매혹하는 이유는 기막히게 뛰어난 이야기이기 때문이다. 음모론은 고전적 문제 구조를 제시하고 좋은 사람과 나쁜 놈을 깔끔하게 나눈다. 생생하고 선정적인 줄거리는 대중 문화 산업과 쉽게 접목된다. 댄 브라운의 『다빈치 코드』

와 제임스 엘로이의 미국 지하 세계 삼부작 같은 소설, 「JFK」와 「그림자 없는 저격자」 같은 영화, 「24」와 「엑스파일」 같은 텔레비전 드라마를 생각해 보라.

시끄럽고 분노에 찬 카리스마의 소유자 앨릭스 존스는 떠도는 사악한 음모 이야기를 가지고 상업적 소(小)제국을 건설했다. 마흔을 바라보는 토실토실한 몸집의 존스는 다큐멘터리 「엔드 게임: 전 세계 노예화의 청사진」에서 한 줌의 '세계 엘리트'가 지구를 손아귀에 넣고 사람들을 노예로 만들려는 비열한 계획을 실행에 옮기고 있다고 주장한다.[25] 말의 성찬이 쏟아지지만 실제 증거는 빈약하다. 몇 가지만 예를 들어 보자. 도로 표지판에는 유엔 침략군이 미국의 심장부를 누비고 다닐 수 있도록 특별한 표시가 되어 있다. 우편함에도 주도면밀한 표시가 찍혀 있다. 자신의 몸에서 파란 점을 발견하면 안도의 한숨을 내쉬기 바란다. 미국 연방비상관리국 강제 수용소에 갇히는 것이 고작일 테니 말이다. 몸에 빨간 점이 찍혀 있다면 기도를 올리라. 외국 침략군이 여러분을 즉결 처형할 것이다. 존스의 주장에 따르면 한결같이 루시퍼 숭배자인 이 음모자들은 세계 인구의 80퍼센트를 몰살한 뒤에 의료 유전학의 혜택을 입어 신처럼 영원히 살 것이라고 한다.

최근에 존스는 신 세계 질서*에 반대 목소리를 높였고 케네디 대통령 암살 사건을 조사했으며 9·11 진상 규명 집회에서 사람들을 선동하고 다녔는데, 케이블 티브이 방송국 독립영화 채널의 다큐멘터리 제작자들이 그의 뒤를 졸졸 따라다녔다.[26] 이 다큐멘터리와 존스의 인기 라디오 프로그램(청취자가 하루 100만 명에 이른다.[27])에서 그는 편집증적 자기 중심주의자의 면모를 보인다. 존스는 가는 곳마다 누군가 자신의 뒤

---

* 음모론에서 곧잘 등장하는 개념으로, 전체주의 단일 정부가 지배하는 세계를 일컫는다.

앨릭스 존스가 뉴욕에서 열린 9·11 진상 규명 집회에서 앞장서서 행진하고 있다.

를 밟는다고 확신한다. 그와 동료들은 고속 도로를 달리면서도 끊임없이 고개를 돌려 뒤를 경계한다. 평범한 승용차가 지나가자 존스는 사진을 찍으며 "저것 봐, 군 정보 기관이야."라고 말한다. 백악관 바깥에 선 존스는 웃통을 벗은 채 산악 자전거를 타는 사람이 자신을 감시하는 비밀 공작 요원이라고 철석같이 믿는다. 라디오 생방송으로 인터뷰를 하려는 찰나 호텔에서 화재 경보기가 울리자 존스는 침을 탁 뱉고 손뼉을 치면서 고함지른다. "함정이야! 함정에 빠졌어!"

존스의 편집증적 말짓기증이 제임스 틸리 매슈스의 정신병과 무엇이 다른지를, 아니 다르기나 한지를 묻는 것은 정당하다. 영향력 있는 음모론자 데이비드 아이크도 마찬가지이다. 외계 흡혈 도마뱀 인간이 변장한 채 세계를 다스린다고 말할 때 그의 표정은 더없이 진지하다.[28]

정신병자의 망상과 음모론자의 환상은 정도의 차이만 있을 뿐 같은 종류이다. 매슈스의 망상 정신병은 정신이 멀쩡한 사람을 음모론에 빠져들게 하는 갈망과 종류가 같되 단지 망가졌을 뿐인 것 같다. 음모론은 이야기하는 마음이 내놓을 수 있는 최악의 결과물이다.

음모론이 진정 놀라운 것은 기이해서가 아니라 평범해서이다. 구글에서 conspiracy(음모)를 입력해 3700만 건의 검색 결과를 훑어 보라. 음모론의 소재가 무궁무진하다는 사실을 알 수 있을 것이다. 일루미나티, 프리메이슨, 유대인 등의 사악한 비밀 결사 운운하는 거창한 고전 음모론도 있고 마릴린 먼로, 엘비스 프레슬리, 비기, 투팍, 다이애나 왕세자빈(아랍인의 아이를 임신한 죄로 살해되었다고 한다.), 로버트 케네디, 존 F. 케네디, 마틴 루서 킹(셋 다 '그림자 없는 저격자'에게 암살되었다고 한다.)처럼 요절한 연예계 및 정계 거물을 대상으로 하는 음모론도 있다. 허리케인 카트리나(정부 요원이 흑인 주민을 익사시키려고 제방을 폭파했다고 한다.), 수돗물 불소화(마인드 컨트롤 수단), 최음제 풍선껌(이스라엘이 팔레스타인 여자들을 매춘부로 만들기 위해 쓴다고 한다.), 제트기 비행운(공격성을 부추기는 화학 물질을 소수자 거주지에 뿌린다고 한다.), 폴 매카트니(오래전에 죽었다고 한다.), 존 레넌(스티븐 킹의 총에 맞았다고 한다.[29]), 홀로코스트(일어나지 않았다고 한다.), 51구역 은폐(했다고 한다.), 달 착륙(하지 않았다고 한다.) 등에 얽힌 음모론도 있다.

어마어마한 수의 사람들이 이와 같은 이야기를 진짜로 믿는다. 이를테면 스크립스 하워드의 2006년 7월 여론 조사에 따르면 미국인의 36퍼센트는 미국 정부가 9·11 테러 공격을 공모했다고 믿고 있으며, 민주당원과 청년층(18~30세)의 대부분은 정부 기관이 적극적으로 공격에 가담했거나 공격 계획을 사전에 알고도 아무 조치를 취하지 않았다고 믿는다.(이는 진주만 음모론의 재탕이다.[30]) 음모론은 좌파의 전유물이 아

음모론을 웃어넘길 수만은 없는 이유는 이들의 이야기가 아무리 허황되더라도 현실에 영향을 미치기 때문이다. 이를테면 많은 아프리카 사람들은 에이즈가 흑인을 겁에 질리게 해서 성행위를 꺼리고 콘돔을 사용하게 함으로써 무혈의 인종 학살을 영구적으로 자행하는 인종주의적 사기라고 믿는다. 이 음모론을 믿은 탓에 수많은 아프리카 사람들이 희생되었다. 티머시 맥베이(위 사진)는 "걸어 다니는 반정부 음모론 사전"[31]으로 불린 인물로, 민병대 운동의 핵심 교의('미국 정부가 신 세계 질서에 매수되었다.')를 신봉해서 오클라호마 연방 정부 청사에 폭탄을 터뜨렸다.

니다. 이 책을 쓰는 지금만 해도 미국 우파의 상당수가 버락 오바마 대통령에 대한 망상에 빠져 있다. 은밀한 이슬람교 신자이다(2010년 8월 현재 보수파 공화당원의 3분의 1, 전체 미국인의 20~25퍼센트가 그렇다고 믿는다.[32]), 미국에서 태어나지 않았다(공화당의 45퍼센트[33]), 미국을 파괴하려 드는 공산주의자이다, 노인을 안락사시키는 나치식 죽음 위원회를 설립하고 싶어 한다, 적그리스도이다(논란의 여지가 있지만, 해리스 폴 여론 조사에 따르면 공화당원의 24퍼센트는 오바마가 적그리스도일지도 모른다는 주장에 찬성했다.[34]) 따위의 주장에 혹해 있는 것이다.

이런 음모론 열풍을 전반적 퇴행이나 무지의 탓으로 돌리는 것은 인지상정이다. 하지만 이는 잘못이다. 데이비드 에러너비치는 『음모는 없다』에서 이렇게 설명한다.

> 식자층과 중산층 사이에서 음모 이론이 생성되고 널리 유포되는 게 틀림없다. 성직자의 지배를 받는 무지한 농부들이나 프롤레타리아 계층이 종교적 신념과 미신을 버리고 이와 같이 터무니없는 사회적 신념과 미신을 품게 되었다고 생각하기 십상인데 사실은 전혀 아니다. 음모설을 날조하고 퍼트린 사람은 대체로 대학교수, 대학생, 예술가, 관리직, 언론인, 공무원 들이었다.[35]

그렇다면 음모론은 눈을 희번덕거리는 극단주의 광신도의 영역이 아니다. 음모론적 사고는 멍청하고 무식하고 정신 나간 자들에게 국한되지 않는다. 음모론은 이야기하는 마음이 의미를 강박적으로 추구한 결과이다. 음모론은 인간 조건의 거대한 미스터리, 이를테면 '세상에는 왜 이토록 나쁜 일만 일어나는가?' 같은 물음에 궁극적 해답을 제시한다. 바로 악의 문제에 대한 해답인 것이다. 음모론자들의 상상 속 세계에 우연한 불운이란 없다. 음모론자 사전에 '마른하늘에 날벼락'이란 말은 존재하지 않는다. 역사는 단순한 악운의 연속이 아니다. 우연은 멍청이와 겁쟁이나 믿는 것이다. 음모론이 아무리 많은 악마를 불러내더라도 그 단순함이 언제나 우리에게 위안을 주는 것은 이런 까닭이다. 나쁜 일이 일어나는 것은 추상적인 역사적, 사회적 변인이 복잡하게 뒤엉키기 때문이 아니다. 나쁜 놈들이 우리의 행복을 앗아 가려고 호시탐탐 기회를 엿보기 때문이다. 그리고 당신은 나쁜 놈들과 맞서 싸울 수 있으며 심지어 물리칠 수도 있다. 숨겨진 이야기를 읽어 내는 눈이 있다면 말이다.

6
이야기의 도덕

우리는 멀쩡하든 맛이 갔든 예술가의 관점에서 살고
죽는다.

— 존 가드너, 『도덕적 소설에 대하여』

유대교, 기독교, 이슬람교의 3대 일신교 경전은 아담과 이브의 타락 이
야기, 노아의 홍수 이야기, 소돔과 고모라 이야기, 아브라함과 이삭 이
야기, 그리스도의 십자가 처형과 부활 이야기, 무함마드의 목을 콱 잡고
는 알라가 응혈로부터 사람을 만들었다고 알려 준 대천사 가브리엘 이
야기 등 온갖 이야기로 가득하다. '누가 누구를 낳고'의 족보 명단, '~하
라'와 '~하지 말라'의 명령(혹자는 성서에 나오는 계명의 개수가 열 개가 아
니라 700개 이상이라고 주장한다.[1]), 동물 희생 제사법과 방주 제작법 따위
를 다 빼면 경전에는 인간의 삶에서 가장 중요한 문제에 대한 압축적인
서사만 남는다. 중동의 경전들은 잔학한 폭력, 잔인한 신의 무자비한 형
벌, 자비로운 신의 축복과 용서, 끊임없이 고통을 겪는 사람들, 사랑에
빠져 자식을 많이 낳은 남녀 이야기를 실은 카탈로그이다.

　일신교만 이야기를 토대로 삼는 것이 아니다. 동서고금을 막론하고
크거나 작거나 모든 종교가 다 그런 듯하다. 전통 부족들의 민담을 읽

어 보라. 부족과 사물의 기원을 설명하는 신화가 대부분일 것이다. 전통 사회에서는 영적 세계의 진리를 1번, 2번 따위의 목록이나 자기 계발서 풍 에세이로 전달하지 않는다. 이야기로 전달한다. 성직자와 샤먼은 심 리학자들이 훗날 알게 될 것을 미리 알았다. 메시지를 인간의 마음에 파고들도록 하려면 이야기로 만들어야 한다는 사실 말이다.[2]

성스러운 신화를 삶의 지침으로 삼는 신자들은 태초부터 말세까지 아우르는 대안적 현실을 상상 속에서 구축해야 한다. 신의 존재를 입증 하는 증거로 넘쳐 나는 완전한 그림자 세계를 마음속에서 시뮬레이션 해야 한다. 별, 바람 소리, 염소 창자, 예언자의 수수께끼에 담긴 암호를 풀 수 있어야 한다.

인류 역사를 통틀어 성스러운 픽션만큼 인간의 실존을 지배한 것 은 없다. 종교는 우리의 정신을 지배하는 이야기의 궁극적 표현이다. 성 스러운 픽션의 주인공은 상상과 현실을 가르는 장벽을 개의치 않고 현 실 세계를 휘젓고 다니며 크나큰 영향력을 행사한다. 신자들은 성스러 운 이야기를 삶의 지표로 삼는다. 어떻게 먹을까, 어떻게 씻을까, 어떻게 입을까, 언제 성행위를 할까, 언제 용서할까, 언제 신의 이름으로 전쟁을 벌일까를 결정한다.

왜일까?

종교는 인간에게 보편적인 현상이며, 인류학자가 방문하고 고고학자 가 발굴한 모든 사회에 어떤 형태로든 존재한다. 뇌 과학과 유전학이 위 세를 떨치는 지금도 신은 죽지 않았다. 힘을 잃지도 않았다. 니체가 살 아 있다면 실망이 이만저만이 아닐 것이다. 대부분의 세상 사람들은 하 늘을 올려다보고 (시인 하트 크레인이 그랬듯) "신은 없다."[3]라고 말하지 않는다. 거대 종교들은 떠나는 신자보다 찾아오는 개종자가 더 많다. 유 럽은 지난 한 세기 동안 더욱 세속화되었지만, 미국을 비롯한 대부분의

3대 일신교의 독실한 신자는 자기네 경전이 이야기라는 말에 기분이 상할지도 모른다. 하지만 제우스나 토르, 힌두교의 파괴의 신 시바(위 사진)에 대한 서사가 단지 이야기일 뿐이라는 데는 전혀 이의를 달지 않을 것이다.

나라는 더 종교적으로 바뀌고 있다.[4]

저마다 다른 수천 개의 문화에서 종교가 독립적으로 발전한 것이 우연일 리 만무하므로 호모 사피엔스는 아프리카에서 빠져나오기 시작한 시절부터 영적 유인원이었음에 틀림없다. 또한 모든 종교는 초자연적 존재, 초월적 영혼, 주술(제의와 기도)의 효험 등을 믿는다는 기본적 특징을 공유하므로 영성의 뿌리는 인간 본성 깊숙이 자리 잡고 있음이 분명하다.

하지만 우리는 왜 종교적으로 진화했을까? 상상의 존재에 대한 독단적 믿음은 어째서 생존과 번식 능력을 감소시키지 않았을까? 종교적 희생과 제의, 금지, 터부, 계율을 지키려면 큰 비용을 치러야 하는데, 자연 선택의 절약 메커니즘이 종교를 버리지 않은 이유는 무엇일까? 제우스에게 염소를 태워 바치면 결국 가족의 염소 한 마리가 줄어든다. 옛 이야기[5]에서 시키는 대로 아들의 생식기 끝에 있는 멀쩡한 살을 잘라 내는 데에도 위험이 없지 않다.(질병의 세균설이 발견되기 전, 항생제와 수술용 금속이 보급되기 전에 할례, 즉 포경은 위험한 수술이었으며 지금도 종종 사고가 일어난다.) 두 재료로 직조한 옷을 입지 말고 염소 새끼를 그 어미의 젖으로 삶지 말라는 계명을 지키기란 쉬운 일이지만, 간음하는 자와 술객과 안식일 어기는 자와 근친상간하는 자와 신성 모독 하는 자와 부모에게 불순종하는 자녀와 우상 숭배자와 고집 센 소 따위에게 늘 돌을 던지기란 꽤 부담스럽다.

종교적 성향은 진화적 적응이거나 진화적 부산물이거나 둘 다이다. 세속에서 종교를 설명하는 전통적 논리는 존재에 질서와 의미를 부여하기 위해 인간이 신을 발명했다는 것이다. 인간은 호기심을 타고났으며, 다음과 같이 원대하고 대답 불가능한 물음에 무슨 수를 써서든 대답하고 싶어 한다. 나는 왜 여기 있는가? 누가 나를 만들었는가? 해는 밤이 되면 어디로 가는가? 분만은 왜 고통스러운가? '내(남루한 육체가 아니라, 두개골 속에서 끝없이 재잘거리는 존재)'가 죽으면 어떻게 되는가?

이와 같은 논리는 본질적으로 종교를 부산물로서 설명하는 것이며, 현재 진화 사상가들 대부분이 이 관점을 택하고 있다.[6] 우리가 종교를 가진 이유는 설명의 공백을 질색하는 천성 때문이다. 성스러운 픽션에서 우리는 이야기하는 마음이 구사하는 말 짓기의 최고봉을 본다.

대니얼 데닛과 리처드 도킨스 등을 필두로 한 일부 진화 사상가들은 종교적 행동의 어두운 면(학살, 독선, 맹신을 강요하는 사상적 억압 등)

을 사정없이 공격한다.[7] 이들은 종교가 진화의 비극적 결함에서 비롯했다고 생각한다. 도킨스와 데닛은 마음이 종교에 취약한 것은 컴퓨터가 바이러스에 취약한 것과 마찬가지라고 주장한다. 두 사람 다 종교를 정신적 기생충으로도 모자라(도킨스는 종교가 "정신 바이러스"[8]라는 명언을 남겼다.) 해로운 기생충으로 여긴다. 이 사상가들이 보기에 종교는 창자에 서식하면서 소화를 돕는 유익한 박테리아와 무관하다. 종교는 우리의 항문에 알을 낳아 가려움증을 유발하는 혐오스러운 요충에 더 가깝다. 도킨스와 데닛은 종교라는 정신 기생충을 박멸할 수만 있다면 인간의 삶이 훨씬 나아질 것이라고 주장한다.

나는 도킨스와 데닛만큼 확신이 들지는 않는다. 물론 종교를 부산물로 설명하는 것이 진실의 중요한 일면을 포착한다고는 생각한다. 인간이 신과 영혼과 요정을 불러내는 것은 설명의 공백을 메우기 위해서이니 말이다.(그렇다고 해서 내가 신과 영혼과 요정의 가능성을 부정하는 것은 아니다. 한 문화의 초자연적 이야기가 다른 문화보다 더 타당하다는 것을 부정할 뿐이다.) 하지만 종교가 진화적 관점에서 과연 쓸모없거나 해로울까? 그렇게 생각하지 않는 진화론자들이 늘고 있다.

생물학자 데이비드 슬론 윌슨은 『종교는 진화한다』라는 선구적 저서에서 종교가 모든 인간 사회에서 안정적으로 등장한 이유는 간단하다고 주장한다.[9] 바로 사회의 기능을 향상했기 때문이다. 신앙 본능을 우연히 소유하게 된 인간 집단이 종교 없는 경쟁 집단보다 철저히 우위에 섰기에 종교적 성향은 인류의 유전자에 단단히 각인되었다.

윌슨은 종교가 집단에 여러 혜택을 가져다준다고 주장한다. 첫째, 종교는 집단을 집단으로 정의한다. 사회학자 에밀 뒤르켐 말마따나 "종교는 믿음과 실천의 통합 체계이다. …… 종교를 따르는 모든 사람을 교회라는 단일한 도덕 공동체에 결속한다."[10] 둘째, 종교는 집단 안에서 행동을 조율하고 규칙과 규범, 처벌과 보상을 정한다. 셋째, 종교는 집단 내 협력을 장려하고 이기적 행동을 억압하는 강력한 보상 체계이다. 과학 저술가 니컬러스 웨이드는 윌슨의 주장에 담긴 핵심을 간결하게 정리해서 종교의 진화적 기능이 "사람들을 하나로 묶고 집단의 이익을 자신의 이익보다 우선시하도록 하는 것"[11]이라고 말했다.

무신론자들은 지적인 종교인들이 명백히 비합리적인 믿음을 고집하는 것에 곧잘 당혹스러워한다. 무신론자가 보기에 전 세계의 종교계는 수십억 명의 돈키호테가 풍차를 향해 돌진하는 꼴이다. 종교인들은 돈키호테처럼 자기네가 즐겨 읽는 이야기책이 한갓 이야기책에 불과함을 깨닫지 못한다는 것이다.

하지만 윌슨은 "진화론의 관점에서 유일하게 타당한 황금 기준, 즉 사람들에게 무엇을 하게 하는가라는 기준에 비추어 보면, 비합리적이고 비기능적으로 보이는 종교의 요소들이 완벽하게 이해된다."[12]라고 지적한다. 종교는 사람들이 (같은 종교를 믿는) 집단 구성원에게 더 친절하게 대하고, 경쟁 집단을 적대시하면서 자기 집단의 이익을 열렬히 추구하도록 한다. 1869년에 독일의 진화론자 구스타프 예거는 종교를 "생존을 위한 (다윈주의적) 투쟁의 무기"[13]로 볼 수 있다고 주장했다.

예거의 표현에서 보듯 종교가 유익하다고 해서 종교가 전체적으로 선하다고 해석할 수는 없다. 물론 사람들을 더 조화로운 공동체로 묶는 윤리적 가르침은 선하다. 하지만 종교에 어두운 측면이 있다는 점 또한 분명하다. 종교는 언제든지 무기가 될 수 있다. 종교는 같은 종교를 믿는 사람들을 묶고, 서로 다른 종교를 믿는 사람들을 가른다.

성스러운 역사

사회 결속의 역할을 하는 이야기는 초자연적 신화만이 아니다. 국가 신화도 같은 역할을 할 수 있다. 얼마 전에 초등학교 1학년생인 딸 애비게일에게 크리스토퍼 콜럼버스에 대해 학교에서 무엇을 배웠느냐고 물었다. 애비는 기억력이 뛰어나 세 척의 배 이름, 콜럼버스가 1492년에 푸른 바다를 건너 아메리카를 발견했으며 지구가 평평하지 않고 둥글다는 것을 입증한 사실 등을 줄줄 읊었다. 30년 전 초등학교에서 내가 배운 것과 같았다. 우리 부모님도 같은 것을 배웠다.

하지만 애비게일이 배운 것은 대부분 역사가 아니라 픽션이다. 대부분의 세부 내용이 명백히 틀렸고 나머지도 오해의 소지가 있다. 사소한 예를 들자면 1492년에 교양 있는 사람들은 대부분 지구가 둥글다는 사실을 알고 있었다. 거창한 예를 들자면 애비는 콜럼버스가 서인도 제도에 처음 상륙했다는 사실을 배우지 않았다. 그곳에서 콜럼버스는 아라와크 족에 대해 이런 묘사를 남겼다. "이들은 좋은 하인이 될 듯하다. ······ 50명만 있으면 이들 모두를 정복해서 마음껏 부릴 수 있을 것이다."[14] 실제로 콜럼버스 일당은 탐욕과 가학적 창의력을 발휘해 아라와크 족을 학살하고 노예로 삼았다. 60년 만에 아라와크 족은 지구상에서 사라졌다. 애비는 콜럼버스의 항해가 그 뒤로 수 세기 동안 북아메리카 대륙에서 인디언을 몰아낸 비극의 서막에 불과하다는 사실도 배우지 않았다.

하워드 진이나 제임스 로웬 같은 수정주의 역사가는 미국의 역사 서술이 완전히 표백되어 더는 역사로 인정할 수 없을 지경이라고 주장한다.[15] 미국사는 단호한 망각의 역사이다. 그 목적은 부끄러운 기억을 국가의 기억 창고에서 삭제해서 역사가 국민을 통합하는 애국적 신화로

콜럼버스가 신대륙에 도착하는 장면을 그린 디오스코로 푸에블라(1831~1901)의 그림.

기능하도록 하는 것이다. 콜럼버스, 스콴토와 첫 추수 감사절, 거짓말할
줄 모르는 조지 워싱턴 따위의 이야기는 국가의 탄생 신화 역할을 한
다. 이 이야기의 중심에 선 인물들은 피와 살이 있고 미덕과 결함을 두
루 지닌 사람이 아니라 영웅전의 주인공으로 분칠되었다. 이러한 신화
의 목적은 실제 일어난 일을 객관적으로 서술하는 것이 아니다. 공동체
를 하나로 묶는 것, '여럿(pluribus)'을 '하나(unum)'로 만드는 이야기를
하는 것이 목적이다.*

많은 논평가들은 진이나 로웬 같은 수정주의자가 신화를 타파하기
보다는 역(逆)신화를 만들어 낼 뿐이라고 생각한다.[16] 서구 사회를 쓰레
기 취급하고 토착 사회를 터무니없이 낭만화한다는 것이다. 비판자들은
신대륙과 서구인들이 말살한 아프리카 사회를 비롯한 모든 사회에 전쟁

---

* '여럿으로 이루어진 하나(e pluribus unum)'는 1955년까지 미국의 표어였다.

과 정복의 오랜 역사가 있음을 상기시킨다. 그러면서 정복자인 서구 열강과 피정복자를 나눈 커다란 차이는 기술이었을 뿐이라고 주장한다. 이를테면 탐욕스러운 아즈텍 제국이 유럽까지 항해할 수단을 개발했다면 기꺼이 유럽을 약탈했으리라는 것이다. 비판자들은 인간이 역사를 통틀어 추악한 짓을 수없이 저질렀으며 다만 지난 500년간 서구인들의 악행 능력이 누구보다 뛰어났을 뿐이라고 말한다.

하지만 인류 역사를 바라보는 침울하기는 해도 균형 잡힌 이 관점은 학교에서 가르쳐지지 않는다. 역사 시간 내내 우리가 배운 것은 신화이다. 신화는 우리가 착한 사람이라고 가르칠 뿐 아니라 누구보다도 똑똑하고 용감하고 훌륭한 사람이라고 가르친다.

상상할 수 없는 것을 상상하라

나이 차는 둘의 사랑을 가로막지 못했다. 톰은 고작 스물두 살이었다. 그는 훤칠하고 호리호리했으며 얼굴과 몸매가 소년 같았다. 세라는 통통했으며 잘 웃었다. 실제 나이는 마흔다섯이지만 훨씬 젊어 보였다. 검은 머리에 희끗희끗한 줄무늬가 없었다면 톰의 누나라고 해도 믿었을 것이다. 톰이 대학을 졸업하자 세라는 선물로 파리 여행을 데려가 주기로 했다. 세라가 웃으며 말했다. "나랑 원조 교제 하는 거야."

둘은 파리에 열흘 동안 머물며 에펠 탑과 루브르 박물관, 웅장한 노트르담 대성당을 구경했다. 출국을 이틀 앞두고 둘은 라탱 구의 근사한 레스토랑에서 적포도주를 곁들인 저녁을 먹었다. 그런데 다른 손님들의 눈길이 따가웠다. 둘은 어딜 가나 주목의 대상이 되었다. 파리 대로를 손잡고 걸을 때도 등 뒤에서 자신들을 평가하고 판단하는 눈길과 쯧쯧

거리는 소리를 느꼈다. 둘은 사람들이 뭐라고 생각하는지 알고 있었다. 톰이 엄마뻘 되는 여인과 사귀는 것이 옳지 않다는 생각이었다.

어쩌면 파리 사람들은 전혀 그렇게 생각하지 않았을지도 모른다. 그들이 쳐다본 것은 두 사람이 사랑에 푹 빠진 매력적인 커플이기 때문인지도 모른다. 톰과 세라는 편집증에 시달리고 있었을까? 하지만 그렇다 해도 이상할 것이 없었다. 둘은 행복의 대가를 호되게 치렀기 때문이다. 세라의 어머니는 둘의 관계를 알게 된 뒤에 딸이 치료를 받을 때까지 딸과 한마디도 하지 않겠다고 맹세했다. 직장 동료들은 휴게실에서 추잡한 험담을 수군거렸다. 한편 톰은 아버지와 대판 싸우고 눈물을 쏟았다. 동아리 회원들에게 세라 이야기를 했더니 배꼽을 잡고 웃으며 농담 말라고 했다. 하지만 세라가 톰의 방에서 밤을 보내기 시작하자 동아리에서 긴급 회의를 소집해 톰을 동아리 방에서 내쫓으려 했다.

사실 둘은 손가락질받는 것을 즐겼다. 그 또한 연애의 재미였기 때문이다. 둘은 관습적 경멸을 감수하며 살아갈 용기를 지닌 반란자를 자처했다. 레스토랑에서 포도주 마지막 잔을 마시며 늘 나누던 질문을 서로에게 던졌다. 우리가 누구한테 피해를 준다는 거지? 왜 이렇게 참견하고 질투하는 거야? 이 사람들의 도덕이라는 건 왜 이토록 편협하고 소심한 걸까?

둘은 포도주와 반항심에 취한 채 센 강을 따라 호텔로 돌아갔다. 방에 들어간 톰은 문고리에 '방해 금지' 팻말을 걸었다. 톰과 세라는 방바닥을 뛰고 구르며 난투극을 벌이듯 격렬하게 사랑을 나누었다.

얼마 뒤에 톰이 세라의 몸 위에 무너지듯 쓰러졌다. 세라는 헐떡거리는 톰의 머리를 가슴에 꼭 안고 그의 곱슬머리를 쓰다듬으며 달콤한 밀어를 귀에 속삭였다. 한숨 돌린 톰이 자기 베개 쪽으로 몸을 굴리며 말했다. "자, 내일은 뭘 보러 갈까요, 엄마?"

세라는 톰의 어깨에 머리를 기댄 채 가슴에 듬성듬성 난 털을 장난스럽게 잡아당겼다. 그러고는 낄낄거리며 톰을 간질였다. "내일은 하루 종일 침대에 있을 거야!" 톰도 낄낄대며 말했다. "엄마아! 제발 그마안!"

첫째, 여러분에게 몹쓸 짓을 한 것에 대해 사과한다. 동의하기 힘든 취향이라는 점, 나도 인정한다. 둘째, 다 생각이 있어서 그런 것이다. 이제부터 내가 왜 그랬는지 설명하겠다.

여러분이 평범한 사람이라면 방금 읽은 파리의 연애 소설을 머릿속으로 상상하지 않을 수 없었을 것이다. 파리에 가 본 적이 있다면 도시 풍경이 생생하게 떠올랐을 것이다. 파리를 한 번도 못 가 봤더라도 영화나 그림, 엽서에서 본 풍경과 함께 근사한 레스토랑에서 식사하는 연인의 전형적 이미지가 떠올랐을 것이다. 매력적인 두 사람이 즐겁게 사랑을 나누기 시작했을 때 여러분은 이야기에 대한 관심이 부쩍 커졌을 것이다. 톰과 세라의 알몸이 어떻게 생겼을지, 둘이 어떤 체위를 취했을지 상상했을지도 모른다. 이 같은 순간 또는 이 같은 순간에 대한 약속이야말로 로맨스 소설과 포르노 소설, 아니 모든 이야기의 필수 요소이다.

하지만 두 연인이 실제로 엄마와 아들이었다는 사실을 알았을 때 기분이 어땠는가? 거부감이 들었는가? 맛있는 케이크를 한 입 베어 물었는데 뒤늦게 끔찍이 싫어하는 당근 케이크임을 알고 퉤퉤 뱉는 아이처럼 여러분의 뇌에서 이미지를 몰아내려 애썼는가?

나의 혐오스러운 이야기는 심리학자 조너선 하이트에게서 영감을 받아 쓴 것이다. 하이트는 도덕의 논리를 연구하고자 사람들에게 거북스러운 가상의 시나리오를 들려주었다.(하이트의 거북한 시나리오에는 합의에 따른 근친상간 말고도 죽은 닭과 수간하는 남자, 차에 치어 죽은 애완견을 먹는 가족의 이야기 등이 있다.[17]) 나의 이야기에 등장하는 남녀가 가족이 아니었다면 여러분은 둘의 성관계를 유쾌하게 상상했을 것이다. 하지만 진실을 알면 환상이 깨어진다. 두 성인 남녀가 합의하에 정서적, 육체적으로 만족스러운 관계를 유지한다는 이야기일지라도 대다수 사람들은 둘의 관계가 도덕적으로 용인될 수 있음을 상상조차 하기 싫어 한다.

이것은 놀라운 사실이다. 사람들은 이야기에서 거의 모든 것을 상상하려 들기 때문이다. 이야기에서는 늑대가 집을 훅 불어 무너뜨릴 수도 있고, 남자가 자다가 흉한 바퀴벌레가 될 수도 있고(프란츠 카프카의 「변신」), 당나귀가 날고 말하며 리듬 앤드 블루스 곡을 노래할 수도 있고(영화 「슈렉」), "죽었으나 살아 있는 독생자 신인(神人, 예수)이 영원한 유토피아를 선사하는 초능력을 발휘할"[18] 수도 있고, 흰 고래가 알고 보니 악의 화신일 수도 있고, 시간 여행자가 과거를 방문해 나비를 죽였다가 미래가 초토화될 수도 있다.(레이 브래드버리의 소설 「천둥소리」)

다시 말하지만 사람들은 이야기에서 '거의' 모든 것을 상상하려 든다. 하지만 상상력의 유연성은 도덕적 영역까지 연장되지는 않는다. 철학자 데이비드 흄[19] 이래로 명민한 사상가들은 '상상적 저항'[20]의 경향에 주목했다. 이것은 나쁜 것을 좋다고 말하고, 좋은 것을 나쁘다고 말하려 드는 사람과는 친하게 지낼 수 없다는 뜻이다.

도스토예프스키는 『죄와 벌』을 이렇게 쓰지 않았다. 라스콜니코프가 전당포 노파와 그 여동생을 그냥 재미로 살해한다. 그는 죄책감을 전혀 느끼지 않는다. 오히려 가족과 친구에게 이 사실을 떠벌리는데, 그들은 모두 오줌을 지릴 정도로 웃어 댄다. 라스콜니코프는 착한 사람이며, 그 뒤로 오랫동안 행복하게 산다.

조너선 스위프트의 풍자 에세이 「온건한 제안」을 토대로 한 단편 소설을 상상해 보자. 이 글에서 스위프트는 아기 고기 산업을 통해 아일랜드의 사회악을 모조리 해결할 수 있다고 제안한다. 하지만 이 이야기가 풍자가 아니라고 상상해 보라. 부자들이 아기 갈비와 아기 스튜를 맛볼 수 있도록 빈곤층 여성이 젖으로 아기를 비육하는 것은 잘못이라는 뉘앙스를 저자가 전달하지 못했다면 어떻게 될까?

혹은 피에 물든 풀밭을 보고 싶다는 이유만으로 앞뜰에서 남녀노소 할 것 없이 노예를 도살한 엘라가발루스 로마 황제의 만행을 이야기로 만든다면 어떨까? 자의적 도덕 규범을 내세워 당당하게 아름다움을 추구한 예술적 선구자라며 엘라가발루스를 찬미하는 이야기를 우리가 받아들일 수 있을까?

이와 마찬가지로 우리는 엄마와 아들이 사랑에 빠지는 줄거리에 거부감을 느끼며, 대다수 사람들은 노예와 아기와 전당포 노파를 살해하는 것이 도덕적으로 용납되는 우주를 상상하고 싶어 하지 않는다.

이야기꾼은 이 사실을 뼛속 깊숙이 알고 있다. 물론 믿을 수 없을 만큼 사악하고 음란하고 잔인한 이야기도 많다. 『롤리타』, 『시계태엽 오렌지』, 『타이터스 앤드로니커스』를 생각해 보라.(이 셰익스피어 희곡에서는 "두 남자가 다른 남자를 죽이고, 그의 신부를 겁탈하고, 그녀의 혀를 자르고, 두 손을 절단한다. 그러자 그녀의 아버지는 강간자들을 죽이고, 그들의 시체를 파이로 요리한 뒤 그들의 어미에게 먹인다. 그러고도 모자라 그 어미들도 죽이고, 애초에 겁탈당한 게 문제라며 자기 딸도 죽인다. 그런 그도 결국 살해되고, 그를 살해한 사람도 살해된다."[21]) 우리가 이 이야기들을 좋아하는 이유는 사악하고 음란하고 잔인해서이다. 우리는 픽션의 악당들이 고문하고 죽이고 강간하는 장면을 훔쳐보고 싶어서 안달한다. 하지만 이야기꾼은 결코 우리에게 그런 행위에 찬성하라고 요구하지 않는다. 도덕적으로 혐오스러운 행위는 픽션의 중요 성분이지만, 이야기꾼이 이 행위를 비난하는 것 또한 빠져서는 안 된다. 도스토예프스키는 라스콜니코프가 여인들을 죽인 것이 잘못이라고 분명히 말한다. 스위프트는 어떤 사회적, 경제적 유익이 있더라도 아기를 고기소로 키우는 것은 잘못이라고 잘라 말한다.

보상받은 미덕

그리스의 철학자 플라톤은 자신의 이상적 공화국에서 시인과 이야기꾼을 쫓아냈다. 그들의 가장 큰 죄목은 부도덕한 행위를 퍼뜨린다는 것이었다.[22] 플라톤 이래 수많은 사람들은 픽션이 도덕성을 좀먹는다며 발작

애인 레옹을 위해 옷을 벗는 보바리 부인. 1857년 귀스타브 플로베르는 『보바리 부인』이 도덕과 종교를 유린했다는 혐의로 고발당했다. 플로베르의 변호사는 이 소설이 부도덕한 행위를 묘사하지만 그 자체로는 도덕적임을 변론하는 데 성공했다. 엠마 보바리가 죄악을 저지르고 그 때문에 고통받는다는 논리였다.

적으로 비난을 퍼부었다. 싸구려 통속 소설, 만화, 영화, 텔레비전, 비디오 게임이 아이들을 타락시키며 게으르고 호전적이고 변태적으로 바꾼다는 이야기를 얼마나 들었던가.

하지만 플라톤은 틀렸다. 호들갑 떠는 후손들도 다 틀렸다. 픽션은 전체적으로 볼 때 매우 도덕주의적이다. 물론 악행이 벌어지기는 한다. 밀턴의 사탄에서 토니 소프라노*에 이르는 반(反)영웅은 우리를 사로잡는다. 하지만 픽션은 사실상 언제나 잘못에 대해 판결을 내리는 입장에 서며 우리는 신이 나서 판결에 동참한다. 이따금 사탄이나 소프라노, 심

---

* 미국 드라마 「소프라노스」의 주인공으로, 마피아 두목이다.

지어 『롤리타』의 아동 성추행범 험버트 험버트처럼 악한 주인공을 응원하지만, 그들의 잔인하고 이기적인 행동을 승인하라는 요구를 받지는 않는다. 이야기꾼은 악당이 그 후로도 오랫동안 행복하게 살도록 내버려 두는 법이 없다.

영어로 쓰인 최초의 소설 중 하나로 새뮤얼 리처드슨의 『파멜라』가 있다. 이 책의 부제 '보상받은 미덕'은 최초의 민담으로부터 현대의 드라마와 프로 레슬링에 이르기까지 사람들이 꿈꾼 대부분의 이야기에 갖다 붙여도 무방하다. 이야기는 시적 정의를, 적어도 그에 대한 희망을 바탕으로 삼는다. 문학 연구자 윌리엄 플레시는 『응보』에서 이야기가 불러일으키는 두려움, 희망, 긴장감 등의 정서가 등장인물이 선인이든 악인이든 간에 마땅한 대가를 치를 것인가에 대한 기대를 반영하고 있음을 밝혀냈다. 이러한 기대는 대부분 이루어지지만, 이따금 그러지 않을 때도 있다. 등장인물이 마땅한 보상을 받지 못했을 때 우리는 한숨을 내쉬며 책장을 덮거나 터벅터벅 극장 문을 나선다. 방금 겪은 것이 비극임을 알기에.

미국에서 아이들은 어른이 될 때쯤이면 텔레비전에서만 20만 건의 폭력 행위와 4만 건의 살인을 보게 될 것이다.[23] 이는 몸소 학살할 무수한 적이 나오는 비디오 게임이나 영화는 제외한 수치이다. 사회 과학자들은 대체로 그와 같은 폭력성에 눈살을 찌푸리며, 이 때문에 현실에서 공격성이 증가할 것이라고 주장한다. 이들의 우려에는 일리가 있다.(이에 대해서는 다음 장에서 자세히 설명할 것이다.) 하지만 이들이 놓친 것도 있다. 픽션이 폭력을 도덕적으로 중립적인 것으로 묘사하는 경우는 거의 전무하다. 악당이 사람을 죽이면 그의 폭력은 비난받지만, 주인공이 사람을 죽이면 정당한 행위로 미화된다. 픽션은 명확히 규정된 상황에서만, 즉 못되고 강한 자에게서 착하고 약한 사람을 보호하려는 경우에만

「천일야화」 이야기를 들려주는 이집트 여인. 얼마 전까지만 해도 집단적 가치를 공격하는 이야기꾼은 현실에서 위험을 각오해야 했다. 책이 발명되기 전 수만 년 동안 이야기는 오로지 구술되었으며 부족 구성원들은 이야기꾼 주위에 모여 귀를 기울였다. 오랫동안 존중받은 가치를 깎아내리고 집단의 규범을 모욕하는 부족 이야기꾼은 혹독한 대가를 치러야 했다.(위의 이집트 이야기꾼이 예언자 무함마드가 술독에 빠졌다는 이야기를 지어냈다면 어떻게 되었겠는가?) 그래서 구술 이야기는 대체로 "매우 전통주의적이고도 보수적인 틀"[24]을 취한다.

폭력이 용인된다는 메시지를 분명히 전달한다. 「GTA(Grand Theft Auto)」 같은 일부 비디오 게임이 사악함을 미화하는 것은 사실이지만, 이는 규칙을 입증하는 악랄한 예외이다.

심리학자 제롬 브루너는 "위대한 소설은 정신적으로 전복적이다."[25]라고 썼지만, 나는 동의하지 않는다. 물론 작가들이 곧잘, 특히 지난 한 세기 동안 인습적 사고방식에 도전하거나 도발을 건 것은 사실이다. 수많은 책이 불타거나 금서로 지정된 데는 다 이유가 있다. 하지만 대부분의 소설은 여전히 도덕적 소설이다. 소설은 점잖고 친사회적인 행동에 찬성하며, 배를 두드리고 불알을 덜렁거리는 악당의 탐욕에 반대하는 위치에 우리를 놓는다. 레프 톨스토이나 존 가드너 같은 소설가들은 소설이 본질상 깊이 도덕적이라고 주장했다.[26] 소설의 화려함 아래에는 설교의 욕망이 숨어 있으며, 이들의 설교는 대체로 매우 관습적이다.

찰스 백스터는 픽션 작법을 다룬 명저 『집에 불을 놓다』에서 현대 픽션에 나타난 "적대자의, 모든 적대자의 죽음"[27]을 탄식한다. 그의 말에는 시사하는 바가 있다. 지난 100여 년 동안 세련된 픽션은 도덕적 모호함을 지향했다. 「쉴드」, 「와이어」, 「덱스터」, 「브레이킹 배드」, 「소프라노스」, 「데드우드」 같은 최근 케이블 티브이 드라마에는 경계에 선 주인공이 많이 등장한다. 하지만 이는 일반적인 경향일 뿐 절대적인 것은 아니다. 내가 보기에 적대자가 죽었다는 소문은 과장된 듯하다. 케이블 티브이 드라마의 경계적 반영웅을 생각해 보자. 이 사람들은 내가 설명하는 윤리적 패턴을 실제로 뒤흔드는가? 아니면 (악덕에 대항하는 미덕을 월터 화이트나 토니 소프라노의 영혼 '안'에 심어 둠으로써) 유서 깊은 도덕극을 신선하게 비틀었을 뿐인가? 어느 쪽이 맞든 나는 언론인 스티븐 존슨의 말에 동의한다. 그는 주류 영화, 지상파 방송, 비디오 게임, 장르 소설 등 가장 인기 있는 유형의 이야기들이 여전히 시적 정의를 토대로 삼고 있다고 결론 내린다. "정직하고 모범적인 주인공이 승리한다."[28]

관습적 도덕주의의 일반적 패턴이 이야기에 실제로 존재한다면(일부 예외는 있지만 이는 전 세계적인 현상이다.) 이러한 패턴은 어디에서 왔을까? 윌리엄 플레시는 이것이 인간 본성의 일부인 도덕적 충동을 반영한다고 생각한다.[29] 나는 그가 옳다고 생각한다. 나는 이야기의 도덕성이 도덕적 충동을 반영할 뿐 아니라 '강화'한다고 생각한다. 문제 구조가 이야기의 중요한 생물학적 기능(문제의 예행연습)을 지목하는 것과 마찬가지로 픽션의 도덕주의는 또 다른 중요한 기능을 지목하는지도 모른다.

조지프 캐럴, 존 존슨, 댄 크루거와 나는 일련의 논문과 출간 예정인 책에서 이야기가 윤리적 행동을 장려함으로써 사회의 기능을 향상한다고 주장한다.[30] 성스러운 신화와 마찬가지로 텔레비전 프로나 동화 같은

시적 정의가 픽션 충동의 바탕이라는 증거는 아이의 흉내 놀이에서 찾아볼 수 있다. 데이비드 엘킨드의 『놀이의 힘』에 따르면 아이의 흉내 놀이는 언제나 "좋은 편과 나쁜 편을 나누는 도덕적 함축성"[31]을 지니고 있다. 아이들이 경찰과 도둑 흉내를 내고 있는 위 사진처럼 아이들의 놀이 대본은 늘 선과 악의 충돌로 요동친다.[32]

평범한 이야기도 강력한 규범과 가치를 우리에게 주입한다. 반사회적 행동을 가차 없이 비난하고 친사회적 행동을 그에 못지않게 무조건 찬양한다. 우리는 주인공처럼 행동하면 주인공이 거둔 대가(사랑이나 신분 상승, 행복한 결말)를 얻을 가능성이 커지고 적대자가 거둔 대가(죽음이나 사회적 지위 상실)를 얻을 가능성이 작아진다는 사실을 연상을 통해 배운다.

　사람들은 인생의 상당 부분을 픽션 속에서 산다. 픽션의 세계에서는 대체로 선이 칭찬과 보상을 받으며 악이 비난과 처벌을 받는다. 이 패턴은 인간 심리의 도덕적 편향을 반영할 뿐 아니라 강화하는 듯하다. 네덜란드의 학자 예멜얀 하케뮐더르는 『도덕 실험실』이라는 책에서 픽션이 독자의 도덕성 계발과 공감 능력에 긍정적 영향을 미친다는 학술 연구 수십 가지를 거론했다.[33] 달리 말하자면 도덕법에 대해서는 셸리의 말이 옳은 듯하다. "시인은 세계의 공인되지 않은 입법자이다."

심리학자 마르쿠스 아펠이 2008년에 텔레비전 시청자를 연구했을 때도 비슷한 결과가 나왔다. 요점은 사회가 제대로 돌아가려면 사람들이 정의를 믿어야 한다는 것이다. 옳은 일을 하면 상을 받고 잘못을 저지르면 벌을 받는다는 사실을 믿어야 한다. 실제로 대다수 사람들은 삶이 악인을 벌하고 선인에게 상을 준다고 믿는다. 아펠 말마따나 "(현실에서는) 그렇지 않음이 분명"[34]한데도 말이다. 착한 사람들에게는 늘 악운이 닥치며 범죄가 처벌되는 경우는 드물다.

아펠의 연구에서 드라마와 코미디를 즐겨 보는 사람들은 뉴스와 다큐멘터리를 즐겨 보는 사람에 비해 '세상은 정의롭다'고 믿는 비율이 높았다. 아펠은 픽션이 시적 정의라는 주제를 끊임없이 우리 뇌에 주입함으로써 세상이 전반적으로 정의롭다는 과도한 낙관을 심는 데 일말의 책임이 있을지도 모른다고 결론 내린다. 그럼에도 우리가 인과응보의 교훈을 가슴에 새긴다는 사실은 인간 사회를 이끄는 원동력인지도 모른다.

영화관에 가서 앞줄에 앉되 영화를 보지 말고 뒤에 있는 사람들을 관찰해 보라. 깜박이는 불빛 아래에서 흰 얼굴, 검은 얼굴, 남자 얼굴, 여자 얼굴, 늙은 얼굴, 어린 얼굴 등 수많은 얼굴이 일제히 스크린을 쳐다보고 있을 것이다. 영화가 괜찮으면 사람들은 하나의 유기체인 양 반응할 것이다. 함께 움찔하고 함께 숨을 몰아쉬고 함께 웃음을 터뜨리고 함께 침을 꿀깍 삼킬 것이다. 영화는 오합지졸 이방인을 일사불란한 대오로 탈바꿈시킨다. 이들이 어떻게 느낄지, 무엇을 생각할지, 맥박이 얼마나 빠르게 뛸지, 얼마나 거칠게 호흡할지, 땀을 얼마나 흘릴지 지시한다.[35]

영화는 마음을 모은다. 정서적, 정신적 통일성을 부여한다. 조명이 켜지고 엔딩 크레디트가 올라갈 때까지 영화는 사람들을 하나로 만든다.

늘 그랬다. 소파에 혼자 앉아 소설을 읽거나 텔레비전 프로그램을 보는 사람들은 곧잘 잊어버리지만, 몇백 년 전까지만 해도 이야기는 언제나 고도로 공동체적인 활동이었다. 쓰기가 발명되기 전 수만 년 동안 이야기는 관객이 모였을 때만 들을 수 있었다. 인쇄술이 발명되기 전에는 책값이 비싸서 대중은 글을 알아도 책을 읽을 수 없었다. 누천년 동안 이야기는 오로지 구술되었다. 이야기꾼이나 배우는 관객을 모아들여 정신적, 정서적 주파수를 일치시킨 뒤에 똑같은 메시지를 모두에게 전파했다.

최근 몇백 년 사이에 새로운 기술이 발전하면서 이야기의 공동체적 성질에도 변화가 생겼다. 하지만 완전히 사라지지는 않았다. 요즘은 혼자서 또는 가족이나 친구와 함께 이야기를 즐기는 경우가 많지만, 이야기의 사회적 규제 기능은 여전하다. 나는 혼자서 「브레이킹 배드」이나 「30 Rock」를 보고 『다빈치 코드』나 『여자를 증오한 남자들』을 읽지만, 전 세계 수백만 명의 사람들이 수백만 개의 소파에 앉아 나와 똑같은 이야기를 접하고 신경적, 정서적, 심리적 주파수를 맞추는 똑같은 과정을 겪고 있다. 우리는 여전히 공동체적 경험을 한다. 이 경험이 시공간 상으로 확대되었을 뿐이다.

달리 말하자면 이야기는 공통의 가치를 강화하고 공통의 문화라는 매듭을 단단히 매어 사회를 결속하는 고대의 기능을 여전히 수행한다. 이야기는 젊은이를 문화에 적응시킨다. 이야기는 집단을 정의한다. 이야기는 무엇이 고귀한 행동인지, 무엇이 비난받을 행동인지 알려 준다. 이야기는 퇴폐가 아니라 예절을 끊임없이 우리에게 가르친다. 이야기는 사회의 윤활유이자 접착제이다. 올바른 행동을 장려함으로써 사회적 마찰을 줄이고 공통의 가치를 중심으로 사람들을 묶는다. 이야기는 우리를 균질화한다. 즉 우리를 하나로 만든다. 마셜 맥루언의 '지구촌' 개념에는 이런 뜻이 담겨 있다.[36] 기술은 멀리 떨어진 사람들이 같은 매체를 접하게 함으로써 전 세계를 아우르는 마을의 주민이 되게 한다.

성스럽든 세속적이든 이야기는 인간 사회를 결속하는 원동력이다. 사회는 개성과 목표와 관심사가 제각각인 까다로운 사람들로 이루어져 있다. 무엇이 혈연을 넘어 우리를 결속할까? 바로 이야기이다. 존 가드너 말마따나 픽션은 "본질적으로 진지하고 유익하며, 혼돈과 죽음, 엔트로피에 맞서는 게임"[37]이다. 이야기는 사회적 무질서와 사물이 분해되려는 경향을 막아 주는 저항력이다. 이야기는 세상을 떠받치는 중심이다.

7
먹사람이 세상을 바꾼다

우리들은 어리석게도 불변의 영상, 사고의 혼합, 그
리고 말하고 울고 웃는 살아 있는 사람들의 새로운
세계를 담을 수 있는 몇 개의 언어가 낳는 기적에 익
숙해 있었다.

— 블라디미르 나보코프, 「창백한 불꽃」

알로이스 시클그루버는 1837년 빈의 북부 산악 지대에 있는 작은 마을 슈트로네스에서 태어났다. 시클그루버 가문은 대대로 농민이었지만 알로이스는 공무원이 되어 승승장구했다. 알로이스는 린츠에서 가족을 부양하며 아홉 자녀를 낳았는데 그중 한 아들 아돌푸스는 오페라를 위해 살았다.

아돌푸스의 소년 시절 친구 아우구스트 쿠비체크는 아돌푸스가 열여섯 살밖에 안 되었을 때 둘이서 리하르트 바그너의 오페라 「리엔치」를 관람했다고 회상한다.[1] 두 소년은 값싼 좌석에 앉아 로마의 영웅적 호민관 콜라 리엔치의 이야기가 장중한 노래와 함께 전개되는 것을 다섯 시간 내내 내려다보았다. 공연이 끝나고 몸과 마음이 기진맥진해진 두 소년은 린츠의 꼬불꼬불한 길을 걸어 집으로 돌아갔다.

입심 좋은 아돌푸스가 그날따라 유달리 조용했다. 아돌푸스는 도나우 강이 내려다보이는 프라인베르크 언덕으로 말없이 친구를 이끌었

아기 아돌푸스.

다. 언덕에 이르자 멈춰 서서 쿠비체크의 손을 잡았다. "완전한 황홀과 희열"에 사로잡힌 아돌푸스는 「리엔치」가 자신의 운명을 밝혀 주었다고 말했다. "그는 자신의 미래와 독일 민족의 미래를 장엄하게 그려 냈다. …… 자신이 언젠가 민족에게 받을 의무에 대해 이야기했다. 독일 민족을 노예 상태에서 해방시켜 지고(至高)의 자유로 이끌어야 한다고 말했다." 아돌푸스는 말을 끝마치고는 어둠 속으로 걸어 들어갔다.

　아돌푸스는 어릴 적에 위대한 화가를 꿈꾸었다.[2] 열일곱 살에 학교를 중퇴하고, 미술 대학에 입학하고 싶어서 빈으로 이주했다. 하지만 풍경과 건축물은 그릴 수 있었으나 인체 소묘에서 불합격한 탓에 미술 대학에 두 차례 낙방했다. 낙담한 아돌푸스는 대책 없이 빈둥거리

아돌프 히틀러가 그린 「뮌헨 옛집의 마당」(1914). 1983년 스위스에서 「화가이자 소묘가로서의 히틀러」라는 책이 출간되었다. 이 책에는 히틀러가 그린 수채화, 유화, 스케치 약 750점이 실렸다. 뉴욕의 여러 출판사에도 출간이 타진되었으나 "히틀러의 인간적 면모를 부각할 위험이 있다는 이유로 퇴짜를 맞았다."[3]

는 신세가 되었다. 먹고살기 위해 빈의 풍경을 그려 오늘날 화폐 가치로 10~15달러에 관광객에게 팔았다. 노숙자 쉼터에서 주정뱅이 비렁뱅이와 어울리다가, 벌레를 피해 방에서 나와 몇 시간 동안 거리를 쏘다니기도 했다. 식사는 노숙자 무료 식당에서 해결했다. 겨울에는 용돈벌이로 눈을 치우고 공공 난방 시설에서 몸을 녹였다. 이따금 역사(驛舍)를 어슬렁거리다 가방을 날라 주고 팁을 받기도 했다.

친척들이 은행 견습 사원과 세관원 일자리를 알아봐 주었지만 아돌푸스는 일언지하에 거절했다. 분투와 좌절 속에서도 「리엔치」 관람에서 얻은 확신은 결코 사그라지지 않았다. 아돌푸스는 자신이 성공하리라는 것을 알았다.

아돌푸스의 성은 시클그루버가 아니었다. 아버지 알로이스는 사생아로 태어나서 어머니의 성을 물려받았다. 하지만 알로이스의 어머니는 훗날 요한 게오르크 히들러와 결혼했다. 알로이스는 서른아홉 살이 되던 해에 개명했는데, 그가 법적으로 따른 계부의 성은 '히들러(Hiedler)', '휘틀러(Huetler)', '히틀러(Hitler)' 등으로 다양하게 표기되었다.[4] 개명을 담당하는 정부 서기는 마지막 철자를 선택했고, 알로이스 시클그루버는 알로이스 히틀러가 되었다.

아돌프('아돌푸스'는 출생 증명서에 등록된 이름이다.) 히틀러 연구의 세계적 권위자 이언 커쇼는 말한다. "히틀러는 만약 그 사람이 없었더라면 역사의 경로가 달라졌을 것이라고 단언할 수 있는 몇 안 되는 개인의 하나이다."[5] 따라서 역사가들은 히틀러가 미술 대학에 입학했거나 1906년 그날 밤에 「리엔치」를 관람하고 자신이 민족의 구원자라는 환상에 취하지 않았다면 20세기로의 진입이 더 순조로웠을지도 모른다고 끊임없이 추측했다.

역사가들은 아우구스트 쿠비체크의 비망록 『히틀러의 유년 시절』의 여러 내용에 의문을 제기한다. 이 책은 나치스가 영웅 숭배 작업의 일환으로 의뢰한 것으로, 제2차 세계 대전이 끝날 때까지 완성되지 않았다. 하지만 「리엔치」 일화는 사실인 듯하다.[6] 1939년에 히틀러는 바이로이트에 사는 지크프리트 바그너(작곡가 바그너의 아들) 가족을 방문했다. 아이들은 히틀러를 존경했고 '볼프 삼촌'이라는 특별한 애칭으로 불렀다. 지크프리트의 아내 위니프레트는 히틀러와 막역한 친구였으며, 히틀러는 그녀에게 「리엔치」 경험에 대해 이야기했다. "그때 모든 사건이 시작되었지." 여기서 '모든 사건'은 별 볼 일 없는 소년을 위대한 총통으로 탈바꿈시킨 과정을 일컫는다. 히틀러는 건축가 알베르트 슈페어 같은 핵심 측근과 휘하 장군들에게도 「리엔치」 이야기를 들려주었다.

리하르트 바그너(1813~1883).

물론 어린 아돌푸스가 「리엔치」를 관람하지 않았다면 세계가 2차 대전과 홀로코스트를 겪지 않았으리라는 말은 아니다. 하지만 「리엔치」 이야기에 회의적인 역사가들조차 독일의 신과 기사, 발키리와 거인, 그리고 이들을 통해 드러나는 선과 악의 적나라한 초상을 아우르는 바그너의 거창한 영웅 설화가 히틀러의 성격을 형성했음은 부정하지 않는다.

바그너는 단순히 뛰어난 작곡가가 아니었다. 독일의 극단적 민족주의자였으며 선동적인 정치 팸플릿을 줄기차게 써 댔고 나치스에 앞서 유대인의 위협에 대한 '원대한 해결책'을 제시한 열혈 반유대주의자였다.[7] 히틀러는 바그너를 신처럼 떠받들었으며 바그너의 음악이 자신의 종교라고 말했다. 바그너의 「니벨룽겐의 반지」를 140번 이상 관람했으며, 총통이 된 뒤 바그너 음반 없이는 어디에도 가지 않았다. 히틀러는 바그너를 자신의 멘토이자 본보기이자 진정한 조상으로 여겼다. 1930년 대에 베를린 주재 프랑스 대사를 지낸 앙드레 프랑수아퐁세에 따르면 히틀러는 "바그너의 작품을 삶으로 구현했으며 자신이 바그너적 영웅이라고 생각했다. 그는 로엔그린이자 지크프리트이자 발터 폰 슈톨칭이었으며 무엇보다 파르지팔이었다."[8] 달리 말하자면 히틀러는 악과 투쟁하다 갇힌 현대판 기사였다.

권위 있는 히틀러 전기 작가 요아힘 페스트도 프랑수아퐁세의 말에 동의한다. "바그너는 젊은 히틀러의 위대한 생의 모범일 뿐 아니라 이데올로기적 스승이기도 했다. …… 오페라와 함께 바그너의 정치적 글들은 히틀러의 이념적 틀 전체를 형성했으며, 그의 세계관을 이루는 단단한 기초가 되었다."[9] 히틀러 자신은 "국가 사회주의 독일을 이해하려면 반드시 바그너 작품을 이해해야 한다."[10]라고 말했다.

먹사람

픽션의 등장인물은 단지 종이 위를 구불구불 기어가는 먹 자국(또는 셀룰로이드에 묻은 화학적 얼룩)에 불과한 것이 아니다. 이들은 먹사람이고 먹마을 먹집에 산다. 먹일을 하며 먹먹한 문제로 고심한다. 먹땀과 먹눈물을 흘리며, 상처가 나면 먹혈을 쏟는다. 그런데 먹사람은 자기네 먹세계와 우리 세계를 나누는 다공성의 막을 자유롭게 들락날락한다. 우리의 피와 살 세계를 오가며 진짜 영향력을 발휘한다. 앞에서 보았듯 이런 현상은 성스러운 픽션에서 특히 두드러지게 나타난다. 경전의 먹사

제임스 켄라인의 「문학」(2007).

람은 우리 세계에서 진짜로 살아 있는 것처럼 행동한다. 우리의 행동과 관습을 형성하고 그 과정에서 사회와 역사를 변화시킨다.

평범한 픽션도 마찬가지이다. 1835년에 에드워드 불워리턴이 「리엔치」라는 소설을 썼다. 젊은 리하르트 바그너는 소설을 읽고 감명받아 이를 바탕으로 해서 오페라를 작곡하겠노라고 마음먹었다. 불워리턴은 종이와 먹으로부터 사람들을 불러냈다. 바그너는 이 먹사람들을 무대에 세우고 그들의 이야기를 노래로 들려주었다. 이 노래는 아돌프 히틀러를 변화시키고 그를 통해 세계를 변화시켰다. 바그너의 먹사람 지크프리트, 파르지팔, 리엔치는 역사상 최악의 전쟁과 집단 학살을 일으킨 요인들이 뒤섞이는 데 중요한 역할을 했는지도 모른다.

『브리태니커 백과사전』 11판에서는 문학예술의 막대한 영향력을 거론하면서 불을 이용하게 된 것만큼이나 문학이 "인류의 운명에 크나큰 영향"[1]을 미쳤다고 말한다. 하지만 모두가 그렇게 생각하는 것은 아니다. W. H. 오든은 "시는 아무것도 만들지 않는다."라고 썼으며 오스카 와일드는 "모든 예술은 아무짝에도 쓸모없다."라고 일갈했다. 이런 관점에서 보면 이야기는 효력 없는 사이비 알약이다. 어쨌든 멍청한 사람은 별로 없다. 사람들은 현실과 환상이 다르다는 것을 알며, 조종당하지 않으려고 저항한다.

얼마 전까지만 해도 이 논쟁을 주도한 것은 일화였다. 지금까지의 일화 중에서 가장 유명한 것은 엘리자 해리스라는 먹사람이 겪은 고난과 관련된다. 젊고 예쁘고 활기차고 착한 엘리자는 아서 셸비네 노예였다. 어린 아들 해리가 '강 따라' 남쪽 끝에 있는 훨씬 거친 농장에 팔려 가리라는 사실을 알게 된 엘리자는 아들을 데리고 북쪽으로 달아난다. 엘리자의 도망 이야기는 1851년부터 《국민 시대》라는 신문에 연재되었다. 엘리자가 오하이오 강 남쪽 기슭에 서서 노예주(奴隷州) 켄터키와 자유주(自由州) 오하이오를 가르는 거대한 부빙(浮氷)들을 바라볼 때 독자들은 숨을 죽였다. 엘리자의 등 뒤로 노예잡이들이 바싹 따라붙는다. 엘리자는 어린 해리를 팔에 안고서 한 치 앞을 알 수 없는 얼음 위로 발을 내디딘다. 이 부빙에서 저 부빙으로 뛰고 미끄러지면서 엘리자는 맞은편으로 건너가며 마침내 캐나다에서 자유의 몸이 된다.

1852년에 엘리자의 힘겨운 투쟁기와 셸비네의 또 다른 노예 톰 아저씨의 이야기가 단행본으로 출간되었다. 19세기에 성서 다음으로 많이 팔린 책 『톰 아저씨의 오두막』은 미국 대중을 양분했다. 이 책은 노예

오하이오 강을 건너는 엘리자 해리스. 1881년에 연극용으로 각색된 『톰 아저씨의 오두막』의 홍보 포스터이다.

제도의 잔학상을 폭로함으로써 북부에서 노예제 폐지론에 불을 당겼다. 한편 노예제를 야만인의 끔찍한 제도로 묘사함으로써 남부에서 노예제 옹호론을 자극했다. 책에 등장하는 전형적인 노예주 사이먼 리그리는 주먹이 "대장간의 망치"를 닮은 가학적 괴물로 묘사된다.[12] 리그리가 '망치'를 노예들의 면전에서 흔들어 대며 말한다. "강철처럼 단단한 이 주먹으로 검둥이들을 때려눕히지. 한 방에 쓰러지지 않는 검둥이는 보질 못했어."

남북 전쟁 중에 에이브러햄 링컨 대통령이 『톰 아저씨의 오두막』의 작가 해리엇 비처 스토를 만나 이런 명언을 남겼다. "그러니까 당신이 이 거대한 전쟁을 일으킨 책을 쓴 작은 여인이군요."[13] 링컨이 입에 발린 소리를 한 것은 사실이지만 역사가들은 『톰 아저씨의 오두막』이 "미국 문화에 중대한 영향을 미쳤고 지금도 미치고 있으며"[14] 미국 역사상 가장 비극적인 전쟁으로 이어진 분위기를 조성했다는 데 동의한다. 게

다가 이 소설은 국제 여론에도 중요한 영향을 미쳤다. 역사가 폴 존슨 말마따나 "영국에서 이 소설이 성공을 거두자 …… 영국 사람들은 남부와 경제적 이해관계가 걸려 있었음에도 엄정 중립을 지켰다."[15] 영국이 전쟁에 뛰어들었다면 결과가 달라졌을지도 모른다.

이야기가 개인과 문화를 체계적으로 형성한다는 증거는 「리엔치」와 『톰 아저씨의 오두막』 말고도 얼마든지 있다. D. W. 그리피스의 서사시적 영화 「국가의 탄생」은 폐물이 된 큐 클럭스 클랜(KKK단)을 부활시켰고,[16] 영화 「조스」는 해안 휴양지의 경기를 침체시켰으며,[17] 찰스 디킨스의 『크리스마스 캐럴』은 (크리스토퍼 히친스의 말을 빌리자면) "현대판 크리스마스가 되어 버린 끔찍한 유산"[18]을 남긴 책임이 크고, 『일리아스』는 알렉산드로스 대왕에게 불멸의 영광을 향한 갈망을 일깨워 주었으며(18세기 소설가 새뮤얼 리처드슨은 "알렉산드로스가 미치광이였기는 하지만 호메로스를 안 읽었더라도 그토록 미치광이였을까?"[19]라고 물었다.), 괴테의 『젊은 베르테르의 슬픔』이 출간되자 모방 자살의 열풍이 불었고, 조지 오웰의 『1984』와 아서 케스틀러의 『한낮의 어둠』 같은 소설은 전체주의의 악몽에 대한 경각심을 불러일으켰으며, 랠프 엘리슨의 『보이지 않는 인간』과 하퍼 리의 『앵무새 죽이기』, 알렉스 헤일리의 『뿌리』 같은 이야기는 인종 문제를 대하는 전 세계인의 태도를 바꾸지 않았던가.

예는 얼마든지 들 수 있다. 하지만 이 사례들이 실제로 입증하는 것은 거의 없다. 정말 흥미로운 물음은 이야기가 이따금 사람을 변화시키거나 역사에 영향을 미치느냐가 아니라 이러한 변화가 예측 가능하고 체계적이냐이기 때문이다. 회의론자가 위 목록을 본다면 하품과 함께 "일화는 과학이 될 수 없어."라고 말할지도 모르겠다.

최근 수십 년 동안, 텔레비전의 부상과 때를 같이해 심리학계에서는 이야기가 인간의 마음에 어떤 영향을 미치는지 본격적으로 연구하기 시작했다. 결과는 일관되고 명확했다. 픽션은 정말로 마음을 빚는다. 영화이든 책이든 비디오 게임이든 간에 이야기는 세상에 대한 사실을 가르치고, 도덕적 논리에 영향을 미치고, 두려움과 희망과 불안을 불러일으켜 우리의 행동과 심지어 성격을 변화시킨다. 연구에 따르면 이야기는 끊임없이 우리를 만지작거리고 주물럭거려 우리가 알지 못하는 사이에, 우리에게 동의도 받지 않고서 우리의 마음을 빚어낸다. 우리가 이야기의 마법에 깊숙이 빠져들수록 이야기의 영향력은 커져만 간다.

사람들은 대부분 자신이 환상과 현실을 구분할 줄 안다고 믿는다. 픽션에서 얻은 정보를 일반적 지식 저장고에서 얻은 정보와 격리 보관한다고 생각한다. 하지만 항상 그렇지는 않다는 연구 결과가 나와 있다. 우리는 픽션에서 수집한 정보와 논픽션에서 수집한 정보를 하나의 마음 상자에 욱여넣는다. 실험실에서는 픽션을 가지고 사람들에게 터무니없는 헛소리를, 이를테면 이 닦는 것이 안 좋다거나 정신 병원에 가면 정신병이 옮을 수 있다거나 페니실린이 인류에게 재앙이었다는 얘기를 믿게 할 수 있다.[20]

말하자면 픽션은 여러분에게 세상에 대해 아주 많은 것을 가르쳐준다. 「CSI」나 「뉴욕 경찰 24시」 같은 텔레비전 드라마가 없었다면 여러분이 경찰 업무를 어떻게 알 수 있었겠는가? 톨스토이와 도스토예프스키가 아니었다면 내가 제정 러시아에 대해 무엇을 알 수 있었겠는가? 많이 알지는 못했을 것이다. 한번 들면 끝까지 읽게 되는 패트릭 오브라이언의 오브리 머투린 시리즈를 읽지 않았다면 나폴레옹 시대 영국 해군의 일상에 대해 내가 무엇을 알았을까? 거의 몰랐을 것이다.

이야기를 통해 전달되는 것은 정적인 정보만이 아니다. 톨스토이는 사상과 정서를 청중에게 '감염'시키는 것이야말로 예술가의 임무라고 믿었다. "감염력이 강하면 강할수록 훌륭한 예술이라고 말할 수 있다."[21] 톨스토이가 옳았다. 픽션의 정서와 사상은 감염력이 매우 강하며 사람들이 생각하는 면역력은 과장되었다.

두려워할지어다. 무서운 이야기는 상흔을 남기니. 2009년에 심리학자 조앤 캔터는 대다수 사람들이 공포 픽션 때문에 정신적 외상을 입었다는 연구 결과를 발표했다.[22] 피험자의 75퍼센트는 공포 영화를 본 뒤에 극심한 불안, 분열적 사고, 불면에 시달렸다고 응답했다. 4분의 1가량은 후유증이 6년 이상 지속되었다. 하지만 캔터의 연구에서 가장 흥미로운 점은 영화만을 대상으로 삼은 것이 아니라 텔레비전 뉴스, 잡지 기사, 정치 연설 등 모든 대중 매체에 대한 공포 반응을 연구했다는 것이다. 피험자의 91퍼센트에게 가장 심각한 외상적 기억을 남긴 것은 9·11이나 르완다 인종 학살 같은 현실의 악몽이 아니라 공포 영화였다.

픽션의 정서뿐 아니라 픽션의 사상도 전염성이 매우 강하다. 심리학자 레이먼드 마 말마따나 "연구에 따르면 독자의 태도가 (픽션) 서사에 표현되는 사상에 점차 동화되는 현상이 거듭 발견되었다."[23] 사실 신념을 변화시키는 효과는 논증과 근거로 독자를 설득하려고 쓴 논픽션보다 픽션이 더 큰 듯하다.[24] 이를테면 우연한 성관계가 잘못된 결과를 낳는 텔레비전 프로그램을 보면 성 윤리가 달라질 것이다. 혼전 성관계를 더 비판적으로 바라보고 남들의 성적 선택에 대해 더 판단하려 들 것이다. 하지만 텔레비전 프로그램에서 우연한 성관계를 긍정적으로 묘사했다면 성관계를 대하는 태도가 너그러워질 것이다. 황금 시간대 드라마 한 편을 단 한 번 본 뒤에도 이런 효과가 나타날 수 있다.[25]

섹스뿐 아니라 폭력도 마찬가지이다. 대중 매체에서 폭력이 어떤 영향을 미치는가를 놓고 지난 40여 년 동안 수백 건의 연구가 이루어졌다.[26] 논란의 여지는 있지만, 연구들에 따르면 폭력적 픽션을 많이 소비하면 영향을 받을 가능성이 있는 듯하다. 실험실에서 폭력적 텔레비전 프로그램을 시청한 성인과 아동은 더 공격적으로 행동한다. 장기간 추적 조사에 따르면 어릴 적에 접한 폭력적 픽션의 양은 현실에서 실제로 폭력적으로 행동할 가능성과 연관성이 있다고 한다.(정반대 관계도 성립한다. 피험자에게 친사회적 주제를 다룬 픽션을 보게 하면 협동심이 증가한다.)

섹스와 폭력을 대하는 날것의 태도만 픽션의 영향을 받는 것은 아니다. 앞 장에서 말했듯 사람들의 가장 깊숙한 신념과 가치가 그들이 접하는 픽션에 따라 달라진다는 연구 결과가 있다. 이를테면 인종이 다른 구성원을 픽션에서 어떻게 묘사하느냐에 따라 외집단을 바라보는 관점이 달라진다.[27] 백인 시청자가 「코스비 가족」처럼 흑인 가정을 긍정적으로 묘사한 픽션을 보면 흑인을 대하는 전반적 태도가 대체로 더 긍정적으로 바뀐다. 반면에 백인이 (흑인 비하성의) 하드코어 랩 비디오를 보면 정반대 현상이 일어난다.

어째서 이런 현상이 일어날까? 왜 우리는 이야기꾼의 장단에 놀아날까? 한 가지 가능성은 서머싯 몸의 말을 빌리자면 픽션 작가들이 메시지라는 가루약을 스토리텔링이라는 달콤한 잼과 섞기 때문이다.[28] 사람들은 스토리텔링의 달콤한 잼을 허겁지겁 삼키느라 가루약의 쓴맛은 알아차리지도 못한다.(작가가 어떤 메시지를 전달하든 마찬가지이다.)

심리학자 멜러니 그린과 티머시 브록도 비슷한 설명을 내놓았다.[29] 이들은 픽션 세계에 들어가면 "정보를 처리하는 방식이 근본적으로 달라진다."라고 주장한다. 그린과 브록의 연구에 따르면 독자는 이야기에 몰입할수록 이야기의 영향을 많이 받는다. 픽션에 매우 몰입한다고 응답한 독자는 이야기에 부합하도록 신념이 바뀌는 정도가 비몰입 독자보다 큰 경향이 있었다. 몰입도가 큰 독자는 그렇지 않은 독자에 비해 이야기에서 부정확하거나 부적절한 언급을 찾아내는 경우가 훨씬 적었

안톤 체호프(1860~1904). 이야기는 우리의 신념과 어쩌면 성격까지도 변화시킨다. 한 심리학 실험에서는 피험자들이 체호프의 고전 단편 소설 「개를 데리고 다니는 부인」을 읽기 전과 읽고 난 뒤에 성격 검사를 시행했다.[30] 대조군인 논픽션 독자와 달리 픽션 독자는 소설을 읽은 직후에 성격 유형에 유의미한 변화가 있었다. 이는 이야기를 읽을 때 우리가 등장인물의 마음속에 들어가 자아 감각을 누그러뜨리고 혼란시키기 때문인 듯하다. 성격 변화는 '경미'했으며 어쩌면 일시적이었을 것이다. 하지만 연구자들은 흥미로운 물음을 던졌다. 픽션을 조금씩 오래 투약하면 결국 커다란 성격 변화로 이어지지 않을까?

다. 여기서 중요한 사실은 몰입 독자가 (허황된 액션 영화를 신나게 볼 때처럼) 픽션에서 틀린 점을 찾아냈지만 신경 쓰지 않았다는 게 아니라 애초에 찾아내지 못했다는 것이다.

여기에서 이야기의 영향력과 관련해 중요한 교훈을 얻을 수 있다. 우리는 논픽션을 읽을 때 방패를 치켜든다. 비판적이고 회의적인 태도를 취하는 것이다. 하지만 이야기에 푹 빠지면 지성의 방패를 떨어뜨리고 만다. 감정이 움직이면 우리는 무방비 상태에 놓인다.

이야기의 영향력이 얼마나 큰지, 어디까지 미치는지에 대해서는 앞으로 밝혀야 할 것이 많다. 대다수의 연구에서는 실험에 사용한 이야기의 양이 매우 적다. 달리 말하자면 단편 소설 한 편을 읽거나 텔레비전 드라마 한 편을 보더라도 성, 인종, 계급, 성별, 폭력, 윤리 등 세상 모든 것에 대한 생각이 달라질 수 있다.

이제 추론을 전개해 보자. 우리 인간은 끊임없이 픽션에 빠져들며, 그리하여 픽션은 우리를 형성하고 변화시킨다. 위의 연구가 옳다면 픽션은 개인과 사회를 형성하는 주요인이다. 리엔치나 톰 아저씨처럼 환상과 현실의 경계를 뛰어넘어 역사를 바꾼 소수의 먹사람 일화는 인상적이다. 하지만 더 인상적인 것은 관찰하기는 더 힘들 테지만 이야기가 늘우리에게 작용해서 물이 결국 바위를 뚫듯 우리를 변화시킨다는 사실이다.

1933년 홀로코스트

아돌프 히틀러는 이야기가 개인과 역사를 때로는 비극적으로 변화시킬수 있음을 보여 주는 좋은 예이다. 히틀러가 가장 좋아한 악극 이야기는 그를 더 나은 사람으로 바꾸지 않았다. 그의 인성을 교화하지도, 성품을 누그러뜨리지도, 도덕적 공감 능력을 내집단 밖으로 확대하지도 못했다. 오히려 정반대였다. 히틀러가 전 세계를 전쟁으로 몰고 가 600만명의 목숨을 앗아 간 것은 예술을 사랑했음에도 불구하고가 아니라 적어도 부분적으로는 예술을 사랑했기 때문이다.

히틀러는 예술을 통해, 또한 예술을 '위해' 통치했다. 프레더릭 스포츠의 『히틀러와 미학의 힘』에 따르면 히틀러의 궁극적 목표는 군사적이

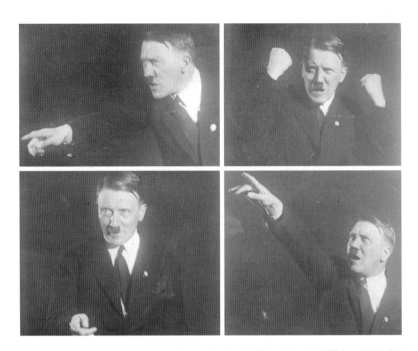

연설에 앞서 연극적 포즈를 연습하는 아돌프 히틀러. 히틀러는 자신을 "유럽 최고의 배우"[31]라고 부른 적이 있다. 프레더릭 스포츠는 히틀러가 독일 국민을 세뇌하고 동원할 수 있었던 것은 연극에 정통했기 때문이라고 주장한다. 가수 데이비드 보위는 나치스의 선전 영화 「의지의 승리」를 열다섯 번 본 뒤에 이렇게 말했다. "히틀러는 최초의 위대한 록 스타 중 하나였다. 결코 정치인이 아니었다. 그는 위대한 미디어 예술가였다. 청중을 주름잡는 솜씨를 보라! 히틀러는 여자들이 잔뜩 달아올라 땀에 흠뻑 젖게 만들었으며 남자들이 연단에 서고 싶게 만들었다. 이런 장관은 세상에 다시 없을 것이다. 히틀러는 나라 전체를 쇼 무대로 만들었다."[32]

거나 정치적인 것이 아니었다. 넓게 보아 예술적인 것이었다. 그의 새로운 제국에서는 예술이 지고의 가치가 될 터였다. 스포츠는 히틀러가 예술을 사랑한 것이 거짓이거나 천박하거나 오로지 선동을 위해서였다고 치부하는 역사가들을 비판한다. "예술에 대한 히틀러의 관심은 인종주의에 대한 관심만큼이나 열정적이었다. 이를 간과하는 것은 인종주의를 간과하는 것만큼이나 심각한 왜곡이다."[33]

1933년 5월 10일 밤에 독일 전역의 나치스는 책 화형식의 광란에 휩싸였다.[34] 유대인, 모더니스트, 사회주의자, '볼셰비키 예술가', '정신이 반

독일적인' 작가 등이 쓴 책을 불태웠다. 독일 문학을 불로 정화했다. 베를린에서는 수만 명이 화염 주위에 운집해 요제프 괴벨스 선전 장관의 외침에 귀를 기울였다. "퇴폐와 도덕적 타락은 용납할 수 없다! …… 가정과 국가에서 예의범절과 도덕을 되살려야 한다! 하인리히 만, 베르톨트 브레히트, 에른스트 글레저, 에리히 케스트너의 책을 불사르자." 잭런던, 시어도어 드라이저, 어니스트 헤밍웨이, 토마스 만 등의 먹아이들도 잿더미가 되었다.

바그너의 악극 이야기에 깊은 감명을 받은 나치스는 먹사람들이 세상에서 가장 힘세고 위험하다는 사실을 알고 있었다. 그래서 진짜 사람들을 학살하는 데 방해가 되지 않도록 달갑지 않은 먹사람들을 학살한 것이다.

1933년 밤에 불탄 책 중에는 독일의 유대인 작가 하인리히 하이네가 쓴 희곡 『알만소르』도 있었다. 이 희곡에는 다음과 같은 유명한 예언적 구절이 들어 있었다. "책이 소각되는 곳에서는 결국 인간도 소각되고 말 것이다."[35]

8
삶 이야기

"할아버지가 절 처음 배에 태우고 나가셨을 때 제가
몇 살이었죠?"
"다섯 살이었단다. 그때 넌 하마터면 죽을 뻔했지.
내가 고기를 잡아 끌어 올렸는데 그놈이 너무 팔팔
해서 배를 거의 산산조각 낼 뻔했거든. 기억나니?"
"네, 그 녀석이 꼬리로 배 바닥을 철썩철썩 때리며 날
뛰던 거랑 그 바람에 배 가로장이 부러진 것, 그리고
그 녀석을 몽둥이로 내리치던 소리까지 다 기억나요.
할아버지가 둘둘 감은 젖은 낚싯줄 뭉치가 있던 뱃머
리 쪽으로 저를 황급히 밀쳤던 거랑, 거기서 배 전체
가 요동치는 걸 느끼며 할아버지가 도끼로 나무를 찍
듯이 그 녀석을 몽둥이로 내리치는 소리를 듣던 것,
그리고 제 온몸에 달콤한 피 냄새가 퍼지던 것도 다
기억나요."
"정말로 그게 기억나는 거냐, 아니면 내가 말해 줘서
아는 거냐?"
"전 할아버지랑 처음 함께 나갔을 때부터 지금까지
모든 게 다 기억나요."[1]

— 어니스트 헤밍웨이, 『노인과 바다』

데이비드는 서른한 살이었다. 주정뱅이에 마약 중독자였다. 그가 해고되기 전날은 성 패트릭의 날이었다.[2] 데이비드는 술과 코카인으로 떡이 되어 있었다. 이튿날은 데이비드 생애 최악의 날이었다. 송장이 된 기분으로 자신이 일하는 잡지사 사무실에 기어들어 갔다. 책상 서랍 바닥에 대고 코카인을 흡입해 겨우 정신을 차렸을 것이다. 편집장이 데이비드를 자기 사무실로 불러 회사를 계속 다니려면 재활 치료를 받으라고 말했다. 데이비드는 사양한다고 대답했다.

데이비드는 얌전히 책상을 치우고는 절친한 친구 도널드와 술집을 순례했다. 아침부터 밤늦도록 위스키와 맥주를 들이부었다. 짬짬이 화장실과 통로에서 코카인을 흡입했다. 한 클럽에서 소란을 피운다는 이유로 경비원들이 둘을 내쫓았다. 두 친구는 클럽 주차장에서 난투극을 벌였다. 도널드는 화가 나서 집에 갔다. 데이비드는 다른 술집에 가서 도널드가 자신을 버린 것에 울분을 토했다.

데이비드가 도널드 집에 전화를 걸어 "지금 찾아갈 거야."라고 협박하자 도널드가 대답했다. "그러지 마. 나, 총 있어."

"그래? 나 진짜 간다."

데이비드는 도널드 집에 걸어서 갔는지 운전해서 갔는지 기억하지 못한다. 하지만 집에 도착하자 잠긴 현관문을 두드리다 금세 짜증이 나서 발로 차고 어깨로 들이받기 시작했다.

도널드가 문을 열었다. 손에 권총을 들고 있었다. 데이비드에게 조용히 하지 않으면 경찰을 부르겠다고 경고했다. 데이비드는 도널드를 어깨로 밀치고는 부엌을 향해 비틀비틀 걸어가며 창문을 주먹으로 깼다. 데이비드가 부엌에 있는 전화기를 집어서 내밀었다. 손에서 피가 샘솟았다. "자, 전화 걸어. 이 개자식아! 전화 걸라고! 짭새들한테 전화해!"

데이비드의 예상과 달리 도널드는 전화를 걸었다. 몇 분 지나 순찰차가 도착했다. 데이비드는 뒷문으로 뛰쳐나가 여덟 블록 떨어진 자신의 집을 향해 내달렸다. 경찰의 추격을 따돌리려 덤불과 골목에 몸을 숨겨야 했다. 집에 도착한 데이비드는 손의 과다 출혈로 의식을 잃었다.

20년 뒤에 《뉴욕 타임스》 칼럼니스트가 된 데이비드 카는 회고록을 집필 중이었다. 이를 위해 일찌감치 옛 친구 도널드를 인터뷰했다. 우선 데이비드는 인생 최악의 날에 대해 기억나는 것을 도널드에게 말했다. 도널드는 고개를 끄덕이고 미소를 지으며 들었다. 자신이 기억하는 것과 같았다. 하지만 총 이야기가 나오자 얼굴을 찌푸렸다.

도널드는 데이비드의 말이 다 맞지만 하나만은 틀렸다며 총을 든 사람은 데이비드였다고 말했다.

카는 회고록 『총의 밤』에서 "사람들은 자신이 실제로 어떻게 살았느냐보다 자신이 감당할 수 있는 기억을 더 잘 간직한다."라고 말한다.

카는 회고록을 쓰면서 기억에만 의존하지 않았다. 자신의 삶에 대한 자료를 폭넓게 찾았다. 여기에는 두 가지 이유가 있었다. 첫째, 카는 오랫동안 술과 마약에 찌들어 산 탓에 기억이 손상되었음을 알고 있었다. 둘째, 당시는 제임스 프레이의 회고록 『백만 개의 작은 조각』이 사기극으로 드러나 미국이 뒤숭숭할 때였다. 또 한 명의 전(前) 마약 중독자가 전하는 인간 승리 드라마에 독자들이 회의적일 것임이 분명했다.

『백만 개의 작은 조각』에서 프레이는 자신이 주정뱅이에 마약 중독자에 무법자였으나 마침내 올바른 길에 접어들었다고 주장했다.[3] 그의 사연은 흥미진진했을 뿐 아니라 사람들에게 용기를 북돋워 주었다. 프레이가 「오프라 윈프리 쇼」에 출연할 수 있었던 것은 그의 책이 용기를 북돋워 주었기 때문이다. 그 덕에 책이 불티나게 팔렸고 프레이는 인세로 떼돈을 벌었다. 한편 스모킹 건*에서 『백만 개의 작은 조각』을 '백만 개의 작은 거짓'이라는 걸출한 폭로전의 제물로 삼은 것은 그 책이 흥미진진했기 때문이다.[4]

프레이의 책에서 '소설보다 기이한' 내용은 실은 흔한 소설이었으며, 몇 가지 사실을 가져다 윤색한 것에 불과했다. 이를테면 프레이는 「오프라 윈프리 쇼」에 다시 출연해 감옥에서 충치를 뽑은 것은 엄연한 사실이라고 말했다. 마취제 노보카인을 거부했다는 부분만 빼면 말이다. 여러 주에서 프레이를 지명 수배 했다는 얘기도 새빨간 거짓말이었다. 각지에서 항의가 빗발쳤다. 프레이는 다시 텔레비전에 고개를 내밀었고 오프라 윈프리는 그를 호되게 몰아붙였다. 우리는 소파에 등을 기댄 채 구경거리를 즐겼다.

하지만 프레이의 날조는 최근의 다른 회고록들에 비하면 새 발의 피다. 언론인 벤 야고다는 『회고록: 역사』에서 거짓 회고록은 책만큼 역

---

* '명백한 증거'라는 뜻으로, 여기서는 거짓을 파헤치는 웹사이트를 가리킨다.

사가 오래되었으나 지난 40년이야말로 "가짜 자서전의 황금시대로 기억될 것"[5]이라고 말했다. "해마다 추문이 한 건씩 터져 나왔으며 그 이상일 때도 있었다." 일례로 『미샤: 홀로코스트 시절의 회상』이 있다. 『미샤』는 어린 유대인 소녀가 나치 독일에서 기적적으로 살아남은 이야기이다. 미샤는 자신이 바르샤바 게토에 갇히고 나치 강간범을 칼로 찌르고 유럽을 도보로 횡단하고 다정한 늑대 무리에게 입양되었다고 주장했다.(러디어드 키플링의 『정글북』에 나오는 모글리를 연상시킨다.) 하지만 죄다 거짓말이었다. 다정한 늑대 이야기도, 심지어 미샤가 유대인이라는 것도 거짓이었다.(진짜 이름은 모니크 드 왈이었다.)

내가 가장 즐겨 드는 사례는 『나의 피는 나의 꿈속을 가로지르는 강물과 같다』이다. 태아 알코올 증후군과 노숙, 백인의 만연한 선입견에 시달렸던 아메리카 원주민 나스디지의 회고록 세 편 중 하나로, 그의 회고록은 좋은 평가를 받았다. 나스디지는 다른 글에서 이렇게 썼다. "나의 문학적 혈통은 아타파스카 어이다. '변하는 여인'*의 목소리가 머릿속에 울린다. 나무, 바위, 사막, 까마귀, 바람의 말이 들린다. 나는 나바호 족이다. 여러분에게 친숙한 유럽적인 것은 내게 멀고 아득하다. 나는 그것들을 모른다. 내가 아는 것은 페요테**의 시, 북소리, 쌍둥이 소년 토바지신치니와 네야니네즈가니의 춤이다."[6] 이런 식이다.

나스디지의 정체는 노스캐롤라이나 주 출신 백인으로, 가학 피학성 동성애 에로 소설을 쓰던 티머시 배러스였다. 아메리카 원주민의 또 다른 유명 회고록 『내 영혼이 따뜻했던 날들』은 아사 카터라는 백인이 쓴 것으로 드러났다.(포러스트 카터는 필명이었다.)[7] 그는 '남부 연방 원조 큐

---

* 나바호 족이 숭배하는 여신.
** 환각 성분이 있는 선인장.

테네시 주 클린턴에서 인종 통합 정책을 비판하는 아사 카터. 카터는 "증오심에 찬 분리주의자이자 전직 큐 클럭스 클랜 단원, (앨라배마 주지사) 조지 월리스의 연설문 작성가, 직업적 인종주의자"[8]였다. 그가 쓴 가짜 아메리카 원주민 회고록은 250만 부 넘게 팔렸다.

클럭스 클랜'이라는 민병대에서 리더를 맡기도 했다.

　위의 예들은 극단적인 경우이지만, 대다수 회고록은 뻔한 거짓말로 점철되어 있다. 아무 회고록이나 들어 펼쳐 보라. 한 사람의 삶에 대한 이야기가 들어 있을 것이다. 그 이야기는 뚜렷한 이야기 문법에 맞추어져 있으며 문제 구조와 착한 사람 대 나쁜 놈 역학 관계를 갖추었을 것이다. 극적 구조는 미심쩍을 정도로 친숙하며 추락과 상승의 이야기는 의심스러울 정도로 상투적이다. 회고록 작가에게는 극적이고 감동적인 놀라운 사건이 놀랍도록 자주 일어난다. 회고록 작가는 어린 시절의 장면과 대화를 믿을 수 없을 정도로 세세히 기억한다.

　대다수 회고록이 뻔뻔스러운 사기일 뿐 아니라 아예 서점의 소설 진열대에 꽂혀야 한다고 주장하는 사람들도 있다. 회고록 작가는 진짜 이야기가 아니라 '진짜 같은' 이야기를 한다. 역사적 사건을 극화한 영화처럼 모든 회고록에는 이런 경고 문구를 붙여야 한다. "이 책은 실화에 '바탕을 두고' 있다."

회고록 사기 사건이 벌어질 때마다 우리는 속았다며 분통을 터뜨린다. 작가가 성스러운 진실을 배반했다고 탄식하고 그를 사기꾼, 거짓말쟁이, 악당이라 낙인찍는다. 그래 놓고 많은 사람들은 서점으로 달려가 고난과 극복, 성적 학대, 알코올 의존증, 섹스 중독(토니 벤틀리의 『포기』) 등을 다룬 흥미진진하고 진짜 같은 회고록을 또 구입한다.

하지만 거짓을 이야기하는 회고록 작가들에게 돌을 던지기 전에 우리 자신은 과연 진실을 말하는지 돌아볼 필요가 있다. 우리는 스스로를 일인칭 드라마에 나오는 결함이 있을지언정 고귀한 주인공으로 둔갑시키는 이야기를 평생 만들어 낸다. 삶 이야기는 우리가 본질적으로 어떤 사람인가, 즉 어디에서 왔고 어떻게 해서 지금의 자리에 왔으며 이 모든 것에 어떤 의미가 있는가를 설명하는 '개인 신화'이다.' 삶 이야기는 곧 우리 자신이자 우리의 정체성이다. 하지만 삶 이야기는 객관적 서술이 아니다. 전략적 망각과 교묘하게 빚어낸 의미로 가득한 정교한 서사이다.

출간된 회고록과 마찬가지로 우리 자신의 삶 이야기에도 이런 경고 문구가 붙어야 한다. "내가 들려주는 나의 삶 이야기는 실화에 '바탕을 두고' 있다. 대부분은 나의 간절한 상상이 만들어 낸 허구이다." 게다가 이 허구는 유익하다. 차차 살펴보겠지만, 삶 이야기는 매우 쓸모가 많은 픽션이다.

물론 기억은 결코 진실한 법이 없다[10]

1889년에 프랑스의 작은 마을 낭시에서 과학의 역사가 새로 쓰였다. 열여섯 살 먹은 마리 G.가 끔찍한 범죄를 신고한 덕분이었다.[11] 하숙집 복도를 걷던 마리는 가구가 삐걱거리고 쿵쾅대는 소리, 숨죽여 흐느끼고 투덜대고 신음하는 소리를 들었다. 소리는 노총각이 사는 방에서 들려왔다. 좌우를 살펴보고 어둑한 복도에 아무도 없는 것을 확인한 마리는 걸음을 멈추고 빛이 새어 나오는 노총각 방의 열쇠 구멍에 눈을 갖다 댔다. 그때 끔찍한 이미지가 마리의 기억에 각인되었다. 나이 든 남자가 여자아이를 강간하는 광경, 여자아이의 크게 뜬 눈, 입에 물린 재갈 사이로 터져 나오는 울음. 마리는 주먹을 꼭 쥔 채 복도를 내려가 자기 방으로 갔다.

행정관은 마리의 말을 주의 깊게 경청했지만 곧이 듣지는 않는 눈치였다. 경찰에 신고하지 않겠다고 했다. 마리는 혼란스러웠다. 자신이 법정에 서서 '신과 인간 앞에서' 선서하겠다고 말했다.[12] 행정관은 고개를 저었다. 행정관은 마리가 방에 들어오기 전부터 결심이 서 있었다.

1977년에 심리학자 로저 브라운과 제임스 쿨리크는 '섬광 기억'이라는 용어를 만들어 냈다.[13] 존 F. 케네디의 암살 순간을 사진처럼 완벽하게 회상하는 것을 일컫는 말이었다. 사람들은 그 비극적 뉴스를 들었을 때 자신이 어디에 있었는지, 무엇을 하고 있었는지, 누구와 함께 있었는지 생생하게 기억했다. 그런데 섬광 기억에 대한 후속 연구에 따르면 브라운과 쿨리크의 주장에는 옳은 점도 있고 틀린 점도 있었다. 우리는 거대하고 외상적인 순간을 생생하게 기억하지만, 이 기억의 세부 내용은 신뢰할 수 없다.

이를테면 1986년 1월 우주 왕복선 챌린저호가 폭발한 다음 날, 연

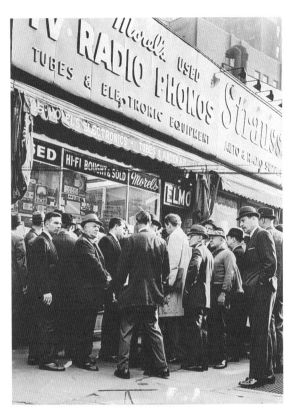

1963년 11월에 존 F. 케네디 대통령 암살 소식을 들으려고 뉴욕 시내 전파사 앞에 모여든 사람들.

구자들은 사람들에게 그 소식을 들었을 때 어디에 있었는지, 어떤 느낌이었는지, 무엇을 하고 있었는지 물었다.[14] 그러고는 똑같은 질문을 2년 6개월 뒤에 다시 던졌다. 심리학자 로런 프렌치와 동료들은 실험 결과를 이렇게 설명했다. "피험자의 4분의 1은 두 보고 간에 세부 사항이 하나도 일치하지 않았다. 평균적으로 후속 설문과 원래 설문의 응답이 일치한 경우는 절반에도 못 미쳤다. 기억이 완벽하게 일치한 사람은 아무도 없었다. 더욱 흥미로운 사실은 대다수 사람들이 2년 6개월이 지났을 때 자신의 기억에 대해 매우 확신하고 있었다는 것이다."[15]

우리 시대의 대표적인 섬광 기억은 9·11에 대한 기억이다. 이 사건은 거짓 기억 연구의 물꼬를 텄다. 연구에서 밝혀진 사실은 두 가지이다.[16] 첫째, 사람들은 자신의 9·11 기억을 극도로 확신한다. 둘째, 70퍼센트 이상의 사람들은 9·11 테러의 핵심적 내용을 엉뚱하게 기억하고 있다. 이를테면 여러분은 2001년 9월 11일에 첫 번째 비행기가 세계 무역 센터에 충돌하던 장면을 기억하는가? 조지 W. 부시 대통령은 기억한다고 믿었다. 2001년 12월 4일에 부시 대통령은 9·11 사건을 접하게 된 경위를 이렇게 설명했다.

저는 플로리다에 있었습니다. 앤디 카드 비서실장은…… 사실 저는 교실에서 읽기 수업의 효과에 대해 이야기를 나누고 있었습니다. 교실 밖에 앉아서 들어가려고 기다리던 순간에 비행기가 건물에 부딪치는 것을 보았습니다. 텔레비전이 분명히 켜져 있었습니다. 저는 펄쩍 뛰며 이렇게 말했습니다. "형편없는 조종사로군." 이렇게도 말했습니다. "끔찍한 사고였을 거야." 하지만 그 자리에서 잊어버렸습니다. 생각할 시간이 별로 없었거든요. 교실에 앉아 있는데 앤디 카드 비서실장이 저기 앉아 있다가 저한테 와서 말했습니다. "두 번째 비행기가 건물에 충돌했습니다. 미국이 공격받았습니다."[17]

이른바 9·11 진상 규명 운동의 음모론자들은 부시의 발언이 '스모킹 건'이라고 생각했다. 공격이 있던 날 아침에 첫 번째 비행기가 건물에 충돌하는 영상은 어디에도 없었다. 따라서 이들의 논리에 따르면 부시는 실제로 건물을 무너뜨린 정부 기관이 찍은 영상을 보고 있었음에 틀림없다. 프리월드얼라이언스닷컴(FreeWorldAlliance.com)은 "부시의 말실수는 9·11이 총체적 음모임을 드러낸다."[18]라고 열변을 토했다.

하지만 9월 11일에 첫 번째 비행기가 건물에 부딪치는 것을 보았다고 잘못 기억하는 사람은 부시만이 아니었다. 한 연구에 따르면 피험자의 73퍼센트는 9월 11일 아침에 첫 번째 비행기가 북쪽 건물을 들이받는 광경을 보며 겁에 질렸다고 확신에 차서 말했다.[19]

비슷한 맥락에서 심리학자 제임스 오스트에 따르면 많은 영국 국민은 다이애나 왕세자빈의 목숨을 앗아 간 파리의 교통사고의 (있지도 않은) 영상을 보았다고 기억하며, 열 명 중 네 명은 7·7 런던 폭탄 테러의 (역시 존재하지 않는) 끔찍한 이미지를 보았다고 기억한다.[20] 한마디로 섬광 기억 연구에 따르면 우리 머릿속에서 가장 확신하는 기억 중 일부는 순전한 창작이다.

이제 마리 G.에게 돌아가 보자. 마리의 얘기를 들은 행정관은 그녀를 데리고 강간 사건을 신고하러 경찰서에 가지 않고 히폴리트 베른하임이 요청한 대로 그의 정신 병원을 찾았다. 행정관이 지켜보는 가운데 베른하임은 마리를 소파에 뉘었다. 마리는 끔찍한 사건을 처음부터 다시 이야기했다. 베른하임은 마리에게 여러 가지를 물었다. "아가씨가 본 게 확실한가요?" "꿈꾸거나 환각을 본 건 아닌가요?" 마리가 질문에 '예'라고 답하자 베른하임은 마지막 질문을 던졌다. "제가 아가씨에게 강간에 대한 거짓 기억을 심은 게 아니라고 확신하세요?"

마리는 베른하임의 환자였다. 그의 말로는 "지적인 여인"이었으며 구둣방에 취직해 벌이도 괜찮았다.[21] 베른하임은 마리의 몽유병과 신경증을 치료하기로 되어 있었으나, 치료와 더불어 몇 가지 실험에 착수했다. 그는 '역행 환각', 즉 실제 사건과 분간할 수 없는 가짜 기억을 만들어 낼 수 있는지 알고 싶었다. 처음에는 사소한 사건으로 시작했다. 이를테면 치료 중에 지독한 설사가 나서 화장실을 뻔질나게 드나들어야 했다는 기억을 심었다. 코를 심하게 부딪혀 코피가 수돗물처럼 쏟아졌다고

히폴리트 베른하임(1840~1919).

기억하게 만들기도 했다.

비교적 평범한 기억을 심는 데 성공한 베른하임은 자신의 가설을 검증해 보기로 마음먹었다. 미친 과학자 명예의 전당에 헌액될 만한 발상이었다. 마리에게 끔찍한 아동 강간의 기억을 주입하기로 결심한 것이다. 나중에 베른하임은 그 기억이 거짓이라고 털어놓았지만 마리는 그 말을 믿으려 들지 않았다. 마리가 기억하는 범죄 장면은 너무도 생생한 "논란의 여지가 없는 현실"[22]이었다.

베른하임은 최면을 써서 기억을 심었는데, 이 때문에 그의 주장에 회의적인 사람도 많았다. 기억은 여전히 신뢰할 수 있는 체계로 남았다.[23] 기억은 사실이었다.

그리하여 '1990년대의 섹스 대공황'[24]이 찾아왔다. 미국 전역에서 정신 병리학자와 최면 요법사를 비롯한 치료사들이 성인 환자에게서 억압된 아동 학대 기억을 '회복'시키는 열풍이 불었다. 하지만 많은 사람들은 치료사들이 실제 기억을 끄집어내는 것이 아니라 본의 아니게 거짓 기억을 만들어 낸다고 주장했다. 회복 기억에 회의적인 사람들은 베른하임과 현대 치료사들의 주된 차이로, 베른하임은 자신이 무슨 일을 하는지 알았지만 현대 치료사들은 모른다는 점을 든다.

논란이 커지자 심리학자들은 과학적으로 논란을 해소하기로 하고는 해커가 컴퓨터 시스템을 공격하듯 기억 체계의 취약점을 찾았다. 알고 보니 기억은 지금껏 생각한 것보다 훨씬 신뢰도가 낮았다.

한 고전적 실험에서 엘리자베스 로프터스 연구진은 대학생의 어린 시절에 대한 정보를 별도로 수집했다.[25] 그리고 학생들을 실험실에 부른 다음 그들의 삶에서 실제로 일어난 사건들을 나열했다. 이 목록은 거짓말이 하나 들어 있는 트로이 목마였다. 심리학자들은 학생이 다섯 살 때 쇼핑몰에서 부모를 잃어버려 부모와 학생이 겁에 질렸으며 결국 어떤 노인이 학생을 부모에게 데려다 주었다고 이야기를 지어냈다. 처음에 학생들은 이 허구적 사건을 전혀 기억하지 못했다. 하지만 나중에 학생들을 다시 실험실에 불러서 쇼핑몰 사건에 대해 물었더니 25퍼센트가 그 사건을 기억한다고 말했다. 학생들은 연구자들이 제시한 뼈대 사건을 회상했을 뿐 아니라 생생한 세부 사항을 나름대로 덧붙였다.

기억 체계가 암시에 의한 오염에 얼마나 취약한가를 보여 주는 실험은 그 뒤로도 여러 차례 시행되었다.[26] 심리학자들은 실험실에서 피험자들에게 뚜렷한 유년기 기억을 심을 수 있었다. 디즈니랜드에서 벅스 버니를 만났다거나(벅스 버니는 디즈니 캐릭터가 아니다.), 결혼식장에서 까불다 신부 부모에게 펀치를 왕창 쏟았다거나, 열기구를 탔다거나, 개나 아이들에게 공격받아 병원에 입원했다거나, 화물 수송기가 네덜란드의 아파트 건물에 충돌하는 광경을 봤다고 기억하게 만든 것이다.

매우 당혹스러운 결과였다. 9·11이나 성적 학대, 개에 물려 입원한 일 같은 중요한 사건에 대한 기억을 신뢰할 수 없다면 사소한 기억은 어떻게 신뢰할 수 있겠는가? 우리의 삶이 우리가 기억하는 대로라고 어떻게 믿을 수 있겠는가? 우리는 거짓 기억(역행 환각)에 대해서도 실제 기억만큼이나 확신하니 말이다.[27]

물론 일상적인 기억에 곧잘 오류가 생긴다는 것은 굳이 심리학의 도움을 받지 않아도 알 수 있다. 하지만 문제는 단순히 우리가 잊어버린다는 것이 아니라 우리가 기억하는 것이 부정확하다는 것, 때로는 터무니없이 부정확하다는 것이다. 이를테면 어떤 실험에서는 고등학교 졸업 직후와 그로부터 수십 년 뒤에 피험자를 면담했다.[28] 첫 번째 면담에서는 33퍼센트가 고등학교에서 체벌을 받았다고 응답했다. 하지만 30년 뒤에 같은 질문을 했더니 90퍼센트가 체벌을 받은 경험이 있다고 말했다. 달리 말하자면 60퍼센트에 가까운 사람들이 학교에서 맞은 기억을 진짜처럼 만들어 낸 것이다.

기억 연구자들은 이 결과를 침소봉대해서는 안 된다고 경고한다. 기억은 삶의 기본적 윤곽을 보존하는 임무를 꽤 훌륭히 해내는 것이 분명하다는 것이다. 내 이름은 정말 조너선 갓셜이다. 나는 실제로 플래츠버그 고등학교를 나왔다. 부모님 성함은 진짜로 마샤와 존이다. 1980년대 중반의 운명적인 날, 남동생 로버트가 냉동실에서 콩 치즈 부리토를 찾고 있을 때 나는 정말로 녀석의 후두부를 강타했다.(진짜로 그랬느냐고? 정말이다. 로버트도 그렇다고 말했다. 하지만 자기가 찾던 것은 토스터 슈트루델이었을 거라고 생각한다.) 하지만 연구에 따르면 우리의 기억은 우리가 생각하는 것과 다르다. 대다수 사람들은 원할 때면 언제나 접근할 수 있는 미더운 정보가 머릿속에 가득하다고 믿는다. 하지만 그렇게 간단한 문제가 아니다. 영화 「메멘토」에 나오는 기억 상실증에 걸린 주인 공처럼 우리는 자신이 기억하는 대로 일어나지 않은 기억들을 문신처럼 지닌 채 삶을 살아간다.

생일날 새 자전거를 처박은 기억은 다른 사고와 다른 생일날에 대한 기억과 뒤섞일 수 있다. 우리는 과거에서 무언가를 회상할 때 '여덟 살 때 자전거 사고'라는 이름표가 붙은 파일을 꺼내는 것이 아니다. 기억의 조각들은 뇌 전체에 흩어져 있다.[29] 시각, 청각, 미각, 후각의 기억들은 저마다 다른 장소에 보관된다. 자전거 사고를 기억하는 것은 비디오테이프를 재생하는 일이 아니다. 뇌 곳곳에 흩어진 자료 조각들을 모으는 일이다. 이 자료를 '이야기하는 마음'에게, 즉 뇌 속의 작은 홈스에게 보내면 그는 조각들을 꿰매고 붙여 일관되고 그럴듯한 기억으로 재창조한다. 늘 그렇듯 시적 허용을 곁들이기도 한다.

달리 말하자면, 미래처럼 과거도 실제로는 존재하지 않는다. 둘 다 마음속에서 창조한 환상이다. 미래는 우리가 살고 싶은 세상을 만들어내기 위해 머릿속에서 돌리는 확률 시뮬레이션이며, 과거는 미래와 달리 실제로 일어났지만 우리 마음속에서는 마음 시뮬레이션으로 표현된다. 기억은 실제로 일어난 사건을 정확하게 기록한 것이 아니다. 사건을 재구성한 것이며 크고 작은 세부 사항 중에서 상당수가 의심스럽다.

기억은 완전한 허구는 아니지만 원본이 아니라 각색에 불과하다.

내 서사시의 영웅

기억의 약함, 누락, 날조를 이유로 일부 연구자는 기억이 제대로 작동하지 않는다고 결론 내렸다.[30] 하지만 심리학자 제롬 브루너 말마따나 기억은 "진실 말고도 여러 주인을 섬긴다."[31] 기억의 목적이 과거를 사진처럼 정확히 기록하는 것이라면 기억에 심각한 결함이 있는 것이 맞다. 하지만 기억의 목적이 더 나은 삶을 살도록 하는 것이라면 기억의 유연성이 실제로는 유용할지도 모른다. 기억의 결함은 의도된 것인지도 모른다.

심리학자 캐럴 태브리스와 엘리엇 애런슨 말마따나 기억은 "미덥지 못하고 자기 기준으로 판단하는 역사가이다. …… 기억은 종종 과거 사건의 윤곽을 흐리고 하고, 범죄성을 호도하며 진실을 왜곡하는 자기 고양 편향에 의해 재단되고 형성된다."[32] 달리 말하자면 우리가 과거를 잘못 기억하는 이유는 삶 이야기에서 주인공 자리를 지키기 위해서이다.

정말 흉악한 사람들도 자신이 적대자임을 모르는 경우가 많다.[33] 이를테면 히틀러는 자신이 악을 물리치고 이 땅에 천년 왕국을 세울 용감한 기사라고 생각했다. 스티븐 킹이 자신의 소설 『미저리』에 등장하는 악인에 대해 한 묘사는 실제 악인에게도 적용된다. "『미저리』에서 폴 셸던을 감금하는 애니 윌크스는 우리가 보기에는 정신병자에 지나지 않을지도 모른다. 그러나 그녀 자신이 보기에는 지극히 멀쩡하고 정상적이라는 사실을 잊지 말아야 한다. 여자의 몸으로 '지독한 말썽꾸러기'들이 우글거리는 이 살벌한 세상에서 살아남으려고 안간힘을 쓴다는 점을 감안하면 오히려 영웅적이라고 해야 할 것이다."[34] 연구에 따르면 평범한 사람들은 약속을 어기거나 살인을 저지르는 등의 잘못을 저질렀을 때 자신의 잘못을 부인하거나 적어도 경감하는 서사를 만들어 낸다.[35] 자신을 용서하는 이런 경향이 인간에게 어찌나 뚜렷하게 나타나던지 스티븐 핑커는 이를 "대단한 위선"[36]이라 불렀다.

우리 자신을 서사시 속 분투하는 영웅으로 간주하려다 보면 자아감각이 왜곡된다. 어엿한 주인공이 되기란 쉬운 일이 아니기 때문이다.

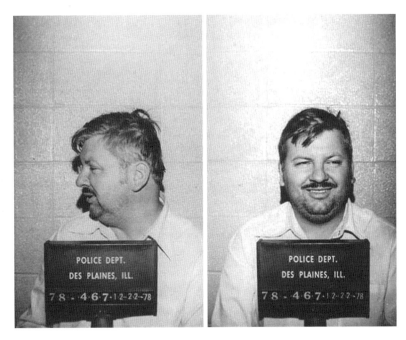

1970년대에 남자아이 33명을 강간하고 살해한 존 웨인 게이시는 이렇게 말했다. "나는 범죄자라기보다는 희생자에 가깝다고 생각한다. …… 나는 어린 시절을 빼앗겼다."[37] 게이시는 언론이 자신을 악당으로, "또라이에 희생양"으로 취급했다고 불만을 토로했다.

픽션 주인공은 대체로 젊고 매력적이고 똑똑하고 용감하지만 대부분의 사람은 그렇지 않다. 픽션 주인공은 곧잘 심각한 갈등과 극적 사건이 펼쳐지는 흥미진진한 삶을 살지만 우리는 그렇지 않다. 평균적인 미국인은 가게나 사무실에서 일하며, 밤에는 주인공의 재미있는 모험을 텔레비전으로 시청하면서도 정작 자신은 돼지 껍데기 튀김을 미러클휩*에 찍어 먹는 신세이다.

하지만 우리는 어느 정도 픽션의 주인공을 닮고 싶어 하며, 이 때문

---

* 마요네즈와 비슷한 드레싱.

에 자신이 누구인지, 어떻게 해서 여기까지 왔는지에 대해 스스로를 기만한다. 자기 사진을 보면서 자신이 상상하던 외모와 달리 뚱뚱하거나, 피부가 축 늘어졌거나, 주름살이 자글자글하거나, 뼈가 앙상한 실제 외모에 충격을 받은 적 없는가? 많은 사람들은 사진 속 자기 모습이 거울에 비친 모습에 비해 덜 매력적으로 보이는 이유를 이해하지 못하는데, 여기에는 사진이 상을 왜곡하는 탓도 있지만 주된 이유는 우리가 거울 앞에서 무의식적으로 포즈를 취하기 때문이다.[38] 고개를 들어 턱이 잘 보이도록 하고 눈썹을 치켜올려 주름살과 눈 밑 처진 살을 없애 가장 멋진 모습을 연출한다. 우리는 거울이 입에 발린 거짓말을 할 때까지 자세를 다듬는다. 일상생활도 마찬가지이다. 우리는 늘 현실에서 유리하도록 자신의 이미지를 만들어 낸다.

보통 사람들에게 자신을 묘사해 보라고 하면 긍정적 속성은 많이 나열하지만 부정적 속성은 좀처럼 언급하지 않는다. 이를테면 토머스 길로비치의 『인간 그 속기 쉬운 동물』에 따르면 고등학교 3학년생 100만 명 중에서 "70퍼센트가 자신의 리더십이 평균 이상이라고 생각했고 2퍼센트만이 평균 이하라고 생각했다. 남들과 잘 지내는 능력에 대해서는 '모든' 학생이 자기가 평균 이상이라고 생각했고, 60퍼센트는 자기가 상위 10퍼센트 안에 든다고 생각했으며, 20퍼센트는 상위 1퍼센트 안이라고 생각했다!"[39] 이 같은 자기 평가는 분명히 사실과 동떨어져 있다. 학생 25퍼센트를 상위 1퍼센트에 욱여넣기란 불가능하니 말이다.

이런 터무니없는 과대평가를 젊음의 치기 탓으로 돌려서는 안 된다. 우리 모두가 과대평가를 하고 있기 때문이다. 이를테면 우리 중 90퍼센트는 자신의 운전 실력이 평균 이상이라고 생각하며 대학교수 중 94퍼센트는 자신의 업무 능력이 평균보다 낫다고 생각한다.[40] (솔직히 말하자면 수치가 너무 낮아서 놀랐다.) 대학생들은 자신이 급우들보다 더 우수한

성적으로 졸업하고 높은 임금을 받고 일을 즐기고 상을 받고 우월한 유
전자를 퍼뜨릴 것이라고 믿는다.[41] 이에 반해 해고당하거나 이혼하거나
비윤리적으로 행동하거나 암에 걸리거나 우울증을 앓거나 심장 발작을
일으킬 가능성은 더 적다고 믿는다.

심리학자들은 이 현상을 '워비곤 호수 효과'*라 부르는데, 우리는 긍
정적인 성질이라면 무엇이든, 심지어 워비곤 호수 효과에 대해서까지 자
신이 평균 이상이라고 생각한다.[42] 대다수 사람들은 자신이 스스로를
정확하게 평가한다고 생각한다. 워비곤 호수 효과는 내가 아니라 남에
게나 적용된다.(솔직히 말해 보자. 여러분도 이렇게 생각하지 않았나?) 단점
을 인정할 때조차 우리는 그것이 별것 아니라고 말한다. 운동 신경이 젬
병인가? 상관없다. 운동은 중요하지 않으니까. 그럼 뭐가 중요하냐고?

---

* 워비곤 호수는 라디오 방송에 등장하는 가상의 마을로, 이곳에 사는 여자들은 모두 힘세고 남자
들은 모두 잘생겼고 아이들은 모두 평균 이상이다.

우리가 잘하는 분야가 중요하다. 자신이 인기 영화배우처럼 뛰어난 외모에 두뇌가 비상한 천재가 아님은 대다수 사람들이 기꺼이 인정하지만, 지능이나 사회성, 매력 등에서 자신이 평균 이하라고 인정하는 사람은 극소수에 불과하다.(하지만 우리 중 절반은 평균 이하이다.)

그렇다고 해서 우리가 모든 사람에 대해 낙관적이지는 않다. 우리는 자신을 다른 사람보다, 심지어 친구보다 훨씬 긍정적으로 묘사한다. 우리는 주인공이며 나머지는 전부 조연이다. 우리는 젊었을 때 멋진 사람이었을 뿐 아니라 나이가 들면서 더 나아진다고 생각한다.[43] 이런 이유로 심리학자 코딜리아 파인은 자기 인식이라는 관념을 "광대극"이자 "유쾌한 픽션"이라 부른다.[44]

자기 과장은 어릴 적에 시작되며 여기에는 대가가 따른다.[45] 아이들은 자신의 뛰어난 능력을 과대평가한다. 우리 딸 애너벨이 세 살이던 어느 여름날 이 사실을 실감했다. 애너벨은 자기가 엄청나게 빠르다고 확신했다. 얼마나 빠르냐고 물었더니 아빠보다 언니보다 빠르다고 대답했다.

우리 셋은 뒤뜰 한쪽 끝에 있는 정원에서 반대쪽 끝에 있는 장난감 집까지 곧잘 달리기 시합을 했다. 애너벨은 늘 결승선에서 일부러 비틀거리는 나를 앞질러 이등으로 들어왔다. 하지만 여섯 살에 다리가 긴 애비는 결코 양보하는 일이 없었다. 언제나 동생을 훌쩍 앞서서 도착했다. 하지만 애너벨은 아무리 많은 패배를 겪고서도 자신의 눈부신 속도에 대한 확신을 잃지 않았다.

그해 여름에 열 번째쯤 패배했을 때 애너벨에게 "너랑 애비랑 누가 빠르지?" 하고 물었다. 애너벨의 대답은 완패를 당하던 예전과 다름없이 자신감과 확신에 차 있었다. "제가 더 빨라요!" 이번에는 이렇게 물었다. "애너벨, 너랑 치타랑은 누가 빠르지?" 애너벨은 「애니멀 플래닛」

방송을 보면서 치타가 겁나게 빠르다는 것을 알았다. 하지만 자기도 겁나게 빠르다고 생각했다. 이번에는 살짝 기어들어 가는 목소리로 대답했다. "저요?"

우울증에 걸린 사람의 경우는 다르다. 우울증에 걸린 사람은 긍정적 환상을 잃었기 때문에 자신의 특징을 평균보다 훨씬 현실적으로 평가한다. 그들은 자신이 특별하지 않음을 똑똑히 볼 수 있다. 심리학자 셸리 테일러에 따르면 건강한 마음은 스스로에게 입에 발린 거짓말을 하는 마음이다.[46] 자신에게 거짓말을 하지 않으면 건강하지 않은 것이다. 왜일까? 철학자 윌리엄 허스타인 말마따나 긍정적 환상은 우리가 절망에 빠지지 않도록 지켜 주기 때문이다.

진실은 우울하다. 우리는 죽을 것이다. 대개는 앓다가 죽을 것이다. 친구들도 모두 비슷한 죽음을 맞을 것이다. 우리는 작은 행성 위의 작고 보잘것없는 점이다. 아마도 폭넓은 지성과 선견지명이 출현하면서 우울증과 그로 인한 무기력을 다스릴 자기 기만이 필요해졌을 것이다. 더 넓은 무대에서 자신이 유한하고 하찮은 존재임을 본질적으로 부정해야 하는 것이다. 아침에 침대에서 일어나려면 얼마큼은 얼굴에 철판을 깔아야 한다.[47]

흥미롭게도 프로작과 졸로프트의 시대인 지금도 우울증에 대처하는 가장 흔한 방법은 임상 심리학자와 상담하는 것이다. 심리학자 미셸 크로슬리에 따르면 우울증은 곧잘 "일관성 없는 이야기", "자신에 대한 부적절한 서사", "꼬여 버린 삶 이야기" 때문에 생긴다.[48] 임상 심리학자들은 불행한 사람들이 자신의 삶 이야기를 바로잡을 수 있도록 돕는다. 감당할 수 있는 이야기를 만들어 주는 것이다. 이 방법은 실제로 효과가 있다. 《아메리칸 사이콜로지스트》 최근 리뷰 기사에 따르면 다른 요인을 통제한 과학 연구에서 상담 치료의 효과가 항우울제나 인지 행동 요법 같은 새 치료법만큼 뛰어났다고 한다.[49] 따라서 임상 심리학자는 환자가 다시 주인공 역을 맡을 수 있도록, 물론 고통받고 흠이 있기는 하지만 그래도 빛을 향해 나아가는 주인공이 될 수 있도록 삶 이야기를 고쳐 쓰게끔 도와주는 일종의 편집자로 간주할 수 있다.[50]

이 모든 연구에서 보듯 우리는 이야기하는 마음의 위대한 걸작이다. 우리가 만들어 낸 상상의 산물인 것이다. 우리는 자신이 매우 일관된 실재라고 생각한다. 하지만 기억은 우리가 생각하는 것보다 날조를 억제하지 못하며 우리의 꿈과 희망 때문에 끊임없이 왜곡된다. 우리는 죽는 날까지 자신의 삶 이야기를 살아간다. 집필 중인 소설처럼 우리의 삶 이야기는 신뢰할 수 없는 소설가의 손에 의해 늘 바뀌고 발전하고 편집되고 개작되고 윤문된다. 우리는 많은 부분 우리 자신의 개인적 이야기이다. 그리고 이 이야기들은 진짜보다 더 진짜 같다.

9
이야기의 미래

인간은 네버랜드의 동물이다. 네버랜드는 우리의 진화적 틈새이자 특별한 서식처이다. 우리가 네버랜드에 끌리는 이유는 대체로 우리에게 이롭기 때문이다. 네버랜드는 우리의 상상력에 양분을 공급하고, 도덕적 행동을 강화하고, 안전하게 연습할 장소를 제공한다. 이야기는 사회생활의 접착제로서 집단을 정의하고 결속한다. 우리가 네버랜드에 사는 이유는 네버랜드에서 살지 않을 수 없기 때문이다. 네버랜드는 우리의 본성이다. 우리는 스토리텔링 애니멀이다.

지금도 사람들은 꿈을 꾸고 환상을 보며 우리 아이들은 뛰놀고 이야기를 만든다. 그러도록 설계되어 있다. 하지만 많은 사람들은 픽션이 삶에서 중심적인 위치를 잃어 가는 것 같다고, 우리 문화가 네버랜드와 결별하는 듯하다고 우려한다. 소설은 젊은 장르이지만 한 세기 동안 비평가들은 소설의 부고를 쓰고 또 썼다. 기술 변화가, 아니면 문화적 ADHD가 소설에 사망 선고를 내릴 것이라고 예견했다. 연극과 시는 더 심각한 상태이다. 극장은 수지를 맞추기조차 힘든 형편이고 시인들은 누가 시를 죽였느냐를 놓고 날 선 비난을 주고받는다.[1] 대학의 문학 관련 학과들도 곤란에 처해 있다. 영문학과는 수십 년째 지원자가 줄고 있으며 영문학계 전체가 커다란, 아마도 영구적일 불황에 빠져 있다.[2] 박사 학위 소지자의 3분의 2는 전임 교원 자리를 얻지 못할 것이다.

우려스러운 것은 '고급' 픽션만이 아니다. '저급' 픽션도 애먹기는 마찬가지이다. 혐오스러운 싸구려 '리얼리티' 방송이 각본 있는 텔레비전 방송을 밀어내는 현상에 많은 이들이 개탄한다. 비디오 게임을 비롯한 디지털 오락이 전통적 이야기에서 관객을 뺏으며 승승장구하고 있다. 게임 업계는 이제 출판계보다 규모가 훨씬 크며 심지어 영화계도 앞질렀다. 2009년에 출시된 「콜 오브 듀티: 모던 워페어 2」는 발매 24시간 내 판매액이 3억 6000만 달러로, 영화 「아바타」의 같은 기간 내 흥행 수입을 능가했다.[3]

이런 추세는 픽션이 서서히 죽어 간다는 신호일까? 데이비드 실즈는 그렇다고 생각한다. 통쾌한 선언 『현실에 굶주리다』에서 실즈는 모든 형태의 전통적 픽션이 고갈되고 기진맥진하고 시들어 간다고 선포했다. 전직 소설가인 실즈는 '옛 애인'에게 신물이 났으며 픽션의 사멸을 앞당기고 싶어 한다. "나는 픽션을 비난하기에 이르렀다. 픽션이 문화 자체에 대한 인식에서 차지하는 위치가 이토록 낮아진 적은 일찍이 없었다."[4]

하지만 실즈는 자신의 사례를 침소봉대하고 있다. 소설을 예로 들어 보자. 소설이 죽었다는 소문은 터무니없을 정도로 과장되었다. 어떤 이유에서인지 문학계 지식인들은 우리가 소설의 최후를 목도하고 있다는 관념에 피학적으로 탐닉한다.[5] 하지만 전 세계에서 신간 소설이 해마다 수만 권씩 출간되며 전체 수는 감소가 아니라 증가하고 있다.[6] 미국에서는 신간 소설이 한 시간에 한 권씩 출간된다.[7] 일부 소설은 불티나게 팔

캘리포니아의 한 서점 앞에서 밤새 줄 서서 기다린 끝에 『해리 포터와 죽음의 성물』을 집어 든 독자들.

리며, 영화로 각색되어 문화적 영역을 넓히기도 한다.

　스테퍼니 메이어의 트와일라잇 시리즈나 J. K. 롤링의 해리 포터 시
리즈보다(둘 다 분량이 『전쟁과 평화』의 두 배나 된다.) 더 청소년과 성인을
매료한 소설이 있던가? 종말 이후를 다루며 6500만 부가 팔린 팀 라헤
이와 제리 젠킨스의 레프트 비하인드 시리즈보다 더 큰 문화적 파장을
일으킨 소설이 있던가? 존 그리샴, 댄 브라운, 톰 클랜시, 노라 로버츠,
스티븐 킹, 스티그 라르손보다 더 많은 책을 팔고 더 충성스러운 독자를
거느린 작가가 있던가? 해마다 10억 달러를 거뜬히 벌어들이는 로맨스
소설의 인기를 능가하는 문학 장르가 있던가? J. K. 롤링 앞에서 통장
잔고를 자랑할 수 있는 소설가였던가?

　순문학 소설이 힘든 시기를 보내고 있는 것은 사실이지만, 지금보다
더 힘들지 않은 때가 있었나? 고급 독자를 겨냥하는 소설가들은 독자

가 늘지 않는다고 불평해서는 안 된다. 이언 매큐언의 『속죄』, 얀 마텔의 『파이 이야기』, 줌파 라히리의 『이름 뒤에 숨은 사랑』, 할레드 호세이니의 『연을 쫓는 아이』, 《타임》 표지 인물이 된 조너선 프랜즌의 『자유』, 코맥 매카시의 『로드』를 비롯한 순문학 소설은 지난 10년간 많은 독자에게 사랑받았다. 이 소설들은 인간이 생각해 낼 수 있는 최고의 이야기이다.

따라서 누가 소설이 죽었다거든 이렇게 해석하라. '베스트셀러 목록을 채우고 있는 인기 소설들은 죄다 맘에 들지 않아. 그래서 이것들은 빼고 말할 거야.'

하지만 소설이 정말로 죽거나 문화적으로 무의미해진다면 어떻게 될까? 그것은 이야기의 쇠퇴를 알리는 신호일까? 나 같은 책벌레에게 소설의 종말은 매우 슬픈 일이다. 하지만 데이비드 실즈가 강조하듯 소설의 종말이 '이야기'의 종말은 아니다. 소설은 불멸하는 문학 장르가 아니다. 고대에 소설의 선구적 형태가 있기는 했지만, 소설이 지배적 장르로 등극한 것은 18세기 들어서이다. 우리는 소설이 생기기 전에도 이야기의 동물이었으며, 주의 집중 시간이 짧아지거나 기술이 발전해서 소설이 퇴물이 되더라도 여전히 이야기의 동물일 것이다. 이야기는 진화한다. 생명체처럼 환경의 요구에 끊임없이 자신을 적응시킨다.

시는 어떤가? 내 친구 앤드루는 재능 있는 시인이다. 우리는 이따금 만나 맥주를 마시는데, 그때마다 앤드루는 현대 사회에서 시의 지위가 낮아지고 있음을 개탄한다. 그러면서 예전에는 시인이 록 스타만큼 인기가 있었다고 말한다. 바이런이 술집이든 공원이든 자신의 응접실이든 모습을 드러내기만 하면 여자들이 실크 속바지를 던졌다나. 그러면 나는 시인이 여전히 스타라고, 여전히 사람들이 속옷을 던지지 않느냐고 말해 준다. 사람들은 시인이 들려주는 짧고 강렬한 이야기를 여전히 사

2010년에 예일대학출판부에서 출간한 900쪽짜리 랩 가사 모음집 「랩 선집」은 학자들이 힙합을 시적 예술로 진지하게 받아들이기 시작했다는 신호이다.[8] 영국의 애덤 브래들리 교수가 쓴 「라임의 책: 힙합의 시학」에 따르면 랩 음악은 "세계 역사상 가장 널리 유포된 시이다. …… 라킴, 제이 지(위 사진), 투팍 등 최고의 MC들은 미국 시의 거장들과 함께 연구할 가치가 있다."[9]

랑한다. 사실 그전보다 더 사랑한다. 문제는 그 짧은 이야기에 멜로디와 악기와 가수의 목소리에 담긴 정서가 곁들여져야 한다는 것이다.

지금은 시가 죽은 시대가 아니다. 노래의 형태로 승리를 거둔 시대이다. 「아메리칸 아이돌」의 시대, 호주머니에 꽂은 작고 하얀 상자에 좋아하는 시를 일이만 편씩 넣고 다니는 시대이다. 대다수 사람들이 이런 시 수백 곡을 외우는 시대이다.

우리 딸 애비가 거실에서 나무 숟가락을 든 채 춤추고 있다. 머리를 흔들고 엉덩이를 들썩이며 테일러 스위프트의 새 음반에 맞춰 노래 부른다. 낯선 소절이 나오면 동작을 멈춘다. 귀를 스피커 쪽으로 기울이고 현대판 로미오와 줄리엣 이야기를 알아들으려고 바짝 집중한다. 애비의 동생도 공주 옷과 머리띠 차림으로 신나게 춤춘다. 자기 나무 숟가락을 입에 갖다 대고 마치 노래를 아는 양 입술을 씰룩거린다.

우리 아이들은 특별한 시간, 특별한 장소에서 산다. 하지만 지금 거실에서 벌어지는 일은 고대와 다를 바 없다. 인류가 존속하는 한 이들은 노래의 박자와 멜로디, 이야기를 즐길 것이다.

죽는 것들에 대한 두려움뿐 아니라 뜨는 것들에 대한 두려움도 있다. 비디오 게임이 대표적인 예이다. 그런데 비디오 게임은 이야기에서 탈피하는 사례일까, 이야기가 진화하는 한 단계일까? 비디오 게임은 내가 어릴 적에 하던 「아스테로이즈」, 「팩맨」, 「스페이스 인베이더스」 같은 최초의 아케이드 게임에 비해 엄청나게 발전했다. 요즘 인기 있는 비디오 게임은 대부분 이야기 위주이다. 게이머는 가상 캐릭터(아바타 또는 미니미)를 조작해 풍요로운 디지털 네버랜드를 누비고 다닌다. 《PC 게이머》 잡지를 한 권 들춰 보라. 스포츠 시뮬레이션 게임을 제외하면 대다수 비디오 게임이 문제 구조와 시적 정의라는 친숙한 문법에 따라 구성되었음을 알 수 있을 것이다. 테스토스테론에 취한 젊은 남성을 겨냥한 게임은 대체로 선정적이지만 영웅적인 폭력의 서사를 채택한다. 이런 게임은 플레이어를 이야기로부터 빼앗아 가지 않는다. 오히려 이들을 판타지 세계에 첨벙 빠뜨려 액션 영화의 근육질 주인공으로 만들어 준다.

비디오 게임의 플롯은 대체로 액션 영화처럼 허술하다.(사내, 총, 여자만 등장하면 된다.) 하지만 우리 앞에는 더 풍부한 무언가가 기다리고 있다. 소설가이자 비평가 톰 비셀은 『여분의 생명』에서 우리가 새로운 형태의 스토리텔링이 탄생하는 시대를 살아간다고 말한다.[10] 이 스토리텔링의 문법은 아직도 발견되고 정제되는 중이다. 야심 찬 디자이너들은 음악, 미술, 문학의 모든 힘을 게임에 녹여 내고자 애쓴다. 이를테면 소니 플레이스테이션용 게임 「헤비 레인」의 작가 겸 감독 데이비드 케이지는 영화 「시민 케인」의 혁신적 형식에 맞춰 게임을 전개하고자 했다.[11] 「헤비 레인」은 비디오 게임이 아니라 '쌍방향 영화'로 구상되었다. '플레이어'는 오리가미 킬러라는 연쇄 살인마로부터 한 소년을 구하기 위해 노력하는 여러 등장인물의 역을 맡는다. 그는 게임 내내 (오리가미 킬러를 비롯한) 여러 등장인물을 연기하며 그가 어떤 결정을 내리느냐에 따라 이야기의 결말이 달라진다.

진짜 거짓말

텔레비전에서 이야기를 향유하는 방식이 달라지고 있기는 하지만, 여전히 텔레비전은 주로 이야기를 전달하는 기술이다. 리얼리티 프로그램이 인기를 끌고 각본 있는 프로그램을 대체하는 현상은 문명의 종말까지는 아니더라도 픽션의 종말을 예고하는 음산한 징조로 간주되었다. 하지만 선정적 리얼리티 프로그램의 부상과 함께 텔레비전 드라마의 진정한 황금시대가 찾아왔다.(「와이어」, 「미친 사람들」, 「브레이킹 배드」, 「소프라노스」를 생각해 보라.) 게다가 리얼리티 프로그램은 논픽션이라고 보기 힘들다. 리얼리티 프로그램 제작자들이 집이나 무인도에 서로 모르는 사람들을 몰아넣어 사사건건 부딪치게 하는 것은 극적 갈등을 최대한 일으키기 위해서이다. '등장인물'들은 어떻게 보면 연기를 하는 셈이다. 그들은 카메라가 돌아가고 있음을 안다. 자신이 성마른 주정뱅이나 청순가련한 여인을 연기해야 하는지 아니면 섹시미를 풍겨야 하는지 안다. 도를 넘을수록 출연 시간이 길어진다는 것도 안다.

　리얼리티 프로그램 작가들은(진짜로 작가가 있다.) 편집자들과 함께 원본 영상을 고전적 줄거리로 짜 맞춘다.[12] 「익스트림 메이크오버」, 「퀴어 아이」, 「오스본 가족」, 「뉴저지의 진짜 주부들」, 「고래 전쟁」, 「존과 케이트와 여덟 자녀」를 비롯한 많은 리얼리티 프로그램은 보편적 스토리텔링 문법을 충실히 따른다.

이를테면 스파이크 TV의 「얼티밋 파이터」(이하 TUF)에서는 젊은이들을 근사한 저택에 불러 모은 뒤에 술은 무한 제공하면서도 텔레비전을 보거나 책을 읽거나 전화를 하거나 여자 친구나 아내를 만나는 것은 금지한다. 핵심은 사내들을 최대한 긴장시키고 도발하는 것이다. 「생존자」처럼 「TUF」도 경쟁을 벌여 한 사람만 남기는 방식이다. 「TUF」의 독창적 아이디어는 모든 참가자가 특출 난 재능의 소유자라는 것이다. 이 사람들은 팔각형의 철제 경기장에 들어가 상대방을 때려 항복을 받아 내는 데 일가견이 있다. 참가자들은 투표에서 패배해 섬에서 떠나는 것이 아니라 경기장에서 만신창이가 되도록 얻어맞고 토너먼트에서 탈락한다.

열 번째 시즌에서는 미트헤드라는 파이터가 스콧 정크라는 파이터에게 승리를 거두었는데, 경기 중에 정크의 눈에 중상을 입혔다. 그러자 정크의 친구 빅 베이비가 격분해 미트헤드가 있는 체육관에 난입했다.[13] 미식축구 라인맨 출신의 거구 빅 베이비는 커다란 주먹을 부들부들 떨며 미트헤드에게 쉰 목소리로 외쳤다. "한 대 쳐 봐! 때려 보라고, 이 자식아! 때려! 널 죽여 버릴 구실을 달라고, 이 개자식아!" 미트헤드는 빅 베이비를 노려보면서 슬금슬금 뒤로 물러났다.

「TUF」에서 빅 베이비는 주로 착한 사람으로, 미트헤드는 악당으로 묘사되었다. 빅 베이비는 무시무시한 외모와 달리 순박하고 친절했으며 가정 교육을 잘 받은 남부 청년의 예의범절을 갖추었다. 미트헤드는 「TUF」의 천덕꾸러기였다. 나머지 파이터들은 그가 거짓말을 밥 먹듯 한다고 생각했으며 그가 멍청하고 겁쟁이라고 모욕했다. 두 등장인물 다 (E. M. 포스터의 표현을 빌리자면) 평면적이지 않고 입체적이었다. 미트헤드는 혼자서 카메라를 향해 말할 때는 「TUF」에서 가장 지적인 면모를 보였다. 그는 경기가 위험하다는 것과 자신이 경기장에 들어설 때마다 우람하고 무지막지한 사내들이 자신을 두들겨 패거나 목을 졸라 실신시키려고 안간힘을 쓰리라는 것을 제대로 인지하는 듯했다.

빅 베이비는 전형적인 거구의 신사처럼 보였지만 그의 어두운 면이 흥미를 더했다. 빅 베이비는 쾌활한 상태와 격분한 상태를 오락가락했다. 코치 램페이지 잭슨은 빅 베이비가 "세상에서 가장 단정한 신사이지만 …… 당신을 죽일 수도 있다."라고 평했다.

「TUF」는 배우가 아니라 일반인이 극도로 대립적인 상황을 해소하는 광경을 토대로 삼는다. 「TUF」가 픽션이라고 보기는 힘들지만, 그렇다고 논픽션이라고 할 수도 없다. 「TUF」는 극단적이고 종종 폭력적인 갈등, 줄거리와 등장인물의 고전적인 극적 구조 등 모든 것이 이야기와 닮았다. 하지만 거기에 한 가지가 더 있다. 바로 진짜처럼 느껴지는 사실성이다. 대다수 픽션은 사실성을 애써 추구한다. 핍진성(verisimilitude)을 구현하는 것은 픽션 기법에서 중요한 부분이다. 하지만 리얼리티 프로그램은 애쓸 필요가 없다. 영화 「분노의 주먹」에서 로버트 드 니로의 반미치광이 권투 선수 묘사는 영화사상 최고의 연기로 손꼽힌다. 하지만 그래 봐야 연기일 뿐, 가짜일 뿐이다. 분노로 제정신을 잃은 척하는 드 니로는 진짜로 자제력을 잃은 빅 베이비만큼 그럴듯하거나 두렵지 않다.

리얼리티 프로그램의 스펙트럼에서 「TUF」의 반대편에는 ABC 방송의 「슈퍼내니」가 있다. 각 에피소드는 대범한 영국인 보모(조 프로스트)가 아수라장인 가정을 방문하면서 시작된다. 부모는 부모 노릇을 제대로 못하고 아이들은 새끼 괴물이다. 보모는 하루이틀 동안 카메라 앞에서 고개를 내젓고 눈알을 굴리며 이 가정이 얼마나 엉망진창인지 관찰한다. 그런 다음 규칙을 세운다. 보모는 혼돈스러운 가정에 질서(깨끗한 집과 현명하고 다정한 부모, 공손하고 예의 바른 아이들)를 구축한다. 임무를 마친 보모는 지저분한 영국제 자동차를 타고 사라지며, 가족은 그 후로 행복하게 산다.

이런 판타지가 또 있을까! 픽션에 이토록 뻔뻔스럽게 '리얼리티'의 허울을 입힌 프로그램은 찾아보기 힘들다. 「슈퍼내니」 같은 프로는 일반적 픽션보다 훨씬 사실성이 떨어진다. 좋은 픽션이 되려면 매우 진짜 같은 거짓말을 해야 한다. 「슈퍼내니」는 거짓말로 가득하지만 진짜 같은 거짓말은 없다.

「얼티밋 파이터」와 「슈퍼내니」는 리얼리티 프로그램이 논픽션이 아님을 보여 준다. 리얼리티 프로그램은 새로운 종류의 픽션에 지나지 않으며, 차이점은 거짓말과 왜곡이 이루어지는 장소가 집필실이 아니라 주로 편집실이라는 것뿐이다.

지금은 이야기로 먹고사는 사람들이 불안에 떠는 시대이다. 출판, 영화, 텔레비전이 고통스러운 변화의 시기를 겪고 있다. 하지만 이야기의 '본질'은 변하지 않는다. 스토리텔링의 기술은 구술에서 점토판으로, 육필 원고로, 인쇄 서적으로, 영화로, 텔레비전, 킨들, 아이폰으로 진화했다. 그때마다 비즈니스 모델은 만신창이가 되지만, 이야기가 근본적으로 달라지는 일은 없다. 픽션의 공식은 예나 지금이나 앞으로도 늘 아래와 같을 것이다.

인물 + 어려움 + 탈출 시도

미래를 예측하겠다고 덤비는 것은 바보짓이지만, 이야기가 인간의 삶에서 쫓겨날 것이라는 우려는 단연코 기우라고 생각한다. 무엇보다도 미래에는 우리를 픽션으로 이끄는 요소들이 심화될, 아니 완벽해질 것이기 때문이다. 이야기의 흡인력은 몇 곱절로 커질 것이다. 우리는 사이버 네버랜드에 버려질 것이며 그곳에서 만족할 것이다. 한 온라인 게이머 말마따나 "미래에는 현실 세계보다 가상 세계의 인구가 더 많아질 것이다."[14]

다시 네버랜드로

화창한 가을날이었다. 이선은 친구들과 함께 조지아 주 플로빌라 인디언스프링스 국립 공원의 숲을 달리고 있었다.[15] 공원 관리인과 야영객들의 시선을 무시한 채 야영지를 피해 숲으로 들어갔다. 이선과 친구들은 괴물을 사냥하고 있었으며 괴물도 그들을 사냥하고 있었다. 그들은 가짜 오크를 베며 외쳤다. "못된 짐승, 죽어라!"

그들은 싸우지 않을 때에도 캐릭터를 유지했다. 성마른 매그너스 타이거스블러드가 탈론 경에게 사과했다. "내가 현명하지 못했소. 내가 아는 것이라고는 싸움질하는 법과 룬 문자 몇 개뿐이오." 탈론 경은 아량이 넓은 위인이었다. "진심에서 우러난 말씀이시군요." 영웅들은 모두 마법의 빈터, 완벽한 통일의 제국, 폭풍우 바위, 고블린 도시 같은 이국적 영토에서 왔다.

이선은 재활용 가게에서 산 여성복(부풀린 흰색 블라우스와 검은색 타이츠)을 입더니 중세 여인으로 변신했다. 에린이라는 이름의 요정은 공단 드레스와 토슈즈 차림에 날개를 고무줄로 고정했다. 이들의 무기는 나무나 스티로폼 막대기를 테이프로 감싼 것이었다. 복장은 조악했으며 나무에 매단 푸른색 방수포는 전혀 던전 입구처럼 보이지 않았으나 이들에게는 상관없었다. 플레이어의 상상 속에서 스티로폼 물놀이 장난감은 무시무시한 몽둥이가 되었고, 흙을 덕지덕지 바른 얼굴은 밤에 출몰하는 고블린 얼굴이 되었으며, 싸구려 보석 장신구는 성배처럼 귀한 보물이 되었다.

이선과 동료(울프, 에어리, 하인리히 아이언기어, 데스크 위스퍼 등)들은 그 주말 동안 목숨을 걸고 싸우거나 도망쳤다. 그들은 '공포의 부리'를 난도질하고, '불결하기 그지없는 동굴'에서 '쥐늘대'와 싸우고, 수수께끼를 풀고, 주문을 외고, 내란을 벌이거나 동맹을 맺었다.

마침내 그들은 숲길 바로 옆에 숨어 있던 맨드레이크를 찾아냈다. 맨드레이크는 반인반초(半人半草)의 사악한 존재다. 맨드레이크 덤불에 발을 디뎠다가 창졸간에 먹이가 된 용감한 전사와 아리따운 처녀가 부지기수이다.

동료 영웅들이 옆에서 전투를 벌이는 와중에 이선이 스티로폼 곤봉을 휘두르며 맨드레이크에게 다가갔다.

파워 스트라이크!

픽!

막아!

거기야! 옆을 공격해!

맨드레이크가 두 마리 더 있어!

푸아아아압!

파워 스트라이크 투!

피해!

푸푸푸-바빠·빠·빠·빠-파-파-팟!

최후의 일격이다!

에라잇!

숲의 평화를 되찾은 뒤에 영웅들은 오두막으로 돌아왔다. 서로의 진짜 이름을 부르며 가족 이야기를 나누었다. 그러고는 차에 올라 집으로 향했다. 이들의 목적지는 고블린 도시나 폭풍우 바위가 아니라 애틀랜타 교외였다. 40대의 이선 길스도르프는 새 친구들에게 작별을 고하고 보스턴행 비행기에 올랐다. 그는 판타지 게임 하위문화에 대한 책을 쓰고 있다.

길스도르프가 방금 체험한 것은 '문의 숲'이라 불리는 라프(LARP, live action role playing game), 즉 실연(實演) 롤플레잉 게임이다. 라프에서는 어른들이 내면의 어린아이를 풀어 놓는다. 이들은 전통적 판타지에서 SF와 첩보원 게임에 이르기까지 온갖 판타지를 만들어 낸다. 플레이어들은 슬픔에 잠긴 마법사, 심술을 부리는 새침데기 요정, 비밀을 간직한 팜므파탈 등 완벽한 배경을 갖춘 생생한 캐릭터를 창조해 때로는 한 번에 며칠씩 이 캐릭터가 되어 생활한다.

라프는 엄밀한 의미에서 게임이 아니다. 관객 없는 즉흥 연극에 가깝다. 라프는 어른의 흉내 놀이이다.

라프는 1980년대에 「던전 앤 드래곤」 같은 테이블 롤플레잉 게임(RPG)에서 진화했다. 롤플레잉 게임은 사람들이 모여 함께 이야기를 만들어 가는 방식이다. 수동적으로 상상만 하는 전통적 픽션과 달리 다채로운 가상의 픽션 세계에서 롤플레잉 게임 플레이어는 등장인물이 되어 적극적으로 참여한다. 롤플레잉 게임은 게임과 이야기의 이종 교배로 탄생했다. 하지만 내가 보기에 우세한 쪽은 이야기이다. '게임'은 이

러시아의 '라프 스토커'는 체르노빌 원자로에서 가상의 이차 재해가 일어난 뒤 그 주위에 설치된 방사능 금지 구역에서 진행된다. 플레이어(위 사진)들은 팀을 이루어 돌연변이 괴물을 비롯한 위험과 맞서 싸워야 한다.

야기 세계와의 쌍방향 관계를 일컬으려고 붙인 이름에 불과하다.

전형적인 「던전 앤 드래곤」 플레이어는 볼품없고 운동 신경도 없고 여자아이들에게 인기도 없으며 여드름투성이에 내성적인 소년이다. 어릴 적에 「던전 앤 드래곤」 게임을 했던 경험에 비추어 보건대, 또한 어른이 되어서까지 이 게임을 하는 사람들과 어울려 본 결과 이러한 전형적 이미지는 매우 정확하다고 판단된다. 하지만 라프 게이머는 혈통이 전혀 다르다. 이들은 「던전 앤 드래곤」 너드들조차 코웃음 치는 초(超) 너드이다. 하지만 이들은 비웃음을 살 만한 사람들이 아니다. 여러분은 영화관에 가서 배우들이 연기하는 판타지 영화를 넋 놓고 본 적이 있지 않은가? 그렇다면 이 이야기를 직접 연기하는 것이 어째서 바보짓이란 말인가? 네버랜드를 휘젓고 다니며 포효하고 키스하고 칼로 찌르고 과장된 표현을 일삼는 영화배우들을 숭배하는 주제에 어떻게 라프 게이머들을 애처로이 여길 수 있단 말인가? 라프 게이머는 피터 팬 증후군의 극단적 사례에 불과하다. 인간이란 어른이 되지 않으려 드는 종족이니까 말이다. 보모가 우리 곁을 떠나도 네버랜드는 언제나 우리와 함께 있다.

이 게이머들을 조롱해서는 안 되는 이유는 또 있다. 「문의 숲」이나 「던전 앤 드래곤」 같은 롤플레잉 게임은 이야기가 나아갈 길을 보여 주기 때문이다.

오, 멋진 신세계로다!

나는 전통적 픽션이 죽어 간다고 생각하지 않는다. 이야기의 보편 문법이 바뀌리라고 생각지도 않는다. 하지만 스토리텔링은 향후 50년간 새로운 방향으로 진화할 것이다. 롤플레잉 게임의 방식을 차용한 쌍방향 픽션은 괴짜나 즐기는 주변부 장르에서 벗어나 주류에 진입할 것이다. 점점 더 많은 사람들이 라프 게이머처럼 상상의 나라를 돌아다니며 캐릭터를 구상하고 직접 연기할 것이다. 하지만 이들의 무대는 현실이 아니라 사이버 공간일 것이다.

이야기의 미래를 SF의 관점에서 가장 그럴듯하게 상상한 작품으로 올더스 헉슬리의 『멋진 신세계』와 「스타 트렉: 넥스트 제너레이션」이 있다. 헉슬리의 디스토피아 소설 『멋진 신세계』에서는 픽션이 근본적으로 죽음을 맞는다. 사람들은 픽션 대신 '필리(feely)'를 보러 모여든다. 필리는 겉보기에는 영화와 매우 비슷하지만 두 가지 커다란 차이점이 있다. 첫째, 필리에서는 등장인물이 느끼는 것을 관객이 그대로 느낀다. 곰 가죽 양탄자 위에서 남녀가 섹스를 하면 양탄자의 털 한 올 한 올이 느껴지고 입술은 키스로 눌린다. 둘째, 필리는 '이야기'를 전달하는 매체가 아니다. 필리가 전달하는 것은 '감각'이다. 필리는 인간의 곤경을 탐구하지 않으며 지적인 요소를 전혀 담고 있지 않다. 전율과 흥분만이 있을 뿐이다. 필리는 자신이 등장하는 포르노를 보면서 촉감까지 그대로 느끼는 격이다.

필리가 발명되면 틀림없이 사람들이 줄을 설 것이다. 하지만 그런다고 해서 이야기가 종말을 맞지는 않을 것이다. 사람들은 필리와 이야기 둘 다 원한다. 헉슬리의 디스토피아에 사는 사람들은 필리에 만족하지만, 그들은 우리와 다르다. 유전자 조작으로 태어났고 문화적으로 세뇌되었기에 온전한 사람이라고 말하기 힘들다. 멋진 신세계가 실제로 도래하기 전에는 이야기가 사라지지 않을 것이다. 물론 그 멋진 신세계는 인간의 본성과 양육 방식이 근본적으로 달라진 세계일 것이다. 헉슬리는 이 점을 이해하고 있었다. 그의 소설에는 완벽하게 진정한 인간이 단 한 명 등장하는데, 그 야만인 존이 일반인과 다른 한 가지 이유는 필리보다 셰익스피어를 더 좋아한다는 것이다.

나는 픽션의 미래가 헉슬리의 필리보다는 「스타 트렉」의 홀로데크에 가까울 것이라고 생각한다. 「스타 트렉: 넥스트 제너레이션」의 픽션 우주에 등장하는 홀로데크는 무엇이든 진짜처럼 시뮬레이션 할 수 있다. 이를테면 홀로소설(holonovel)이라는 가상의 작품에 입장하면 등장인물이 될 수 있다. 홀로소설은 필리처럼 마음을 속여 이야기가 실제로 일어나는 것처럼 생각하게 한다. 하지만 필리와 달리 이야기를 벗겨 내지 않고도 전율과 흥분을 고스란히 경험할 수 있다.

캐스린 제인웨이 함장은 홀로데크에서 제인 오스틴풍 홀로소설을 즐기는데, 그 속에서 똑똑하고 대담하고 이상적인 여주인공의 역할을 맡는다. 이에 반해 장뤽 피카르 함장은 레이먼드 챈들러풍 탐정인 딕슨 힐

이 되어 미스터리를 해결하는 일을 즐긴다. 「스타 트렉」의 홀로소설은 우리를 끌어당기는 소설의 매력을 완벽하게 갖추었다. 우리는 등장인물과 완벽하게 공감하며(우리가 바로 등장인물이니까) 대안 우주로 이동하는 환상을 완벽하게 체험한다.

우리의 기술이 「스타 트렉」만큼 정교해질 수는 없을지도 모른다. 하지만 MMORPG, 즉 대규모 다중 사용자 온라인 롤플레잉 게임이라는 장르의 비디오 게임이 이 방향으로 나아가는 듯하다.(미국에서는 이 약어를 '모어펙'으로 발음한다.) MMORPG에서는 플레이어가 등장인물이 되어 이야기를 이끌어 나간다. 플레이어는 물리적으로 거대하고 문화적으로 다채로운 가상 세계를 수많은 동료 플레이어와 함께 돌아다닌다. 이 가상 세계에는 나름의 법과 관습이 있다. 저마다 방언이 있고 초심자는 매우 익히기 힘든 어휘도 있다.(몇 가지 동사만 예로 들자면 gank, grief, nerf, buff, debuff, twink, gimp, pwn 등이 있다.) MMORPG에는 전쟁을 벌이는 부족과 성장하는 경제와 더불어 해마다 수억 달러 규모로 이루어지는 교역이 있다. MMORPG 세계에서는 진짜 문화가 자생적으로 발전하며 인류학자들은 그 세계에 대해 민족지를 기록한다.[16]

MMORPG 세계는 단순히 별개의 물리적, 문화적 공간이 아니라 이야기 공간이다. 많은 MMORPG는 「반지의 제왕」, 「스타 트렉」, 「스타 워즈」처럼 인기를 끈 이야기를 바탕으로 삼는다. MMORPG에서 우리는 고전적 영웅 이야기의 등장인물이 될 수 있다. 한 플레이어 말마따나 MMORPG를 하는 것은 "쓰이고 있는 소설 속에서"[17] 살아가는 것과 같다. 또 다른 플레이어는 이렇게 말한다. "저는 중세 모험담 속에서 살아갑니다. 저는 소설의 등장인물인 동시에 저자입니다."

이를테면 블리자드엔터테인먼트의 MMORPG 「월드 오브 워크래프트」(이하 「와우」)를 예로 들어 보자. 이 제한된 지면에서 「와우」를 간단하

「월드 오브 워크래프트」의 여성 블러드엘프 스크린 샷.

게 설명하기는 힘들다. 니카라과나 노르웨이의 자연적, 문화적 특징을 몇 문단으로 요약하기 힘든 것과 마찬가지이다. 「와우」는 엄청난 야심의 산물이다. 「와우」 개발자들은 게임이 아니라 세계를 창조했다.(의미심장하게도 이들은 「와우」를 롤플레잉 '게임'이 아니라 롤플레잉 '경험'이라고 부른다.) 「와우」 디자이너들은 무에서 가상 세계를 빚어내는 괴짜 신이다.

　「와우」는 여러 행성, 인종, 파벌, 문화, 종교, 그리고 소통되지 않는 언어로 이루어진 온라인 우주이다. 1200만 명의 진짜 사람들이 그곳에서 모험을 벌인다.(「와우」 세계의 인구는 니카라과와 노르웨이를 합친 것보다 많다.) 사회학자 윌리엄 심스 베인브리지는 「와우」 세계에서 2년 동안 참여 관찰 연구를 진행했는데, 「와우」 경험이 "어떤 고대 전설보다도 복잡한 신화적 구조"[18]를 바탕으로 삼는다는 그의 말은 과장이 아니다. 「와우」 세계 안에는 『새로운 호드』나 『역병 지대의 내란』 같은 책이 있는

데, 플레이어의 캐릭터가 이 책을 읽으면 그 영토에 관한 지식을 얻을 수 있다. 시중에는 「와우」의 배경 역사에 살을 붙이고 주요 캐릭터를 발전시키며 온라인 경험을 끊임없이 진화시키는 소설이 여러 권 출간되어 있다.(이 책을 쓰는 시점에는 열다섯 권까지 늘었다.) 「와우」 세계에 발을 내디디면 여러분은 최초의 신, 세계의 탄생, 인종과 문명의 부흥과 몰락을 넘나드는 만 년의 역사, 그러니까 태초로 거슬러 올라가 계속 진화하는 서사시의 등장인물이 된다.

「와우」가 이런 성과를 거둔 것은 프로그래머, 작가, 사회 과학자, 역사가, 미술가, 음악가 등 수많은 사람들의 창의력이 결합했기 때문이다. 위대한 예술 작품은 대부분 한 사람이 창조하지만, 「와우」는 수백 명의 창의적 인재들이 이야기 예술에 시각 예술과 음향 예술을 접목한 결과물이다. 「와우」는 예술의 금맥이지만 아직 초창기에 있다. 「와우」 같은 세계는 20년 뒤에 어떻게 달라져 있을까? 50년 뒤에는?

탈출

경제학자 에드워드 카스트로노바는 『가상 세계로 탈출하다』에서 인류 역사상 최대의 대량 이주가 시작되었다고 주장한다.[19] 현실 세계에서 가상 세계로 대규모 이동이 벌어지고 있다는 것이다. 몸은 이곳 지구에 묶여 있지만 마음은 점차 가상 세계로 빠져나간다. MMORPG에 푹 빠진 수천만 명의 게이머는 이미 일주일에 평균 20~30시간을 온라인 모험에 쏟아붓는다.[20] MMORPG 플레이어 3만 명을 대상으로 설문 조사를 했더니 본격적으로 게임을 즐기는 플레이어 중에서 절반가량이 게임 안에서의 교제가 가장 만족스럽다고 답했으며[21] 20퍼센트는

MMORPG 세계가 "진짜 집"이고 지구는 "가끔 들르는 곳에 불과"하다고 답했다.[22] 기술이 발전해 가상 세계의 매력이 커짐에 따라 탈출 속도는 점차 빨라질 것이다.

카스트로노바에 따르면 새로운 가상 세계의 인력(쌍방향 이야기의 강한 흡인력)뿐 아니라 현실의 반발력이 탈출을 가속화한다. 카스트로노바는 밥이라는 평범한 남자를 상상해 보라고 말한다. 밥은 상점에서 일한다. 상품을 진열하고 바닥을 닦고 판매대를 지키는 것이 그의 임무이다. 출퇴근할 때면 할인점과 패스트푸드점의 황량한 콘크리트 풍경을 지난다. 볼링은 혼자 치러 다닌다. 사회봉사 활동에도 참여하지 않는다. 밥은 공동체의 일원이라는 의식이 없으며 삶에서 의미를 찾지 못한다. 일은 동기 부여가 되지 않으며 가치 있는 결과를 내지도 않는다.

하지만 일이 끝나면 밥은 온라인에 접속해 자신의 삶에 결여된 모든 것을 충족한다. MMORPG 세계에는 친구가 있으며, 심지어 아내가 있을지도 모른다. 밥은 쓰레기 같은 물건을 팔고 소비하면서 살지 않는다. 그는 악과 맞서 싸우는 전사이다. MMORPG 세계에서 밥은 우람한 근육과 거대한 무기와 위험한 마법의 소유자이다. 그는 끈끈한 공동체에서 꼭 필요하고 존경받는 구성원이다.

혹자는 MMORPG가 현대 사회에서 소외감을 키운다며 비난을 일삼는다. 하지만 가상 세계는 소외의 원인이라기보다는 소외에 대처한 결과에 가깝다. 가상 세계는 현대 사회가 앗아 간 것을 우리에게 돌려준다. 가상 세계는 중요한 측면에서 현실 세계보다 더 진짜배기로 인간적이다. 가상 세계는 우리에게 공동체를, 자신감과 자존감을 돌려준다.

무엇보다 MMORPG 세계는 '의미'로 충만하다. 게임 디자이너 데이비드 리키 말마따나 사람들은 MMORPG를 하며 무의미한 현실에서 하루 휴가를 떠나는 셈이다.[23] MMORPG는 의미가 매우 풍부한 세계이다.

여러 면에서 우리의 삶과 죽음보다 더 가치 있는 것처럼 보이기도 한다. 그 비결은 무엇보다 신화를 되살렸다는 것이다. 가상 세계에서 신화는 모든 권력을 유지하며 신은 살아 있고 힘이 세다. 게임 「워해머 온라인」에서는 사악한 군벌 차르자네크를 이렇게 묘사한다. "머나먼 북쪽, 야만 부족이 무시무시한 혼돈의 신을 숭배하는 그곳에서 새로운 전사가 나타났다. 얼음장 바람이 웅웅거리는 소리와 까마귀의 새된 울음소리가 그의 이름을 부른다. 천둥소리가 그의 이름을 선포하고 인간의 악몽이 그의 이름을 속삭인다. 그는 차르자네크, 혼돈의 신 친치의 선택을 받은 자이다. 그가 옛 세계의 토대를 뒤흔들 것이다."[24]

따라서 사람들은 긍정적 가치를 얻기 위해서뿐 아니라 현대 사회의 황량함(게임 디자이너 제인 맥고니걸의 책 제목처럼 '현실이 부서졌다'는 느낌[25])에서 벗어나기 위해 MMORPG 세계에 들어간다. 어떤 사람은 이렇게 말할지도 모르겠다. "그렇긴 하지만, 롤플레잉 게임을 하는 사람들은 모두 한 가지 공통점이 있어. 형편없는 루저라는 거지. 나는 아니야. 도크(dork, 멍청이)와 오크의 세계는 나와 상관없어."

실로 MMORPG가 모든 사람을 위한 것이 아니다. 하지만 아직 요람기일 뿐이므로 앞으로 수십 년 뒤에는 컴퓨터 성능이 비약적으로 발전해 홀로소설의 수준에 점차 가까워질 것이다. 이렇게 되면 이야기 세계는 여러 면에서 현실을 뛰어넘을 것이다. 많은 사람들, 특히 밥 같은 사람들은 현실 세계에서 농부가 되기보다는 MMORPG 세계에서 왕이 되는 게 더 낫다고 생각한다. 하지만 언젠가는 현실 세계에서 왕이 되는 것보다 MMORPG 세계에서 왕이 되는 게 더 낫다고 여기지 않을까?

물론 이따금 이야기에서 접속을 끊고 화장실에 가거나 냉장고 문을 열어야 하는 점은 변함이 없을 것이다. 하지만 쌍방향 픽션은 우리가 그 시간마저 아까워할 만큼 매력이 커질지도 모른다. 「스타 트렉」 시리즈의 무지막지한 낙관주의조차 이런 미래를 그려 내지는 못했다. 홀로데크는 수소 폭탄만큼 무시무시한 파괴력을 지닌 기술이다. 세상을 구하는 일부터 삼천 궁녀를 거느리는 것까지 무엇이든 원하는 대로 할 수 있고 언제든 들락날락할 수 있는 옷장이 있다면 그곳에서 나오고 싶을 이유가 없지 않을까? 언제까지나 신으로 살고 싶지 않을까?

인간은 이야기에 탐닉하도록 진화했다. 이 탐닉은 전반적으로 인간에게 유익했다. 이야기는 쾌감과 교훈을 준다. 우리가 현실에서 더 잘 살 수 있도록 세상을 시뮬레이션 한다. 우리를 공동체로 결속하고 문화적으로 정의한다. 이야기는 인류에게 귀한 은인이었다.

하지만 그런 이야기가 이제 인류의 결점이 되어 가는 것일까? 이야기에 탐닉하는 것과 음식에 탐닉하는 것 사이에는 비슷한 점이 있다. 식량이 늘 부족하던 시기에는 과식 습성이 우리 조상에게 유리했다. 하지만 사람들이 늘 책상 앞에 앉아 있고 값싼 기름기와 옥수수 시럽이 넘쳐 나는 지금, 과식은 비만을 일으키고 수명을 단축한다. 이와 마찬가지로 이야기에 대한 지나친 탐닉은 우리 조상에게는 이로웠지만 책, MP3 플레이어, 텔레비전, 아이폰 등이 보급되면서 어딜 가나 이야기를 접할 수 있고 로맨스 소설과 「저지 쇼어」 같은 텔레비전 프로그램(기름에 넣어 튀긴 트윙키처럼 정신 건강에 해로운 인스턴트 이야기)을 볼 수 있는 세상에서는 이러한 탐닉이 해로운 결과를 초래할 것이다. 문학 연구자 브라이언 보이드는 인스턴트 이야기가 범람하는 세상에서 이야기를 과소비하다가는 "유행성 정신 당뇨병"[26] 같은 현상이 벌어질지도 모른다고 우려한다. 나도 그의 우려에 동감한다.

비슷한 맥락에서 디지털 기술이 진화하면 어디에나 있으며 몰입적이고 쌍방향적인 이야기의 매력이 위험 수준에 이를지도 모른다. 정말 두려운 것은 이야기가 미래에 인간의 삶에서 사라지는 것이 아니라 인간의 삶을 완전히 집어삼키는 것이다.

아마도 우리는 그러한 운명을 피할 수 있을 것이다. 아마도 우리는 당뇨병을 적절히 관리하는 환자처럼 영양소를 적절히 섭취하고 이야기 과식을 피할 수 있을 것이다. 이와 관련해 이 책에 실린 연구를 바탕으로 몇 가지 온건한 제안을 하고자 한다.

픽션을 읽고 보라. 공감 능력이 커지고 삶의 딜레마를 훨씬 수월하게 헤쳐 나갈 수 있을 것이다.

픽션이 사회의 도덕적 토대를 무너뜨린다는 도덕주의자들의 말에 속지 말라. 오히려 가장 저속한 작품조차도 우리를 공통의 가치로 묶어 준다.

우리가 이야기 하면 사족을 못 쓰는 천성을 타고났음을 명심하라. 인물과 줄거리에 정서적으로 빠져들면 쉽게 영향받고 조작될 수 있다.

세상을 바꾸는 이야기의 힘을 활용하되(『톰 아저씨의 오두막』을 생각해 보라.) 필요에 따라서는 그에 저항하라.(「국가의 탄생」을 떠올려 보라.)

축구 연습하고 바이올린 배우는 것, 다 좋다. 하지만 아이가 네버랜드에서 보내는 시간을 빼앗아서는 안 된다. 이는 건강한 발달의 필수 요소이기 때문이다.

몽상을 삼가지 말라. 몽상은 우리 자신의 짧은 이야기이다. 몽상하면서 우리는 과거에서 교훈을 얻고 미래를 계획한다.

내면의 이야기꾼이 악용당하고 있지 않은지 유의하라. 음모론, 자신의 블로그 글, 배우자나 직장 동료와의 불화에 대한 변명 등에 대해 비판적 시각을 유지하라.

의심이 많은 사람이라면 문화를 하나로 묶어 주는 신화(국가 신화든, 종교적 신화든)에 더 너그러워질 필요가 있다. 신화의 죽음에 환호하지는 말기 바란다.

다음번에 어떤 비평가가 소설이 참신함의 결여로 죽어 간다고 말하거든 하품이나 한번 쏘아 주기 바란다. 사람들이 이야기 나라를 찾는 이유는 새롭고 신기한 것을 바라서가 아니다. 보편적 이야기 문법이 주는 낡은 위안을 원하기 때문이다.

이야기의 미래를 비관하거나 비디오 게임이나 리얼리티 프로그램의 인기를 폄하하지 말라. 우리가 이야기를 경험하는 방식은 진화할 것이되, 스토리텔링 애니멀인 우리는 네 발로 걷게 되지 않는 한 이야기를 포기하지 않을 것이다.

우리를 이야기의 동물로 만들고 이야기의 화려하고 신나는 역동성을 선사한 천재일우의 환상적 진화 과정을 찬미하라. 가장 중요한 것은 스토리텔링의 힘을 이해하고 이야기가 어디에서 왔는지, 왜 중요한지를 알더라도 이야기의 매력은 조금도 줄지 않으리라는 점이다. 지금 소설에 빠져 보면 저절로 알게 될 것이다.

감사의 말

사진을 신도록 허락해 준 모든 개인과 기관에 감사한다. 히틀러의 회화 작품과 관련된 저작권 문제를 자상하게 설명해 준 프레더릭 스포츠에게 감사한다. 마지막으로 방대한 디지털 이미지를 검색할 수 있도록 해 준 위키미디어 공용(Wikimedia Commons)에 특별히 감사한다.

책 전체나 개별 장에 대해 조언해 준 학자와 과학자, 브라이언 보이드, 조지프 캐럴, 에드워드 카스트로노바, 샘 피, 마이클 가자니가, 카티아 발리에게 감사한다. 부모님과 동생도 건전한 조언을 제시하고 용기를 북돋워 주었다. 아내는 초고를 읽고 의견을 주었을 뿐 아니라 내가 책에 빠져 지내는 것을 참아 주었다.

워싱턴 앤드 제퍼슨 칼리지 도서관의 사서, 특히 레이철 볼든과 알렉시스 리튼버거에게 감사한다. 상호 대차 도서를 수십 권이나 주문해 주었고 내가 소음을 낼 때에도 경비원을 부르지 않았다.

재능과 노력, 박학다식을 겸비한 편집자 어맨다 쿡에게 빚진 게 많다. 어맨다는 책의 전체 구성부터 문장의 짜임에 이르기까지 모든 것을 나와 함께 작업했다. 완벽한 책은 없지만, 어맨다의 언어 감각과 스토리텔링 본능이 아니었다면 이 책은 훨씬 부실했을 것이다. 이 책의 도판 작업을 도와준 부편집자 애슐리 길리엄, 북 디자이너 브라이언 무어, 빼어난 교열자 바버라 잿콜라를 비롯해 호턴미플린하코트 출판사의 유능하고 부지런한 분들에게 감사한다.

능력과 재능이 출중한 에이전트 맥스 브록먼을 만난 것은 내게 큰 행운이었다. 맥스는 책의 기획 단계부터 함께하면서 무정형의 아이디어 덩어리를 책의 형태로 빚어 주었으며 동료로서, 현명한 조언자로서 든든한 버팀목이 되었다.

두 딸은 어릴 때부터 공주, 켄, 괴물 역할을 하면서 내가 일종의 참여 관찰자로서 자기네 흉내 놀이 세계를 연구하도록 해 주었다. 딸과 함께 놀면서 이야기에 대해 책에서 배운 것 못지않게 많은 것을 배웠다. 애비게일, 고마워. 애너벨, 고마워.

242

주

서문

1 *BBC News*, 2003.

2 Elmo et al., 2002.

3 *BBC News*, 2003.

4 Tanaka, 2010.

5 E. M. 포스터는 『소설의 양상』(Forster, 1955, p. 55)에서 문학적 인물을 묘사하는 데 이 용어를 썼다. 또한 Niles, 1999 참고.

1 이야기의 마법

1 이 표현은 Sara Cone Bryant, *How to Tell Stories to Children*(Boston: Houghton Mifflin, 1905), p. 8에서 원용했다.

2 Philbrick, 2000, p. xii. 한국어판은 『바다 한가운데서』(중심, 2001), 9쪽.

3 Samuel Taylor Coleridge, *Biographia Literaria*(1817; repr., New York: Leavitt, Lord, 1834), p. 174.

4 National Endowment for the Arts, 2008.

5 Bureau of Labor Statistics, 2009.

6 Shaffer et al., 2006, p. 623.

7 Motion Picture Association of America, 2006. 홀루(Hulu)나 유튜브 같은 웹사이트에서 픽션을 내려받는 시간은 포함하지 않았다.

8 Levitin, 2008, p. 3.

9 Solms, 2003.

10 꿈 연구자 오언 플래너건은 우리가 밤새도록 꿈꿀 것이라고 생각한다.(Flanagan, 2000, p. 10)

11 Klinger, 2009.

12 Ibid.

13 Klinger, 2009와 Killingsworth and Gilbert, 2010은 다른 연구 방법을 써서 같은 결론에 도달했다.

14 Blaustein, 2000.

15 Baker, 2011.

16 Bryant and Oliver, 2009 참고.

17 Guber, 2011.

18 Malcolm, 2010.

19 Wolfe, 1975.

20 Dunbar, 1996; Norrick, 2007.

2 픽션의 수수께끼

1 아동의 흉내 놀이를 발달 심리학에서 개관한 자료로는 Bloom, 2004; Bjorklund and Pellegrini, 2002; Boyd, 2009; Gopnik, 2009; Harris, 2000; Singer and Singer, 1990; Sutton-Smith, 1997; Taylor, 1999; Weisberg, 2009 참고.

2 Eisen, 1988; Walton, 1990, p. 12.

3 자세한 내용은 Boyd, 2009; Dutton, 2009; Dissanayake, 1995, 2000; Pinker, 1997, 2002, 2007; Bloom, 2010; Zunshine, 2006; Knapp, 2008; Wilson, 1998, 10장 참고. 주요 논문을 수집한 자료로는 Boyd, Carroll, and Gottschall, 2010 참고.

4 사람의 손에 대한 과학적 사실과 철학적 명상에 대해서는 Napier, 1993; Bell, 1852; Tallis, 2003; Wilson, 1998 참고.

5 Breuil, 1979; Bégouën et al., 2009 참고.

6 Darwin, 1897; Miller, 2001; Dutton, 2009.

7 Boyd, 2009, p. 15. 한국어판은 『이야기의 기원』(휴머니스트, 2013), 32쪽.

8   Sugiyama, 2005.

9   Dissanayake, 1995, 2000.

10   Gardner, 1978, p. 125.

11   이야기가 인지적 질서와 정신적 항상성을 유지하는 데 도움이 된다는 이론에 대
     해서는 Wilson, 1998, pp. 210~237; Carroll, 2008, pp. 119~128; Damasio, 2010,
     pp. 294~297 참고.

12   Kessel, 2010, p. 657.

13   Ibid., p. 672.

14   이 관점의 출처는 곧잘 Pinker, 1997, 2002로 제시되지만, 핑커는 픽션에 다른 예술
     형식과 달리 진화적 목적이 있을지도 모른다고 생각한다. 폴 블룸(Bloom, 2010)은
     픽션이 진화적 부산물이라고 단정했다.

15   이를테면 Boyd, 2009 참고.

16   Paley, 1988, p. 6. 한국어판은 『악당들은 생일이 없어』(양서원, 2004), 25~26쪽.

17   Bruner, 2002, p. 23.

18   Sutton-Smith, 1986.

19   Appleyard, 1990. 아동의 스토리텔링을 일반적으로 다룬 글로는 Engel, 1995 참고.

20   Sutton-Smith, 1997, pp. 160~161.

21   Paley, 2004, p. 60.

22   Ibid., p. 30.

23   Paley, 1984, p. 116.

24   Konner, 2010.

25   연구들에 대한 리뷰는 Konner, 2010 참고. 또한 Geary, 1998; Bjorklund and Pel-
     legrini, 2002 참고.

26   Konner, 2010, chap. 19.

27   Singer and Singer, 1990, p. 78.

28   Paley, 1984, p. 58.

29   Konner, 2010, p. 270.

30   Paley, 1984, p. 84.

31   이 인용문은 피아제의 견해를 심리학자 J. A. 애플야드(Appleyard, 1990, p. 11)가
     기술한 것이다.

32   아동의 흉내 놀이에 대한 검토로는 Bloom, 2004; Bjorklund and Pellegrini, 2002;
     Gopnik, 2009; Singer and Singer, 1990; Boyd, 2009; Sutton-Smith, 1997; Taylor,
     1999; Weisberg, 2009 참고.

33   Konner, 2010, p. 264; Wood and Eagly, 2002 참고.

34   Poe, 1975, p. 224.

35 Tatar, 2003, p. 247. 한국어판은 『그림 형제 민담집』(현암사, 2012) 941쪽.

36 Russell, 1991, p. 74.

37 Davies et al., 2004.

3 지옥은 이야기 친화적이다

1 이 사례를 알려 준 조지프 캐럴에게 감사한다.

2 Burroway, 2003, p. 82.

3 Baxter, 1997, p. 133.

4 James, 2007, p. 257.

5 Joyce, 1999, p. 281. 한국어판은 『피네간의 경야』(고려대학교출판부, 2012), 258~259쪽.

6 Baxter, 1997, p. 226에서 재인용.

7 이 주제를 다룬 최근 연구 성과와 이전 연구 리뷰는 Booker, 2004 참고.

8 비행 훈련에 대한 자세한 내용은 Waller, 1999 참고.

9 이 개념의 여러 버전에 대해서는 Boyd, 2009; Pinker, 1997, 2002; Sugiyama, 2005 참고.

10 Burroway, 2003, p. 74. 강조는 원저자.

11 Oatley, "The Mind's Flight Simulator", 2008.

12 이 연구의 기본적 개관은 Iacoboni, 2008; Rizzolatti, Sinigaglia, and Anderson, 2008; Ramachandran, 2011 참고. 회의론에 대해서는 Hickok, 2009; Dinstein et al., 2008 참고.

13 신생아의 모방에 대한 최초 연구로는 Meltzoff and Moore, 1977 참고. 유아의 모방과 거울 뉴런에 대해서는 Meltzoff and Decety, 2003 참고.

14 Iacoboni, 2008, p. 4. 한국어판은 『미러링 피플』(갤리온, 2009), 13쪽.

15 이를테면 일런 딘스타인과 동료들은 "거울 뉴런은 예외적으로 흥미로운 뉴런으로, 동물과 인간의 특정 사회적 능력을 위한 토대일지 모른다."라면서도 "그중에서도 '인간 거울 체계'는 추측이 난무하고 확실한 증거는 거의 없는 분야"라고 지적한다.(Dinstein et al., 2008, p. 17)

16 Nell, 1988.

17 Reeves and Nass, 2003. 한국어판은 『미디어 방정식』(커뮤니케이션북스, 2001), 3쪽.

18 Krendl et al., 2006.

19 Slater et al., 2006.

20 Jabbi, Bastiaansen, and Keysers, 2008. 픽션 반응에 대한 유사한 fMRI 연구에 대

해서는 Speer et al., 2009 참고.

21 캐나다의 심리학자 도널드 헤브의 말을 Ledoux 2003, p. 79에서 재인용. 한국어판
    은 『시냅스와 자아』(동녘사이언스, 2005), 142쪽. 대니얼 골먼은 이렇게 썼다. "어떤
    행동을 머릿속에서 따라 하기만 해도 뇌에서는 그것을 직접 할 때와 똑같이 반응
    이 일어난다. 그러나 어떤 요인에 의해 그 행동을 실제로 수행하는 것이 제재당하
    는 경우는 예외가 된다."(Goleman, 2006, pp. 41~42. 한국어판은 『SQ 사회 지능』
    (웅진씽크빅, 2006), 71쪽.)

22 Pinker, 1997, chap. 8.

23 Fodor, 1998 참고.

24 픽션 회상의 단편적 성질에 대해서는 Bayard, 2007 참고.

25 Schachter, 1996, 2001 참고.

26 Valli and Revonsuo, 2009, p. 11.

27 문학적 질문에 과학적 방법을 적용하는 문제에 대해서는 Gottschall, 2008 참고.

28 Lehrer, 2010, pp. 252~253.

29 Mar et al., 2006. 이 연구의 개관으로는 Oatley, "The Mind's Flight Simulator",
    2008; Oatley, "The Science of Fiction", 2008; Oatley, 2011 참고.

30 Mar, Oatley, and Peterson, 2009. 오틀리의 인용문과 마, 오틀리, 피터슨의 방법 및
    발견에 대한 자세한 설명으로는 Oatley, 2011 참고. 또한 Keen, 2007 참고. Pinker,
    2011에서는 "픽션은 사람들이 느끼는 공감의 범위를 확장하는 효과가 있는 듯하
    다."라고 주장한다.

4 밤의 이야기

1 Gardner, 1983, p. 32.

2 Koch, 2010, p. 16.

3 Crews, 2006, p. 24.

4 Hobson, 2002, p. 64. 한국어판은 『꿈: 과학으로 푸는 재미있는 꿈의 비밀』(아카넷,
   2003), 116쪽.

5 Ibid., p. 151.

6 Crick and Mitchison, 1983, p. 111.

7 Flanagan, 2000, p. 24.

8 Valli and Revonsuo, 2009, p. 25. 또한 Franklin and Zyphur, 2005, p. 64; Talbot,
   2009, p. 47 참고.

9 Revonsuo, 2003, p. 278.

10   Jouvet, 1999, p. 92.

11   Ji and Wilson, 2007.

12   Revonsuo, 2000, p. 898에서 재인용.

13   Valli and Revonsuo, 2009.

14   렘수면 행동 장애를 개관한 글로는 Valli and Revonsuo, 2009; Revonsuo, 2000 참고.

15   Paley, 1988, p. 65. 한국어판은 『악당들은 생일이 없어』, 138쪽.

16   Revonsuo, 2003, p. 280.

17   Ibid. p. 288.

18   Valli and Revonsuo, 2009.

19   Rock, 2004, p. 1에서 재인용. 한국어판은 『꿈꾸는 뇌의 비밀』(지식의숲, 2006), 19쪽.

20   Franklin and Zyphur, 2005, p. 73. 꿈에 대한 또 다른 적응적 관점으로는 McNa-
     mara, 2004 참고.

21   Fajans, "How You Steer a Bicycle".

22   Hunt, 2003, p. 166.

23   Franklin and Zyphur, 2005, p. 64.

24   Valli and Revonsuo, 2009, p. 25.

25   Revonsuo, 2003, p. 294.

5 마음은 이야기꾼

1   Nettle, 2001, p. 117.

2   Forster, 1955, pp. 67~78.

3   Gardiner, 1836, p. 87에서 재인용.

4   Nettle, 2001, p. 147.

5   Allen, 2004, p. ix.

6   King, 2000, pp. 90~91. 한국어판은 『유혹하는 글쓰기』(김영사, 2002), 119쪽.

7   Ludwig, 1996.

8   Nettle, 2001; Jamison, 1993 참고.

9   분리 뇌 수술과 연구에 대한 자세한 내용은 Gazzaniga, 2000; Gazzaniga, *Hu-
     man*, 2008; Gazzaniga, "Forty-Five Years of Split: Brain Research", 2008; Fun-
     nel, Corbalis, and Gazzaniga, 2000 참고.

10   Gazzaniga, *Human*, 2008, p. 13.

11   개관으로는 Gazzaniga, 2000; Gazzaniga, *Human*, 2008; Gazzaniga, "Forty-Five
     Years of Split: Brain Research", 2008 참고.

12   Gazzaniga, *Human*, 2008, pp. 294~295.

13   Doyle, 1904, p. 8. 한국어판은 『주홍색 연구』(현대문학, 2013), 17쪽.

14   Ibid., p. 22.

15   Hood, 2009.

16   Wallis, 2007, p. 69.

17   Haven, 2007 참고. 무작위 정보에 이야기 패턴을 적용하려는 경향이 초래한 해로운 결과에 대해서는 Taleb, 2008 참고.

18   Heider and Simmel, 1944.

19   Hirstein, 2006, p. 8. 또한 Hirstein, 2009 참고.

20   Sacks, 1985, p. 110. 한국어판은 『아내를 모자로 착각한 남자』(이마고, 2006), 213쪽. 강조는 원저자.

21   Hirstein, 2006, pp. 135~136. 말짓기증에 대한 개관으로는 Hirstein, 2006 참고.

22   Maier, 1931.

23   Wheatley, 2009에 기술.

24   일반인의 말짓기증에 대한 흥미로운 사례로는 Johansson et al., 2005 참고.

25   Jones, 2007.

26   루크 메이어와 앤드루 닐이 제작한 「신 세계 질서」(New York: Disinformation, 2009).

27   "Angry in America: Inside Alex Jones' World", ABC News/Nightline, September 2, 2010, http://abcnews.go.com/Nightline/alex-jones-day-life-libertarian-radio-host/story?id=10891854&page=2.

28   Icke, 1999.

29   Lightfoot, 2001 참고.

30   Hargrove, 2006. 9·11 음모론을 논파한 글로는 Dunbar and Regan, 2006 참고.

31   Olmsted, 2009, p. 197.

32   "Growing Number of Americans Say Obama Is a Muslim", Pew Research Center, August 19, 2010, http://pewresearch.org/pubs/1701/poll-obama-muslim-christian-church-out-of-politics-political-leaders-religious; "Time Magazine/ABT SRBI?August 16~17, 2010 Survey: Final Data", http://www.srbi.com/CorporateSite/files/d3/d3ae1b62-4eda-4897-8b6ced1c9e7a7de9.pdf.

33   "The President, Congress and Deficit Battles: April 15~20, 2011", CBS News/NYT Polls, http://www.cbsnews.com/stories/2011/04/21/politics/main20056282.shtml?tag=contentMain;contentBody. 공화당원의 25퍼센트는 의견이 없다고 응답했다.

34   "Quarter of Republicans Think Obama May Be the Anti-Christ", LiveScience,

March 25, 2010, http://www.livescience.com/culture/obama-antichrist-100325. html.

35 Aaronovitch, 2010, p. 338. 한국어판은 『음모는 없다』(시그마북스, 2012), 493~494쪽.

6 이야기의 도덕

1 Jacobs, 2008, p. 8.

2 이 연구의 개관으로는 Haven, 2007 참고.

3 Gardner, 1978, p. 9에서 재인용.

4 Johnson, 2008. 미국인들이 더 종교적으로 바뀌는 현상에 대해서는 Kagan, 2009, p. 86 참고.

5 창세기 17:10~14.

6 Bulbulia et al., 2008; Voland and Schiefenhovel, 2009; Boyer, 2002; Dawkins, 2006; Dennett, 2007 참고.

7 Dennett, 2007; Dawkins, 2006 참고.

8 Dawkins, 2004, p. 128. 한국어판은 『악마의 사도』(바다출판사, 2007), 239쪽.

9 Wilson, 2003. 윌슨의 주장은 집단 선택 개념에 토대를 둔다. 자연 선택이 집단 수준에서 작동할 수 있다는 주장은 50년 가까이 진화 생물학에서 가장 논란이 되었다. 논란의 개관과 집단 선택 이론의 최근 부흥에 대한 설명으로는 Wilson and Wilson, 2007; Wilson, 2007 참고.

10 Durkheim, 2008, p. 46.

11 Wade, 2009, p. 58.

12 Wilson, 2008, p. 27. 강조는 원저자.

13 Jager, 1869, p. 119.

14 Zinn, 2003, p. 1에서 재인용. 한국어판은 『미국 민중사』(이후, 2008), 15쪽.

15 Zinn, 2003; Loewen, 1995 참고.

16 수정주의 역사관을 비판하고 전통적 미국 역사가 기본적으로 정확하다는 주장에 대해서는 Schweikart and Allen, 2007 참고.

17 Haidt, 2006, pp. 20~21.

18 Stone, 2008, p. 181.

19 Hume, 2010, p. 283.

20 Gendler, 2000.

21 Pinker, 2011.

22 Plato, 2003, p. 85.

23 Linn, 2008, p. 158.

24 Ong, 1982, p. 41. 한국어판은『구술 문화와 문자 문화』(문예출판사, 1995), 67쪽. 전통 예술의 보수주의를 전반적으로 다룬 글로는 Dissanayake, 1995, 2000 참고.

25 Bruner, 2002, p. 11. 한국어판은『이야기 만들기』(교육과학사, 2010), 32쪽.

26 Tolstoy, 1899; Gardner, 1978.

27 Baxter, 1997, p. 176.

28 Johnson, 2005, pp. 188~189.

29 Flesch, 2007.

30 Carroll et al., 2009, 2012. 비슷한 논증으로는 Boyd, 2009, pp. 196~197 참고.

31 Elkind, 2007, p. 162쪽. 한국어판은『놀이의 힘』(한스미디어, 2008), 220쪽.

32 Paley, 1988 참고.

33 Hakemulder, 2000.

34 Appel, 2008, pp. 65~66.

35 Nell, 1988.

36 McLuhan, 1962.

37 Gardner, 1978, p. 6.

7 먹사람이 세상을 바꾼다

1 Kubizek, 2006, pp. 116~117.

2 히틀러의 어린 시절과 「리엔치」 체험에 대한 자세한 내용은 Kohler, 2000; Kershaw, 1998; Fest, 1974; Spotts, 2003; Kubizek, 2006에서 논의한다.

3 Spotts, 2003, p. 138. 1936년에 히틀러의 회화 작품을 모은 책이『아돌프 히틀러: 총통이 그린 그림』(Hamburg: Cigaretten Bilderdienst, 1936)이라는 제목의 고급 양장본으로 출간되었다.

4 Shirer, 1990, pp. 6~7.

5 Kershaw, 1998, p. xx. 한국어판은『히틀러 1』(교양인, 2010), 21쪽.

6 Kohler, 2000, pp. 25~26; Spotts, 2003, pp. 226~227 참고.

7 Nicholson, 2007, pp. 165~166.

8 Kohler, 2000, p. 293에서 재인용.

9 Fest, 1974, p. 56. 한국어판은『히틀러 평전』(푸른숲, 2001), 118쪽.

10 Viereck, 1981, p. 132에서 재인용.

11 *Encyclopaedia Britannica*, 11th ed., s. v. "poetry".

12 Stowe, 2007, p. 357쪽. 한국어판은『톰 아저씨의 오두막』(문학동네, 2011), 226~

227쪽.

13 Stowe and Stowe, 1911, p. 223에서 재인용.

14 Weinstein, 2004, p. 2.

15 Johnson, 1997, p. 417.

16 Clooney, 2002, pp. 277~294.

17 Gerrig, 1993, pp. 16~17.

18 Hitchens, 2010, p. 98.

19 Richardson, 1812, p. 315.

20 Appel and Richter, 2007. 또한 Gerrig and Prentice, 1991; Marsh, Meade, and Ro-
ediger, 2003 참고.

21 Tolstoy, 1899, p. 133. 한국어판은『예술이란 무엇인가』(신원문화사, 2007), 199쪽.

22 Cantor, 2009.

23 Mar and Oatley, 2008, p. 182. 또한 Green and Brock, 2000 참고.

24 Green and Donahue, 2009; Green, Garst, and Brock, 2004.

25 Eyal and Kunkel, 2008.

26 폭력적 매체의 효과에 대한 연구를 검토한 글로는 Anderson et al., 2010 참고. 비
판적 견해로는 Jones, 2002; Schechter, 2005 참고. 친사회적 행동과 친사회적 게임
의 관계에 대해서는 Greitemeyer and Osswald, 2010 참고.

27 픽션이 인종적 태도에 미치는 영향을 연구한 글로는 Mastro, 2009; Rosko-Ewold-
sen et al., 2009 참고. 픽션이 성별적 태도에 미치는 영향을 연구한 글로는 Smith
and Granados, 2009 참고.

28 Maugham, 1969, p. 7.

29 Green and Brock, 2000.

30 Djikic et al., 2009. 또한 Mar, Djikic, and Oatley, 2008, p. 133 참고.

31 Spotts, 2003, p. 43에서 재인용.

32 Ibid., p. 56에서 재인용.

33 Spotts, 2003, p. xii.

34 United States Holocaust Museum, "Book Burning".

35 Metaxas, 2010, p. 162에서 재인용. 한국어판은『디트리히 본 회퍼』(포이에마, 2011),
245쪽.

8 삶 이야기

1 산티아고 노인과 어린 견습생 마놀린의 대화. 한국어판은『노인과 바다』(문학동네,

2012), 13쪽.

2   Carr, 2008, pp. 3~8, 10, 12.

3   Frey, 2008.

4   Smoking Gun, 2006.

5   Yagoda, 2009, p. 246.

6   Ibid., p. 22에서 재인용.

7   Carter, 1991. 또한 Barra, 2001 참고.

8   Barra, 2001.

9   McAdams, 1993. 또한 McAdams, 2001, 2008 참고.

10 Hemingway, 1960, p. 84. 한국어판은 『오후의 죽음』(책미래, 2013), 134쪽.

11 Bernheim, 1889, pp. 164~166; Lynn, Matthews, and Barnes, 2009.

12 Ibid., p. 165.

13 Brown and Kulik, 1977.

14 Neisser and Harsch, 1992.

15 French, Garry, and Loftus, 2009, pp. 37~38.

16 Ibid.; Greenberg, 2004.

17 CNN, 2001.

18 Greenberg, 2004, p. 364.

19 Ibid., 2005, p. 78.

20 Ost et al., 2008.

21 Bernheim, 1889, p. 164.

22 Ibid.

23 거짓 기억에 대한 초기 연구로는 Bartlett, 1932 참고.

24 Crews, 2006, p. 154. 이 책은 회복 기억의 역사를 서술하고 이를 회의적으로 분석한다.

25 Loftus and Pickrell, 1995; French, Garry, and Loftus, 2009 참고.

26 여기에서 설명한 거짓 기억 연구에 대한 개관으로는 Brainerd and Reyna, 2005; Schachter, 1996, 2001; Bernstein, Godfrey, and Loftus, 2009 참고.

27 Brainerd and Reyna, 2005, pp. 20, 409.

28 Schachter, 2001, p. 3. 일상적 기억 오류에 대한 또 다른 연구로는 Conway et al., 1996 참고.

29 Young and Saver, 2001; Schachter, 2001, pp. 85~87 참고.

30 Marcus, 2008, chap. 2.

31 Bruner, 2002, p. 23.

32 Tavris and Aronson, 2007, p. 6. 한국어판은 『거짓말의 진화』(추수밭, 2007), 16쪽.

33 작가이자 교정 공무원 로리 밀러는 대다수 범죄자가 자신이 실은 착한 사람이고 진짜 피해자라고 확신한다고 말한다.(Miller, 2008, p. 100)

34 King, 2000, p. 190. 한국어판은 『유혹하는 글쓰기』(김영사, 2002), 234쪽.

35 Baumeister, 1997; Kurzban, 2010. 자신을 용서하는 편향에 대한 리뷰로는 Pinker, 2011, chap. 8 참고.

36 Ibid.

37 Baumeister, 1997, p. 49에서 재인용.

38 Tsai, 2007.

39 Gilovich, 1991, p. 77. 한국어판은 『인간 그 속기 쉬운 동물』(모멘토, 2008), 118쪽. 강조는 원저자.

40 Taylor, 1989, p. 10; Gilovich, 1991, p. 77.

41 Taylor, 1989. 또한 Mele, 2001 참고.

42 Pronin, Linn, and Ross, 2002.

43 Wilson and Ross, 2000.

44 Fine, 2006, pp. 6, 25.

45 Taylor, 1989, p. 200.

46 Ibid., p. xi.

47 Hirstein, 2006, p. 237.

48 Crossley, 2000, p. 57.

49 Shedler, 2010.

50 Spence, 1984 참고.

9 이야기의 미래

1 Epstein, 1988; Fenza, 2006 참고.

2 Gottschall, 2008.

3 Baker, 2010.

4 Shields, 2010, p. 175.

5 소설의 쇠퇴에 감상적으로 빠진 최근 사례로는 Shields, 2010 참고. 제임스 우드(James Wood, 2008)는 그 정도로 비관적이지는 않지만 비슷한 맥락에서 감상에 젖는다.

6 출간 도서 데이터베이스를 작성하고 새 도서에 ISBN을 부여하는 회사 R. R. 보커에서 수집한 통계에 대해서는 "New Book Titles and Editions, 2002~2009", http://www.bowkerinfo.com/bowker/IndustryStats2010.pdf 참고.

7 Miller, 2004. 주문형 인쇄 방식과 자비 출판은 제외한 수치이다.

8 Bradley and DuBois, 2010.

9 Bradley, 2009, p. xiii.

10 Bissell, 2010.

11 Bland, 2010.

12 William Booth, "Reality Is Only an Illusion, Writers Say", Washington Post, August 10, 2004, http://www.washingtonpost.com/wp-dyn/articles/A53032-2004Aug9.html.

13 *The Ultimate Fighter*, 2009.

14 Castronova, 2007, p. 46에서 재인용.

15 Gilsdorf, 2009, pp. 88, 101, 104, 105.

16 야심 찬 사례 한 가지와 다른 연구에 대한 참고 문헌으로는 Bainbridge, 2010 참고.

17 Kelly, 2004, pp. 11, 71.

18 Bainbridge, 2010, p. 14.

19 Castronova, 2007.

20 Kelly, 2004, p. 13.

21 Meadows, 2008, p. 50.

22 Castronova, 2007, p. 13.

23 Castronova, 2006, p. 75에서 재인용.

24 "The Chaos Warhost: The Chosen", War Vault Wiki, Warhammer Online, http://warhammervault.ign.com/wiki/index.php?title=Chosen&oldid=1997.

25 McGonigal, 2011.

26 브라이언 보이드와의 개인적 대화, 2010년 10월 3일.

참고 문헌

Aaronovitch, David, *Voodoo Histories: The Role of the Conspiracy Theory in Shaping Modern History*(New York: Riverhead, 2010); 데이비드 에러너비치, 이정아 옮김, 『음모는 없다』(시그마북스, 2012).

Allen, Brooke, *Artistic License: Three Centuries of Good Writing and Bad Behavior*(New York: Ivan R. Dee, 2004).

Anderson, Craig A., Akiko Shibuya, Nobuko Ihori, Edward L. Swing, Brad J. Bushman, Akira Sakamoto, Hannah R. Rothstein, and Muniba Saleem, "Violent Video Game Effects on Aggression, Empathy, and Prosocial Behavior in Eastern and Western Countries: A Meta-Analytic Review", *Psychological Bulletin* 136(2010), pp. 151~173.

Appel, Markus, "Fictional Narratives Cultivate Just-World Beliefs", *Journal of Communication* 58(2008), pp. 62~83.

Appel, Markus, and Tobias Richter, "Persuasive Effects of Fictional Narratives Increase over Time", *Media Psychology* 10(2007), pp. 113~134.

Appleyard, J. A., *Becoming a Reader: The Experience of Fiction from Childhood to Adulthood*(Cambridge: Cambridge University Press, 1990).

Bainbridge, William, *The Warcraft Civilization: Social Science in a Virtual World*(Cambridge, MA: MIT Press, 2010).

Baker, Katie, "The XX Blitz: Why Sunday Night Football Is the Third-Most-Popular Program on Television—Among Women", *New York Times Magazine*(January 30, 2011).

Baker, Nicholson, "Painkiller Deathstreak", *The New Yorker*(August 9, 2010).

Barra, Allen, "The Education of Little Fraud", Salon(December 20, 2001), http://dir. salon.com/story/books/feature/2001/12/20/carter/index.html.

Bartlett, Frederic, *Remembering: A Study in Experimental and Social Psychology* (Cambridge: Cambridge University Press, 1932).

Baumeister, Roy, *Evil: Inside Human Violence and Cruelty*(New York: Henry Holt, 1997).

Baxter, Charles, *Burning Down the House: Essays on Fiction*(St. Paul: Graywolf, 1997).

Bayard, Pierre, *How to Talk About Books You Haven't Read*(London: Bloomsbury, 2007); 피에르 바야르, 김병욱 옮김, 『읽지 않은 책에 대해 말하는 법』(여름언덕, 2008).

BBC News, "No Words to Describe Monkeys' Play"(May 9, 2003), http://news.bbc. co.uk/2/hi/3013959.stm.

Bégouën, Robert, Carole Fritz, Gilles Tosello, Jean Clottes, Andreas Pastoors, and François Faist, *Le Sanctuaire secret des bisons*(Paris: Somogy, 2009).

Bell, Charles, *The Hand: Its Mechanisms and Vital Endowments, as Evincing Design*(London: John Murray, 1852).

Bernheim, Hippolyte, *Suggestive Therapeutics: A Treatise on the Nature and Uses of Hypnotism*(New York: G. P. Putnam's Sons, 1889).

Bernstein, Daniel, Ryan Godfrey, and Elizabeth Loftus, "False Memories: The Role of Plausibility and Autobiographical Belief", In *Handbook of Imagination and Mental Simulation*, edited by Keith Markman, William Klein, and Julie Suhr(New York: Psychology Press, 2009), pp. 89~102.

Bissell, Tom, *Extra Lives: Why Video Games Matter*(New York: Pantheon, 2010).

Bjorklund, David, and Anthony Pellegrini, *The Origins of Human Nature: Evolutionary Developmental Psychology*(Washington, DC: American Psychological Association, 2002).

Bland, Archie, "Control Freak: Will David Cage's 'Heavy Rain' Video Game Push Our Buttons?", *Independent*(February 21, 2010).

Blaustein, Barry, *Beyond the Mat*(Los Angeles: Lion's Gate Films, 2000), Film.

Bloom, Paul, *Descartes' Baby: How the Science of Child Development Explains What*

Makes Us Human(New York: Basic, 2004); 폴 블룸, 곽미경 옮김, 『데카르트의 아기』(소소, 2006).

_____, *How Pleasure Works: The New Science of Why We Like What We Like*(New York: Norton, 2010); 폴 블룸, 문희경 옮김, 『우리는 왜 빠져드는가』(살림, 2011).

Blume, Michael, "The Reproductive Benefits of Religious Affiliation", In *The Biological Evolution of Religious Mind and Behavior*, edited by Eckart Voland and Wulf Schiefenhovel(Dordrecht, Germany: Springer, 2009).

Booker, Christopher, *The Seven Basic Plots*(New York: Continuum, 2004).

Boyd, Brian, *On the Origin of Stories: Evolution, Cognition, Fiction*(Cambridge, MA: Harvard University Press, 2009); 브라이언 보이드, 남경태 옮김, 『이야기의 기원』(휴머니스트, 2013).

Boyd, Brian, Joseph Carroll, and Jonathan Gottschall, *Evolution, Literature, and Film: A Reader*(New York: Columbia University Press, 2010).

Boyer, Pascal, *Religion Explained*(New York: Basic, 2002).

Bradley, Adam, *Book of Rhymes: The Poetics of Hip Hop*(New York: Basic, 2009).

Bradley, Adam, and Andrew DuBois, eds., *The Anthology of Rap*(New Haven, CT: Yale University Press, 2010).

Brainerd, Charles, and Valerie Reyna, *The Science of False Memory*(Oxford: Oxford University Press, 2005).

Breuil, Abbé Henri, *Four Hundred Centuries of Cave Art*(New York: Hacker Art Books, 1979).

Brown, Roger, and James Kulik, "Flashbulb Memories", *Cognition* 5(1977), pp. 73~99.

Bruner, Jerome, *Making Stories: Law, Literature, Life*(New York: Farrar, Straus and Giroux, 2002); 제롬 브루너, 강현석 옮김, 『이야기 만들기』(교육과학사, 2010).

Bryant, Jennings, and Mary Beth Oliver, eds., *Advances in Theory and Research*, 3rd ed.(New York: Routledge, 2009); 제닝스 브라이언트·메리 베스 올리버, 김춘식 옮김, 『미디어 효과 이론』(나남, 2010).

Bulbulia, Joseph, Richard Sosis, Erica Harris, and Russell Genet, eds., *The Evolution of Religion: Studies, Theories, and Critiques*(Santa Margarita, CA: Collins Foundation, 2008).

Bureau of Labor Statistics, "American Time Use Survey—2009 Results", http://www.bls.gov/news.release/archives/atus_06222010.pdf.

Burroway, Janet, *Writing Fiction: A Guide to Narrative Craft*, 3rd ed.(New York:

Longman, 2003).

Cantor, Joanne, "Fright Reactions to Mass Media", In *Media Effects: Advances in Theory and Research*, 3rd ed., edited by Jennings Bryant and Mary Beth Oliver(New York: Routledge, 2009).

Carr, David, *The Night of the Gun*(New York: Simon and Schuster, 2008).

Carroll, Joseph, "An Evolutionary Paradigm for Literary Study", *Style* 42(2008), pp. 103~135.

Carroll, Joseph, Jonathan Gottschall, John Johnson, and Dan Kruger, "Human Nature in Nineteenth-Century British Novels: Doing the Math", *Philosophy and Literature* 33(2009), pp. 50~72.

_____, *Graphing Jane Austen: The Evolutionary Basis of Literary Meaning*(NY: Palgrave, 2012).

_____, "Paleolithic Politics in British Novels of the Nineteenth Century", In *Evolution, Literature, and Film: A Reader*, edited by Brian Boyd, Joseph Carroll, and Jonathan Gottschall(New York: Columbia University Press, 2010).

Carter, Dan, "The Transformation of a Klansman", *New York Times*(October 4, 1991).

Castronova, Edward, *Exodus to the Virtual World: How Online Fun Is Changing Reality*(New York: Palgrave, 2007).

_____, *Synthetic Worlds: The Business and Culture of Online Games*(Chicago: University of Chicago Press, 2006).

Clooney, Nick, *The Movies That Changed Us*(New York: Atria, 2002).

CNN, "President Bush Holds Town Meeting"(December 4, 2001), http://transcripts. cnn.com/TRANSCRIPTS/0112/04/se.04.html.

Conway, Martin, Alan Collins, Susan Gathercole, and Steven Anderson, "Recollections of True and False Autobiographical Memories", *Journal of Experimental Psychology* 125(1996), pp. 69~95.

Crews, Frederick, *Follies of the Wise: Dissenting Essays*(Emeryville, CA: Shoemaker Hoard, 2006).

Crick, Francis, and Graeme Mitchison, "The Function of Dream Sleep", *Nature* 304(1983), pp. 111~114.

Crossley, Michele, *Introducing Narrative Psychology: Self, Trauma, and the Construction of Meaning*(Buckingham, UK: Open University Press, 2000).

Damasio, Antonio, *Self Comes to Mind: Constructing the Conscious Brain*(New York: Pantheon, 2010).

Darwin, Charles, *The Descent of Man and Selection in Relation to Sex*(New York: D.

Appleton, 1897, First published 1871); 찰스 다윈, 김관선 옮김, 『인간의 유래』(한 길사, 2006).

Davies, P., L. Lee, A. Fox, and E. Fox, "Could Nursery Rhymes Cause Violent Behavior? A Comparison with Television Viewing", *Archives of Diseases of Childhood* 89(2004), pp. 1103~1105.

Dawkins, Richard, *A Devil's Chaplain*(Boston: Mariner, 2004); 리처드 도킨스, 이한음 옮김, 『악마의 사도』(바다출판사, 2007).

———, *The God Delusion*(Boston: Houghton Mifflin, 2006); 리처드 도킨스, 이한음 옮김, 『만들어진 신』(김영사, 2007).

Dennett, Daniel, *Breaking the Spell: Religion as a Natural Phenomenon*(New York: Penguin, 2007); 대니얼 데닛, 김한영 옮김, 『주문을 깨다』(동녘사이언스, 2010).

Dinstein, Ilan, Cibu Thomas, Marlene Behrmann, and David Heeger, "A Mirror Up to Nature", *Current Biology* 18(2008); pp. 13~18.

Dissanayake, Ellen, *Art and Intimacy: How the Arts Began*(Seattle: University of Washington Press, 2000).

———, *Homo Aestheticus: Where Art Comes From and Why*(Seattle: University of Washington Press, 1995); 엘렌 디사나야케, 김한영 옮김, 『미학적 인간 호모 에스테티쿠스』(예담, 2009).

Djikic, Maja, Keith Oatley, Sara Zoeterman, and Jordan Peterson, "On Being Moved by Art: How Reading Fiction Transforms the Self", *Creativity Research Journal* 21(2009), pp. 24~29.

Doyle, A. C., *A Study in Scarlet, and, The Sign of the Four*(New York: Harper and Brothers, 1904, First published 1887); 아서 코넌 도일, 승영조 옮김, 『주홍색 연구』(현대문학, 2013).

Dunbar, David, and Brad Regan, eds., *Debunking 9-11 Myths*(New York: Hearst, 2006).

Dunbar, Robin, *Grooming, Gossip, and the Evolution of Language*(Cambridge, MA: Harvard University Press, 1996).

Durkheim, Émile, *The Elementary Forms of Religious Life*(Oxford: Oxford University Press, 2008, First published 1912); 에밀 뒤르켐, 노치준·민혜숙 옮김, 『종교 생활의 원초적 형태』(민영사, 1992).

Dutton, Denis, *The Art Instinct: Beauty, Pleasure, and Human Evolution*(New York: Bloomsbury, 2009).

Eisen, Greg, *Children and Play in the Holocaust*(Amherst, MA: University of Massachusetts Press, 1988).

Elkind, David, *The Power of Play: Learning What Comes Naturally*(New York: Da Capo, 2007); 데이비드 엘킨드, 이주혜 옮김, 『놀이의 힘』(한스미디어, 2008).

Elmo, Gum, Heather, Holly, Mistletoe, and Rowan, *Notes Towards the Complete Works of Shakespeare*(Vivaria.net, 2002).

Engel, Susan, *The Stories Children Tell: Making Sense of the Narratives of Childhood*(New York: Freeman, 1995).

Epstein, Joseph, "Who Killed Poetry?", *Commentary* 86(1988), pp. 13~20.

Eyal, Keren, and Dale Kunkel, "The Effects of Sex in Television Drama Shows on Emerging Adults' Sexual Attitudes and Moral Judgments", *Journal of Broadcasting and Electronic Media* 52(2008), pp. 161~181.

Fajans, Joel, "How You Steer a Bicycle", http://socrates.berkeley.edu/~fajans/Teaching/Steering.htm.

Fenza, David W., "Who Keeps Killing Poetry?", *Writer's Chronicle* 39(2006), pp. 1~10.

Fest, Joachim, *Hitler*, Translated by Richard Winston and Clara Winston(New York: Harcourt Brace Jovanovich, 1974); 요아힘 페스트, 안인희 옮김, 『히틀러 평전』(푸른숲, 2001).

Fine, Cordelia, *A Mind of Its Own: How Your Brain Distorts and Deceives*(New York: Norton, 2006); 코델리아 파인, 송정은 옮김, 『뇌 마음대로』(공존, 2010).

Flanagan, Owen, *Dreaming Souls: Sleep, Dreams, and the Evolution of the Conscious Mind*(Oxford: Oxford University Press, 2000).

Flesch, William, *Comeuppance: Costly Signaling, Altruistic Punishment, and Other Biological Components of Fiction*(Cambridge, MA: Harvard University Press, 2007).

Fodor, Jerry, "The Trouble with Psychological Darwinism", *London Review of Books*(January 15, 1998).

Forster, E. M., *Aspects of the Novel*(New York: Mariner, 1955, First published 1927).

Franklin, Michael, and Michael Zyphur, "The Role of Dreams in the Evolution of the Mind", *Evolutionary Psychology* 3(2005), pp. 59~78.

French, Lauren, Maryanne Garry, and Elizabeth Loftus, "False Memories: A Kind of Confabulation in Non-Clinical Subjects", In *Confabulation: Views from Neuroscience, Psychiatry, Psychology, and Philosophy*, edited by William Hirstein(Oxford: Oxford University Press, 2009), pp. 33~36.

Freud, Sigmund, *The Interpretation of Dreams*, 3rd ed.(N. p.: Plain Label, 1911, First published 1900); 지그문트 프로이트, 김인순 옮김, 『꿈의 해석』(열린책들,

2004).

Frey, James, *A Million Little Pieces*(New York: Anchor Books, 2004).

Funnel, Margaret, Paul Corbalis, and Michael Gazzaniga, "Hemispheric Interactions and Specializations: Insights from the Split Brain", In *Handbook of Neuropsychology*, edited by François Boller, Jordan Grafman, and Giacomo Rizzolatti(Amsterdam: Elsevier, 2000), pp. 103~120.

Gardiner, Marguerite, *Conversations of Lord Byron with the Countess of Blessington* (Philadelphia: E. A. Carey and Hart, 1836).

Gardner, John, *The Art of Fiction: Notes on Craft for Young Writers*(New York: Vintage, 1983).

_____, *On Moral Fiction*(New York: Basic, 1978).

Gass, William, *Fiction and the Figures of Life*(New York: Godine, 1958).

Gazzaniga, Michael, "Forty-Five Years of Split-Brain Research and Still Going Strong", *Nature Reviews Neuroscience* 6(2008), pp. 653~659.

_____, *Human*(New York: HarperCollins, 2008); 마이클 가자니가, 박인균 옮김, 『왜 인간인가?』(추수밭, 2009).

_____, *The Mind's Past*(Berkeley: University of California Press, 2000).

Geary, David, *Male and Female: The Evolution of Human Sex Differences*(Washington, DC: American Psychological Association, 1998).

Gendler, Tamar, *Thought Experiment: On the Powers and Limits of Imaginary Cases*(New York: Garland, 2000).

Gerrig, Richard, *Experiencing Narrative Worlds: On the Psychological Activities of Reading*(New Haven, CT: Yale University Press, 1993).

Gerrig, Richard, and Deborah Prentice, "The Representation of Fictional Information", *Psychological Science* 2(1991), pp. 336~340.

Gilovich, Thomas, *How We Know What Isn't So*(New York: Macmillan, 1991); 토마스 길로비치, 장근영·이양원 옮김, 『인간 그 속기 쉬운 동물』(모멘토, 2008).

Gilsdorf, Ethan, *Fantasy Freaks and Gaming Geeks*(Guilford, CT: Lyons, 2009).

Goleman, Daniel, *Social Intelligence: The Revolutionary New Science of Human Relationships*(New York: Bantam, 2006); 대니얼 골먼, 장석훈 옮김, 『SQ 사회지능』(웅진씽크빅, 2006).

Gopnik, Alison, *The Philosophical Baby: What Children's Minds Tell Us About Truth, Love, and the Meaning of Life*(New York: Farrar, Straus and Giroux, 2009); 앨리슨 고프닉, 김아영 옮김, 『우리 아이의 머릿속』(랜덤하우스코리아, 2011).

Gottschall, Jonathan, *Literature, Science, and a New Humanities*(New York: Palgrave, 2008).

Green, Melanie, and Timothy Brock, "The Role of Transportation in the Persuasiveness of Public Narratives", *Journal of Personality and Social Psychology* 79(2000), pp. 701~721.

Green, Melanie, and John Donahue, "Simulated Worlds: Transportation into Narratives", In *Handbook of Imagination and Mental Simulation*, edited by Keith Markman, William Klein, and Julie Suhr(New York: Psychology Press, 2009), pp. 241~254.

Green, Melanie, J. Garst, and Timothy Brock, "The Power of Fiction: Determinants and Boundaries", In *The Psychology of Entertainment Media: Blurring the Lines Between Entertainment and Persuasion*, edited by L. J. Shrum(Mahwah, NJ: Erlbaum, 2004).

Greenberg, Daniel, "Flashbulb Memories: How Psychological Research Shows That Our Most Powerful Memories May Be Untrustworthy", *Skeptic*(January 2005), pp. 74~81.

_____, "President Bush's False Flashbulb Memory of 9/11", *Applied Cognitive Psychology* 18(2004), pp. 363~370.

Greitemeyer, Tobias, and Silvia Osswald, "Effects of Prosocial Video Games on Prosocial Behavior", *Journal of Personality and Social Psychology* 98(2010), pp. 211~221.

Guber, Peter, *Tell to Win: Connect, Persuade, and Triumph with the Hidden Power of Story*(New York: Crown, 2011); 피터 구버, 김원호 옮김, 『성공하는 사람은 스토리로 말한다』(청림출판, 2012).

Haidt, Jonathan, *The Happiness Hypothesis*(New York: Basic, 2006); 조너선 헤이트, 권오열 옮김, 『행복의 가설』(물푸레, 2010).

Hakemulder, Jèmeljan, *The Moral Laboratory: Experiments Examining the Effects of Reading Literature on Social Perception and Moral Self-Concept*(Amsterdam: John Benjamins, 2000).

Hargrove, Thomas, "Third of Americans Suspect 9/11 Government Conspiracy", Scripps News(August 1, 2006).

Harris, Paul, *The Work of the Imagination*(New York: Blackwell, 2000); 폴 해리스, 전경원 옮김, 『흥미로운 유아의 상상력 세계』(교문사, 2004).

Haven, Kendall, *Story Proof: The Science Behind the Startling Power of Story*(Westport, CT: Libraries Unlimited, 2007).

Heider, Fritz, and Marianne Simmel, "An Experimental Study of Apparent Behavior",

American Journal of Psychology 57(1944), pp. 243~259.

Hemingway, Ernest, *Death in the Afternoon*(New York: Scribner, 1960, First published 1932); 어니스트 헤밍웨이, 장왕록 옮김, 『오후의 죽음』(책미래, 2013).

_____, *The Old Man and the Sea*(New York: Scribner, 1980, First published 1952); 어니스트 헤밍웨이, 이인규 옮김, 『노인과 바다』(문학동네, 2012).

Hickok, Gregory, "Eight Problems for the Mirror Neuron Theory of Action Understanding in Monkeys and Humans", *Journal of Cognitive Neuroscience* 21(2009), pp. 1229~1243.

Hirstein, William, *Brain Fiction: Self-Deception and the Riddle of Confabulation* (Cambridge, MA: MIT Press, 2006).

_____, ed., *Confabulation: Views from Neuroscience, Psychiatry, Psychology, and Philosophy*(Oxford: Oxford University Press, 2009).

Hitchens, Christopher, "The Dark Side of Dickens", *Atlantic Monthly*(May 2010).

Hobson, J. Allan, *Dreaming: An Introduction to the Science of Sleep*(Oxford: Oxford University Press, 2002); 앨런 홉슨, 임지원 옮김, 『꿈: 과학으로 푸는 재미있는 꿈의 비밀』(아카넷, 2003).

Hood, Bruce, *Supersense: Why We Believe in the Unbelievable*(New York: Harper One, 2009).

Hume, David, "Of the Standard of Taste", *Essays Moral, Practical, and Literary*(London: Longman, Green, and Co., 1875, First published 1757).

Hunt, Harry, "New Multiplicities of Dreaming and REMing", In *Sleep and Dreaming: Scientific Advances and Reconsiderations*, edited by Edward Pace-Schott, Mark Solms, Mark Blagrove, and Stevan Harnad(Cambridge, UK: Cambridge University Press, 2003), pp. 164~167.

Iacoboni, Marco, *Mirroring People: The Science of Empathy and How We Connect with Others*(New York: Picador, 2008); 마르코 야코보니, 김미선 옮김, 『미러링 피플』(갤리온, 2009).

Icke, David, *The Biggest Secret: The Book That Will Change the World!*(Ryde, UK: David Icke Books, 1999).

Jabbi, M., J. Bastiaansen, and C. Keysers, "A Common Anterior Insula Representation of Disgust Observation, Experience and Imagination Shows Divergent Functional Connectivity Pathways", *PLoS ONE* 3(2008), e2939.doi:10.1371/journal.pone.0002939.

Jacobs, A. J., *The Year of Living Biblically*(New York: Simon and Schuster, 2008); A. J. 제이콥스, 이수정 옮김, 『미친 척하고 성경 말씀대로 살아 본 1년』(세종서적,

2008).

Jager, Gustav, *The Darwinian Theory and Its Relation to Morality and Religion*(Stuttgart, Germany: Hoffman, 1869).

James, William, *The Will to Believe and Other Essays in Popular Philosophy*(New York: Cosimo, 2007, First published 1897); 윌리엄 젬즈, 박경환 옮김, 『신앙론』 (미네르바, 1972).

Jamison, Kay Redfield, *Touched with Fire: Manic-Depressive Illness and the Artistic Temperament*(New York: Free Press, 1993).

Ji, Daoyun, and Matthew A. Wilson, "Coordinated Memory Replay in the Visual Cortex and Hippocampus During Sleep", *Nature Neuroscience* 10(2007), pp. 100~107.

Johansson, Petter, Lars Hall, Sverker Sikstrom, and Andreas Olsson, "Failure to Detect Mismatches Between Intention and Outcome in a Simple Decision Task", *Science* 310(2005), pp. 116~119.

Johnson, Dominic, "Gods of War", In *The Evolution of Religion: Studies, Theories, and Critiques*, edited by Joseph Bulbulia, Richard Sosis, Erica Harris, and Russell Genet(Santa Margarita, CA: Collins Foundation, 2008).

Johnson, Paul, *A History of the American People*(New York: HarperCollins, 1997).

Johnson, Steven, *Everything Bad Is Good for You*(New York: Riverhead, 2005); 스티븐 존슨, 윤명지·김영상 옮김, 『바보 상자의 역습』(비즈앤비즈, 2006).

Jones, Alex, *Endgame: Blueprint for Global Enslavement*(New York: Disinformation, 2007), Documentary.

Jones, Gerard, *Killing Monsters: Why Children Need Fantasy, Super Heroes, and Make-Believe Violence*(New York: Basic, 2002).

Jouvet, Michael, *The Paradox of Sleep: The Story of Dreaming*(Cambridge, MA: MIT Press, 1999).

Joyce, James, *Finnegans Wake*(New York: Penguin, 1999, First published 1939); 제임스 조이스, 김종건 옮김, 『피네간의 경야』(고려대학교출판부, 2012).

Kagan, Jerome, *The Three Cultures: Natural Sciences, Social Sciences, and the Humanities in the 21st Century*(Cambridge, UK: Cambridge University Press, 2009).

Keen, Suzanne, *Empathy and the Novel*(Oxford: Oxford University Press, 2007).

Kelly, R. V., *Massively Multiplayer Online Role-Playing Games: The People, the Addiction, and the Playing Experience*(Jefferson, NC: McFarland, 2004).

Kershaw, Ian, *Hitler, 1889~1936: Hubris*(New York: Norton, 1998); 이언 커쇼, 이희

재 옮김, 『히틀러』(교양인, 2010).

Kessel, John, "Invaders", In *The Wesleyan Anthology of Science Fiction*, edited by Arthur B. Evans, Istvan Csicsery-Ronay Jr., Joan Gordon, Veronica Hollinger, Rob Latham, and Carol McGuirk(Middletown, CT: Wesleyan University Press, 2010), pp. 654~675.

Killingsworth, Matthew, and Daniel Gilbert, "A Wandering Mind Is an Unhappy Mind", *Science* 12(2010), p. 932.

King, Stephen, *On Writing: A Memoir of the Craft*(New York: Pocket, 2000); 스티븐 킹, 김진준 옮김, 『유혹하는 글쓰기』(김영사, 2002).

Klinger, Eric, "Daydreaming and Fantasizing: Thought Flow and Motivation", In *Handbook of Imagination and Mental Simulation*, edited by Keith Markman, William Klein, and Julie Suhr(New York: Psychology Press, 2009), pp. 225~239.

Knapp, John, ed., "An Evolutionary Paradigm for Literary Study", Special Issue, *Style* 42/43(2008).

Koch, Cristof, "Dream States", *Scientific American Mind*(November/December 2010).

Kohler, Joachim, *Wagner's Hitler: The Prophet and His Disciple*(London: Polity, 2000).

Konner, Melvin, *The Evolution of Childhood*(Cambridge, MA: Harvard University Press, 2010).

Krendl, A. C., C. Macrae, W. M. Kelley, J. F. Fugelsang, and T. F. Heatherton, "The Good, the Bad, and the Ugly: An fMRI Investigation of the Functional Anatomic Correlates of Stigma", *Social Neuroscience* 1(2006), pp. 5~15.

Kubizek, August, *The Young Hitler I Knew*(London: Greenhill, 2006).

Kurzban, Robert, *Why Everyone Else Is a Hypocrite*(Princeton, NJ: Princeton University Press, 2010); 로버트 커즈번, 한은경 옮김, 『왜 모든 사람은 나만 빼고 위선자인가』(을유문화사, 2012).

Ledoux, Joseph, *Synaptic Self: How Our Brains Become Who We Are*(New York: Penguin, 2003); 조지프 르두, 강봉권 옮김, 『시냅스와 자아』(동녘사이언스, 2005).

Lehrer, Jonah, *How We Decide*(Boston: Houghton Mifflin, 2009); 조나 레러, 강미경 옮김, 『탁월한 결정의 비밀』(위즈덤하우스, 2009).

Levitin, Daniel J., *The World in Six Songs: How the Musical Brain Created Human Nature*(New York: Plume, 2008); 대니얼 레비틴, 장호연 옮김, 『호모 무지쿠스』(마티, 2009).

Lightfoot, Steve, "Who Really Killed John Lennon?: The Truth About His Murder" (2001), http://www.lennonmurdertruth.com/index.asp.

Linn, Susan, *The Case for Make Believe: Saving Play in a Commercialized World*(New York: New Press, 2008).

Loewen, James W., *Lies My Teacher Told Me: Everything Your American History Textbook Got Wrong*(New York: Free Press, 1995); 제임스 로웬, 남경태 옮김, 『선생님이 가르쳐 준 거짓말』(휴머니스트, 2010).

Loftus, Elizabeth, and Jacqueline Pickrell, "The Formation of False Memories", *Psychiatric Annals* 25(1995), pp. 720~725.

Ludwig, Arnold, *The Price of Greatness: Resolving the Creativity and Madness Controversy*(New York: Guilford, 1996); 아널드 루드비히, 김정휘 옮김, 『천재인가 광인인가』(이화여자대학교출판부, 2007).

Lynn, Steven Jay, Abigail Matthews, and Sean Barnes, "Hypnosis and Memory: From Bernheim to the Present", In *Handbook of Imagination and Mental Simulation*, edited by Keith Markman, William Klein, and Julie Suhr(New York: Psychology Press, 2009), pp. 103~118.

Maier, Norman, "Reasoning in Humans II: The Solution of a Problem and Its Appearance in Consciousness", *Journal of Comparative Psychology* 12(1931), pp. 181~194.

Malcolm, Janet, "Iphigenia in Forest Hills", *The New Yorker*(May 3, 2010).

Mar, Raymond, Maja Djikic, and Keith Oatley, "Effects of Reading on Knowledge, Social Abilities, and Selfhood", In *Directions in Empirical Literary Studies*, edited by Sonia Zyngier, Marisa Bortolussi, Anna Chesnokova, and Jan Avracher(Amsterdam: John Benjamins, 2008), pp. 127~138.

Mar, Raymond, and Keith Oatley, "The Function of Fiction Is the Abstraction and Simulation of Social Experience", *Perspectives on Psychological Science* 3(2008), pp. 173~192.

Mar, Raymond, Keith Oatley, Jacob Hirsh, Jennifer dela Paz, and Jordan Peterson, "Bookworms Versus Nerds: Exposure to Fiction Versus Non-Fiction, Divergent Associations with Social Ability, and the Simulations of Fictional Social Worlds", *Journal of Research in Personality* 40(2006), pp. 694~712.

Mar, Raymond, Keith Oatley, and Jordan Peterson, "Exploring the Link Between Reading Fiction and Empathy: Ruling Out Individual Differences and Examining Outcomes", *Communications: The European Journal of Communication* 34(2009), pp. 407~428.

Marcus, Gary, *Kluge: The Haphazard Evolution of the Human Mind*(Boston: Mariner, 2008); 개리 마커스, 최호영 옮김, 『클루지』(갤리온, 2008).

Marsh, Elizabeth, Michelle Meade, and Henry Roediger III, "Learning Facts from Fiction", *Journal of Memory and Language* 49(2003), pp. 519~536.

Mastro, Dana, "Effects of Racial and Ethnic Stereotyping", In *Media Effects: Advances in Theory and Research*, 3rd ed., edited by Jennings Bryant and Mary Beth Oliver(New York: Routledge, 2009).

Maugham, Somerset, *Ten Novels and Their Authors*(New York: Penguin, 1969); 서머 싯 몸, 권정관 옮김, 『불멸의 작가, 위대한 상상력』(개마고원, 2008).

McAdams, Dan, "Personal Narratives and the Life Story", In *Handbook of Personality: Theory and Research*, edited by Oliver John, Richard Robins, and Lawrence Pervin(New York: Guilford, 2008), pp. 241~261.

_____, "The Psychology of Life Stories", *Review of General Psychology* 5(2001), pp. 100~122.

_____, *The Stories We Live By: Personal Myths and the Making of the Self*(New York: Guilford, 1993).

McGonigal, Jane, *Reality Is Broken: Why Games Make Us Better and How They Can Change the World*(New York: Penguin, 2011); 제인 맥고니걸, 김고명 옮김, 『누구나 게임을 한다』(알에이치코리아, 2012).

McLuhan, Marshall, *The Gutenberg Galaxy: The Making of Typographic Man*(Toronto: University of Toronto Press, 1962); 마셜 맥루언, 임상원 옮김, 『구텐베르크 은하계』(커뮤니케이션북스, 2001).

McNamara, Patrick, *An Evolutionary Psychology of Sleep and Dreams*(Westport, CT: Praeger, 2004).

Meadows, Mark Stephen, *I, Avatar: The Culture and Consequences of Having a Second Life*(Berkeley, CA: New Rider, 2008).

Mele, Alfred, *Self-Deception Unmasked*(Princeton, NJ: Princeton University Press, 2001).

Meltzoff, Andrew, and Jean Decety, "What Imitation Tells Us About Social Cognition: A Rapprochement Between Developmental Psychology and Cognitive Neuroscience", *Philosophical Transactions of the Royal Society, London B* 358(2003), pp. 491~500.

Meltzoff, Andrew, and M. Keith Moore, "Imitation of Facial and Manual Gestures by Human Neonates", *Science* 198(1977), pp. 75~78.

Metaxas, Eric, *Bonhoeffer: Pastor, Martyr, Prophet, Spy*(Nashville: Thomas Nelson,

2010); 에릭 메택시스, 김순현 옮김, 『디트리히 본 회퍼』(포이에마, 2011).

Miller, Geoffrey, *The Mating Mind*(New York: Anchor, 2001); 제프리 밀러, 김명주 옮김, 『메이팅 마인드』(소소, 2004).

Miller, Laura, "The Last Word: How Many Books Are Too Many?", *New York Times* (July 18, 2004).

Miller, Rory, *Meditations on Violence*(Wolfeboro, NH: YMAA Publication Center, 2008).

Morley, Christopher, *Parnassus on Wheels*(New York: Doubleday, 1917).

Motion Picture Association of America Worldwide Market Research and Analysis, *U.S. Entertainment Industry: 2006 Market Statistics*, http://www.google.com/sclient =psy&hl=en&source=hp&q=US+Entertainment+Industry:+2006+Market +Statistics&aq=f&aqi=&aql=&oq=&pbx=1&bav=on.2,or.r_gc.r_pw.&fp= ca5f50573a0b59e3&biw=1024&bih=571.

Nabokov, Vladimir, *Pale Fire*(New York: Vintage, 1989, First published 1962).

Napier, John, *Hands*(Princeton, NJ: Princeton University Press, 1993).

National Endowment for the Arts, *Reading on the Rise: A New Chapter in American Literacy*(2008), http://www.nea.gov/research/ReadingonRise.pdf.

Neisser, Ulric, and Nicole Harsch, "Phantom Flashbulbs: False Recollections of Hearing the News About Challenger", In *Affect and Accuracy in Recall: Studies of "Flashbulb" Memories*, vol. 4, edited by Eugene Winograd and Ulric Neisser(Cambridge, UK: Cambridge University Press, 1992), pp. 9~31.

Nell, Victor, *Lost in a Book: The Psychology of Reading for Pleasure*(New Haven, CT: Yale University Press, 1988).

Nettle, Daniel, *Strong Imagination: Madness, Creativity, and Human Nature*(Oxford: Oxford University Press, 2001).

Nicholson, Christopher, *Richard and Adolf*(Jerusalem: Gefen, 2007).

Niles, John, *Homo Narrans: The Poetics and Anthropology of Oral Literature* (Philadelphia: University of Pennsylvania Press, 1999).

Norrick, Neal, "Conversational Storytelling", In *The Cambridge Companion to Narrative*, edited by David Herman(Cambridge, UK: Cambridge University Press, 2007), pp. 127~141.

Oatley, Keith, "The Mind's Flight Simulator", *Psychologist* 21(2008), pp. 1030~1032.

_____, "The Science of Fiction", *New Scientist*(June 25, 2008).

_____, *Such Stuff as Dreams: The Psychology of Fiction*(New York: Wiley, 2011).

Olmsted, Kathryn, *Real Enemies*(Oxford: Oxford University Press, 2009).

Ong, Walter, *Orality and Literacy*(New York: Routledge, 1982); 월터 옹, 임명진·이 기우 옮김, 『구술 문화와 문자 문화』(문예출판사, 1995).

Ost, James, Granhag Par-Anders, Julie Udell, and Emma Roos af Hjelmsater, "Familiarity Breeds Distortion: The Effects of Media Exposure on False Reports Concerning Media Coverage of the Terrorist Attacks in London on 7 July 2005", *Memory* 16(2008), pp. 76~85.

Paley, Vivian, *Bad Guys Don't Have Birthdays: Fantasy Play at Four*(Chicago: University of Chicago Press, 1988); 비비언 페일리, 오문자 옮김, 『악당들은 생일이 없어』(양서원, 2004).

_____, *Boys and Girls: Superheroes in the Doll Corner*(Chicago: University of Chicago Press, 1984).

_____, *A Child's Work: The Importance of Fantasy Play*(Chicago: University of Chicago Press, 2004).

Philbrick, Nathaniel, *In the Heart of the Sea*(New York: Penguin, 2000); 너새니얼 필 브릭, 한영탁 옮김, 『바다 한가운데서』(중심, 2001).

Pinker, Steven, *The Better Angels of Our Nature: Why Violence Has Declined*(New York: Viking, 2011).

_____, *The Blank Slate*(New York: Viking, 2002); 스티븐 핑커, 김한영 옮김, 『빈 서 판』(사이언스북스, 2004).

_____, *How the Mind Works*(New York: Norton, 1997); 스티븐 핑커, 김한영 옮김, 『마음은 어떻게 작동하는가』(동녘사이언스, 2007).

_____, "Toward a Consilient Study of Literature", *Philosophy and Literature* 31(2007), pp. 161~177.

Pinsky, Robert, *The Handbook of Heartbreak: 101 Poems of Lost Love and Sorrow*(New York: Morrow, 1998).

Plato, *The Republic*, Translated by Desmond Lee(New York: Penguin, 2003); 플라톤, 박종현 옮김, 『국가』(서광사, 2005).

Poe, Edgar Allan, *Complete Tales and Poems of Edgar Allan Poe*(New York: Vintage, 1975).

Pronin, Emily, Daniel Linn, and Lee Ross, "The Bias Blind Spot: Perceptions of Bias in Self Versus Others", *Personality and Social Psychology Bulletin* 28(2002), pp. 369~381.

Ramachandran, V. S., *The Tell-Tale Brain: A Neuroscientist's Quest for What Makes Us Human*(New York: Norton, 2011).

Reeves, Byron, and Clifford Nass, *The Media Equation: How People Treat Computers,*

Television, and New Media Like Real People and Places(Stanford, CA: CSLI Publications, 2003); 바이런 리브스, 김정현 옮김, 『미디어 방정식』(커뮤니케이션북스, 2001).

Revonsuo, Antti, "Did Ancestral Humans Dream for Their Lives?", In *Sleep and Dreaming: Scientific Advances and Reconsiderations*, edited by Edward Pace-Schott, Mark Solms, Mark Blagrove, and Stevan Harnad(Cambridge, UK: Cambridge University Press, 2003), pp. 275~294.

―――, "The Reinterpretation of Dreams: An Evolutionary Hypothesis of the Function of Dreaming", *Behavioral and Brain Sciences* 23(2000), pp. 793~1121.

Richardson, Samuel, *The History of Sir Charles Grandison*, Vol. 6(London: Suttaby, Evance and Fox, 1812, First published 1753~1754).

Rizzolatti, Giacomo, Corrando Sinigaglia, and Frances Anderson, *Mirrors in the Brain: How Our Minds Share Actions, Emotions, and Experiences*(Oxford: Oxford University Press, 2008).

Rock, Andrea, *The Mind at Night: The New Science of How and Why We Dream*(New York: Basic, 2004); 앤드리아 록, 윤상운 옮김, 『꿈꾸는 뇌의 비밀』(지식의숲, 2006).

Roskos-Ewoldsen, David, Beverly Roskos-Ewoldsen, and Francesca Carpentier, "Media Priming: An Updated Synthesis", *In Media Effects: Advances in Theory and Research*, 3rd ed., edited by Jennings Bryant and Mary Beth Oliver(New York: Routledge, 2009).

Russell, David, *Literature for Children: A Short Introduction*. 2nd ed.(New York: Longman, 1991).

Sacks, Oliver, *The Man Who Mistook His Wife for a Hat*(New York: Simon and Schuster, 1985, First published 1970); 올리버 색스, 조석현 옮김, 『아내를 모자로 착각한 남자』(이마고, 2006).

Schachter, Daniel, *Searching for Memory: The Brain, the Mind, and the Past*(New York: Basic, 1996).

―――, *The Seven Sins of Memory: How the Mind Forgets and Remembers* (Boston: Houghton Mifflin, 2001); 대니얼 샥터, 박미자 옮김, 『기억의 일곱 가지 죄악』(한승, 2006).

Schechter, Harold, *Savage Pastimes: A Cultural History of Violent Entertainment*(New York: St. Martin's, 2005).

Schweikart, Larry, and Michael Allen, *A Patriot's History of the United States: From Columbus's Great Discovery to the War on Terror*(New York: Sentinel, 2007).

Shaffer, David, S. A. Hensch, and Katherine Kipp, *Developmental Psychology*(New York: Wadsworth, 2006); 데이비드 셰퍼, 송길연 옮김, 『발달 심리학』(Cengage Learning, 2012).

Shedler, Jonathan, "The Efficacy of Psychodynamic Therapy", *American Psychologist* 65(2010), pp. 98~109.

Shields, David, *Reality Hunger: A Manifesto*(New York: Knopf, 2010).

Shirer, William L., *The Rise and Fall of the Third Reich*(New York: Simon and Schuster, 1990); 윌리엄 시러, 유승근 옮김, 『제3제국의 흥망』(에디터, 1993).

Singer, Dorothy, and Jerome Singer, *The House of Make Believe: Play and the Developing Imagination*(Cambridge, MA: Harvard University Press, 1990).

Slater, Mel, Angus Antley, Adam Davison, David Swapp, Christoph Guger, Chris Barker, Nancy Pistrang, and Maria V. Sanchez-Vives, "A Virtual Reprise of the Stanley Milgram Obedience Experiments", *PLoS ONE* 1(2006).

Smith, Stacy, and Amy Granados, "Content Patterns and Effects Surrounding Sex-Role Stereotyping on Television and Film", In *Media Effects: Advances in Theory and Research*, 3rd ed., edited by Jennings Bryant and Mary Beth Oliver(New York: Routledge, 2009).

Smoking Gun, "A Million Little Lies"(January 8, 2006), http://www.thesmokinggun. com/documents/celebrity/million-little-lies.

Solms, Mark, "Dreaming and REM Sleep Are Controlled by Different Mechanisms", In *Sleep and Dreaming: Scientific Advances and Reconsiderations*, edited by Edward Pace-Schott, Mark Solms, Mark Blagrove, and Stevan Harnad(Cambridge, UK: Cambridge University Press, 2003).

Speer, Nicole, Jeremy Reynolds, Khena Swallow, and Jeffrey M. Zacks, "Reading Stories Activates Neural Representations of Visual and Motor Experiences", *Psychological Science* 20(2009), pp. 989~999.

Spence, Donald, *Narrative Truth and Historical Truth and the Freudian Metaphor*(New York: Norton, 1984).

Spotts, Frederic, *Hitler and the Power of Aesthetics*(New York: Overlook, 2003).

Stone, Jason, "The Attraction of Religion", In *The Evolution of Religion: Studies, Theories, and Critiques*, edited by Joseph Bulbulia, Richard Sosis, Erica Harris, and Russell Genet(Santa Margarita, CA: Collins Foundation, 2008).

Stowe, Charles, and Lyman Beecher Stowe, *Harriet Beecher Stowe: The Story of Her Life*(Boston: Houghton Mifflin, 1911).

Stowe, Harriet Beecher, *Uncle Tom's Cabin*(New York: Norton, 2007, First published

1852); 해리엇 비처 스토, 이종인 옮김, 『톰 아저씨의 오두막』(문학동네, 2011).

Sugiyama, Michelle Scalise, "Reverse-Engineering Narrative: Evidence of Special Design", In *The Literary Animal*, edited by Jonathan Gottschall and David Sloan Wilson(Evanston, IL: Northwestern University Press, 2005).

Sutton-Smith, Brian, *The Ambiguity of Play*(Cambridge, MA: Harvard University Press, 1997).

──────, "Children's Fiction Making", In *Narrative Psychology: The Storied Nature of Human Conduct*, edited by Theodore Sarbin(New York: Praeger, 1986).

Swift, Graham, *Waterland*(New York: Penguin, 2010, First published 1983).

Talbot, Margaret, "Nightmare Scenario", *The New Yorker*(November 16, 2009).

Taleb, Nassim, *The Black Swan: The Impact of the Highly Improbable*(New York: Penguin, 2008); 나심 탈레브, 김현구 옮김, 『블랙 스완에 대비하라』(동녘사이언스, 2011).

Tallis, Raymond, *The Hand: A Philosophical Inquiry into Human Being*(Edinburgh: Edinburgh University Press, 2003).

Tanaka, Jiro, "What Is Copernican? A Few Common Barriers to Darwinian Thinking About the Mind", *Evolutionary Review* 1(2010), pp. 6~12.

Tatar, Maria, *The Hard Facts of the Grimms' Fairy Tales*, 2nd ed.(Princeton, NJ: Princeton University Press, 2003).

Tavris, Carol, and Eliot Aronson, *Mistakes Were Made but Not by Me: Why We Justify Foolish Beliefs, Bad Decisions, and Hurtful Acts*(New York: Harcourt, 2007); 엘리엇 애런슨·캐럴 태브리스, 박웅희 옮김, 『거짓말의 진화』(추수밭, 2007).

Taylor, Marjorie, *Imaginary Companions and the Children Who Create Them*(Oxford: Oxford University Press, 1999).

Taylor, Shelley, *Positive Illusions: Creative Self-Deception and the Healthy Mind*(New York: Basic, 1989).

Tolstoy, Leo, *What Is Art?*(New York: Crowell, 1899); 레프 톨스토이, 동완 옮김, 『예술이란 무엇인가』(신원문화사, 2007).

Tsai, Michelle, "Smile and Say 'Fat!'", *Slate*(February 22, 2007), http://www.slate.com/id/2160377/.

The Ultimate Fighter, Spike TV, Episode 11, season 10(December 2, 2009).

United States Holocaust Memorial Museum, "Book Burning", In *Holocaust Encyclopedia*, http://www.ushmm.org/wlc/en/article.php?ModuleId=10005852.

Valli, Katja, and Antti Revonsuo, "The Threat Simulation Theory in Light of Recent Empirical Evidence: A Review", *American Journal of Psychology* 122(2009), pp.

17~38.

Viereck, Peter, *Metapolitics: The Roots of the Nazi Mind*(New York: Capricorn, 1981, First published 1941).

Voland, Eckart, and Wulf Schiefenhovel, eds., *The Biological Evolution of Religious Mind and Behavior*(Dordrecht, Germany: Springer, 2009).

Wade, Nicholas, *The Faith Instinct: How Religion Evolved and Why It Endures*(New York: Penguin, 2009).

Waller, Douglas, *Air Warriors: The Inside Story of the Making of a Navy Pilot*(New York: Dell, 1999).

Wallis, James, "Making Games That Make Stories", In *Second Person: Role-Playing and Story in Games and Playable Media*, edited by Pat Harrigan and Noah Wardrip-Fruin(Cambridge, MA: MIT Press, 2007).

Walton, Kendall, *Mimesis as Make-Believe: On the Foundations of the Representational Arts*(Cambridge, MA: Harvard University Press, 1990).

Weinstein, Cindy, *Cambridge Companion to Harriet Beecher Stowe*(Cambridge, UK: Cambridge University Press, 2004).

Weisberg, Deena Skolnick, "The Vital Importance of Imagination", In *What's Next: Dispatches on the Future of Science*, edited by Max Brockman(New York: Vintage, 2009).

Wheatley, Thalia, "Everyday Confabulation", In *Confabulation: Views from Neuroscience, Psychiatry, Psychology, and Philosophy*, edited by William Hirstein(Oxford: Oxford University Press, 2009), pp. 203~221.

Wiesel, Elie, *The Gates of the Forest*(New York: Schocken, 1966).

Wilson, Anne, and Michael Ross, "From Chump to Champ: People's Appraisals of Their Earlier and Present Selves", *Journal of Personality and Social Psychology* 80(2000), pp. 572~584.

Wilson, David Sloan, *Darwin's Cathedral*(Chicago: University of Chicago Press, 2003); 데이비드 슬론 윌슨, 이철우 옮김, 『종교는 진화한다』(아카넷, 2004).

_____, "Evolution and Religion: The Transformation of the Obvious", In *The Evolution of Religion: Studies, Theories, and Critiques*, edited by Joseph Bulbulia, Richard Sosis, Erica Harris, and Russell Genet(Santa Margarita, CA: Collins Foundation, 2008).

_____, *Evolution for Everyone*(New York: Random House, 2007).

Wilson, David Sloan, and Edward O. Wilson, "Rethinking the Theoretical Foundation of Sociobiology", *Quarterly Review of Biology* 82(2007), pp. 327~348.

Wilson, Edward O., *Consilience: The Unity of Knowledge*(New York: Knopf, 1998); 에드워드 윌슨, 최재천·장대익 옮김, 『통섭』(사이언스북스, 2005).

Wilson, Frank, *The Hand: How Its Use Shapes the Brain, Language, and Human Culture*(New York: Pantheon, 1998).

Wolfe, Tom, "The New Journalism", In *The New Journalism*, edited by Tom Wolfe and Edward Warren Johnson(London: Picador, 1975), pp. 13~68.

Wood, James, *How Fiction Works*(New York: Picador, 2008); 제임스 우드, 설준규·설연지 옮김, 『소설은 어떻게 작동하는가』(창비, 2011).

Wood, Wendy, and Alice Eagly, "A Cross-Cultural Analysis of the Behavior of Women and Men: Implications for the Origins of Sex Differences", *Psychological Bulletin* 128(2002), pp. 699~727.

Yagoda, Ben, *Memoir: A History*(New York: Riverhead, 2009).

Young, Kay, and Jeffrey Saver, "The Neurology of Narrative", *Substance* 94/95(2001), pp. 72~84.

Zinn, Howard, *A People's History of the United States, 1492~Present*(New York: Harper, 2003, First published 1980); 하워드 진, 유강은 옮김, 『미국 민중사』(이후, 2008).

Zunshine, Lisa, *Why We Read Fiction*(Columbus: Ohio University Press, 2006).

사진 출처

12쪽   Vintage Images/Alamy.

22쪽   Bettman/Corbis.

27쪽   Jonathan Gottschall.

28쪽   ⓒ English Heritage/NMR.

29쪽   ⓒ Aaron Escobar.

34쪽   Airman 1st Class Nicholas Pilch.

38쪽   PASIEKA/SPL/Getty Images.

45쪽   ⓒ Tonny Tunya, Compassion International, 허락받고 사용.

48쪽   ⓒ Charles and Josette Lenars/Corbis.

49쪽   사진 제공 Bailey Rae Weaver. 위버의 사진은 www.flickr.com/photos/baileys junk에서 볼 수 있다.

53쪽   ⓒ Peter Turnley/Corbis.

60쪽   Corbis.

63쪽   Corbis.

67쪽   Joseph Jacobs ed., *More English Fairy Tales*, illus., John D. Batten(G. Putnam's Sons, 1922).

77쪽   Frank Swinnerton, *George Gissing: A Critical Study*(Martin Secker, 1912).

79쪽   Dorothea Lange/Library of Congress.

83쪽 Corbis.

84쪽 David Shankbone.

87쪽 Andrew N. Meltzoff and M. Keith Moore, "Imitation of Facial and Manual Gestures by Human Neonates", *Science* 198(1977), pp. 75~78.

89쪽 Public Library of Science.

92쪽 Miguel de Cervantes, *The History of Don Quixote,* illus., Gustave Dore(Cassell and Co., 1906).

98쪽 사진 제공 D. Sharon Pruitt.

99쪽 Corbis.

101쪽 Corbis.

102쪽 Corbis.

108쪽 Getty Images.

111쪽 Nicky Wilkes, Redditch, UK.

121쪽 Rod Dickinson, *The Air Loom: A Human Influencing Machine*(2002).

125쪽 Pinguino Kolb.

131쪽 A. Conan Doyle, *Tales of Sherlock Holmes*(A. L. Burt, 1906).

135쪽 Courtesy NASA/JPL-Caltech.

136쪽 Jonathan Gottschall.

137쪽 Corbis, Corbis, Photodisc/Getty Images, Corbis.

139쪽 Python (Monty) Pictures.

143쪽 Roman Suzuki.

145쪽 smokinggun.com.

151쪽 Getty Images.

156쪽 Library of Congress.

158쪽 Corbis.

163쪽 Gustave Flaubert, *Madame Bovary: A Tale of Provincial Life*(M. Walter Dunne, 1904).

165쪽 Douglas Sladen, *Oriental Cairo*(J. B. Lippincott Company, 1911).

167쪽 Howard Sochurek/Getty Images/멀티비츠.

169쪽 Randy Faris/Corbis.

174쪽 Deutsches Bundesarchiv, 허락받고 사용.

175쪽 Cynthia Hart/Corbis.

177쪽 John Runciman, *Richard Wagner: Composer of Operas*(G. Bell and Sons Ltd., 1913).

179쪽 ⓒ James Koehnline.

181쪽 Library of Congress.

186쪽 Anton Tchekoff, *Plays*(Charles Scribner, 1912).

188쪽 Deutsches Bundesarchiv.

197쪽 Robert W. Kelley/Getty Images/멀티비츠.

200쪽 Orlando Fernandez/Library of Congress.

203쪽 BIU Sante, Paris 제공.

208쪽 smokinggun.com.

210쪽 Corbis.

219쪽 Zack Sheppard.

221쪽 Neal Whitehouse Piper.

230쪽 Eduard Korniyenko/Reuters/Corbis.

234쪽 World of Warcraft®는 Blizzard Entertainment, Inc.의 저작물이며 허락받고 사용했음. 모든 이미지는 허락받고 사용했음. ⓒ 2011 Blizzard Entertainment, Inc.

옮긴이의 말

내가 드라마를 보게 될 줄은 몰랐다. 아내가 드라마를 볼 때면 혼자 방에 들어와 책을 읽거나 인터넷을 하는 것이 예사였는데, 화장실에 오가면서 눈동냥을 하다가 어느 순간 슬그머니 눌러앉아 지난 줄거리를 물어봐 가며 몰입한다. 이따금 눈물을 찔끔거리기도 한다. 남자의 드라마로 인정받는 대하 사극이나 미니 시리즈가 아니라 일일 드라마에 빠져 있을 때면 SNS에 소감을 올리지도 못하고 몰래 본다. 시쳇말로 막장 드라마는 욕하면서 보기도 한다. 급기야 빼먹은 방송분을 내려받기에 이른다.

나는 책을 띄엄띄엄 읽는 편이다. 주로 밥 먹을 때, 커피 마실 때, 큰일 할 때 잠깐씩 보다가 엎어 놓는다. 이렇게 읽다 보니 한 권 독파하는 데 한 달이 걸리기도 한다. 읽다 말고 다른 책으로 넘어가기도 한다. 그런데 이렇게 읽지 못하는 책이 있다. 한번 펼치면 마지막 장에 이를 때까지 내려놓지 못하는 책, 그것은 이야기가 있는 책(주로 소설)이다. 이런 책은 한번 잡으면 작업 일정에 차질이 생기기 때문에 웬만하면 시간 여유가 있을 때 읽으려 하지만, 마감이 코앞이어도 일단 첫 장 첫 문장을 읽기 시작하면 중간에 그만두지 못하고 밤을 홀딱 새우고 만다.

아이들이 밤에 이야기를 해 달라고 조를 때가 있다. 기억하는 전래 동화가 「해와 달이 된 오누이」와 「혹부리 영감」뿐이어서 이야기보따리가 바닥난 뒤에는 즉석에서 지어내는데 '옛날 옛적에……' 하고 운을 떼면 머릿속이 하얘진다. 내가 생각하기에도 얼토당토않은 소리를 되는대로 지껄이는데 녀석들이 줄거리를 이어받아 제 나름대로 이야기를 꾸미며 깔깔댄다. 무서운 이야기를 할라치면 '드라큘라'라는 단어만 들어도 귀를 막고 바싹 달라붙는다.

드라마, 소설, 옛날이야기에 사람들이 빠져드는 건 왜일까? 이야기는 밥처럼 매일 먹어야 하는 필수품일까, 커피처럼 삶을 윤택하게 하는 기호품일까? 우리는 취미로 드라마를 보거나 소설을 읽고, 아이 재우려고 옛날이야기를 들려 준다는 이유로 이야기를 기호품 취급하기 쉽지만, 이 책 『스토리텔링 애니멀』에 따르면 이야기는 인간의 본질적 측면 중 하나이다. 심지어 종교조차 우주 만물과 인간사를 소재로 삼은 거대한 이야기이다. 저자는 우리가 이야기에 사정없이 빠져드는 이유는 이야기가 인류의 생존에 유익하기 때문이라며 '이야기의 시뮬레이션 이론'을 제시한다. 전투기 조종사가 항공모함 착륙을 연습할 때 위험한 실전 연습 대신 안전한 시뮬레이터로 훈련하는 것처럼 우리도 일상에서 맞닥뜨리는 온갖 사건(사랑, 폭력, 범죄, 갈등 등)을 안전한 머릿속에서 경험하며 대응 능력을 키운다는 것이다.

특히 인상적인 것은 이 설명이 꿈에도 적용된다는 사실이었다. 아직까지도 꿈이 미래를 알려 준다고 생각하는 사람은 많지 않겠지만, 꿈이 억눌린 욕망의 왜곡된 표상이라거나 무의미한 감각 입력에 대한 해석이라는 주장은 여전히 남아 있는 듯하다. 그런데 저자는 이러한 주장을 반박하는 증거를 제시하며 밤의 이야기인 꿈 또한 낮을 위한 시뮬레이션이라고 말한다. 사랑하는 딸이 낭떠러지 아래로 떨어지는데도 발이 떨어지지 않는 저자의 꿈은 무엇을 위한 시뮬레이션이었을까?(저자의 추측은 4장 마지막 문단에 나온다.)

진화 심리학의 관점에서 이야기를 분석한 책은 이미 나와 있다. 이 책의 특징은 진화 심리학이 아니라 이야기를 연구하는 사람이 썼다는 것이다. 눈 밝은 독자는 이미 눈치챘을지도 모르지만, 그래서 이 책은 이야기에 대한 이야기이다. 옮긴이 후기를 쓰려고 컴퓨터 앞에 앉아 '저자의 주장을 일목요연하게 요약해야지.' 하고 키보드에 손을 올렸는데 웬걸 아무 생각도 떠오르지 않는 거다. 이 책을 지금까지 일곱 번은 읽었는데, 그리고 책에 담긴 저자의 주장에 연신 고개를 끄덕이고 무릎을 쳤는데 어찌 된 영문일까? 본문의 한 구절("이야기에 푹 빠지면 지성의 방패를 떨어뜨리고 만다. 감정이 움직이면 우리는 무방비 상태에 놓인다.")에서 실마리를 찾을 수 있었다. 나는 이야기에 대한 조너선 갓셜의 이야기를 읽으면서 무방비 상태에 놓였던 것이다. 지성의 방패를 치켜들고 다시 읽으니 이제야 저자의 논리가 눈에 들어오기 시작했다.(이를테면 게임, 영화, 음악의 폭력성과 선정성이 현실에서 폭력을 일으킨다는 보도를 접하면 으레 반발심이 들지만, 7장 '먹사람이 세상을 바꾼다'를 읽어 보면 이야기의 부정적 영향을 부정하는 경우 우리는 긍정적 영향도 부정해야 한다. 말하자면 저자는 형식으로 내용을 입증한 셈이다. 그런데 이야기를 희생양으로 삼는 것은 부당하지만, 그렇다고 무작정 면죄부를 주어서도 안 될 것 같다. 저자는 "픽션은 코카인과 같은 마약이다."라고 말하는데, 픽션을 일종의 화학조미료로 볼 수도 있을 듯하다. 음식을 맛있게 하는 것이 아니라 원래 있던 맛을 강하게 하는 것, 즉 좋은 맛은 더 좋게 하고 나쁜 맛은 더 나쁘게 하는 것 아닐까?)

'이야기' 또는 '픽션'이라고 하면 우리는 으레 소설을 떠올리고 소설의 종말, 또는 책의 종말을 아쉬워하지만 책은 이야기를 전달하는 하나의 매체에 불과하다. 이야기의 매체가 종이에서 스크린으로 바뀌었을 뿐이다. 저자 말마따나 우리가 정작 우려해야 할 것은 이야기의 종말이 아니라 이야기가 모든 것을 집어삼키는 이야기 중독인지도 모른다. MMORPG나 라프처럼 이용자가 직접 이야기에 참여하고 다른 이용자와 상호작용하는 게임을 이야기의 미래로 제시한 설명은 고개를 끄덕일 만했다.

내가 생각하기에 번역자가 가장 선호하는 저자는 명료한 저자이다. 위트는 덤이다. 명료함과 위트를 겸비한 저자를 만나 신나게 작업할 수 있었다. 이야기가 매력적이라고 말하는 이야기가 매력적이어서 다행이다.

찾아보기

스토리텔링
애니멀

인간은 왜
그토록 이야기에
빠져드는가

1판 1쇄 펴냄 2014년 4월 25일
1판 6쇄 펴냄 2019년 7월 9일

지은이   조너선 갓셜
옮긴이   노승영
발행인   박근섭·박상준
펴낸곳   (주)민음사

출판등록 1966. 5. 19. 제16-490호
주소   서울특별시 강남구 도산대로1길 62(신사동)
          강남출판문화센터 5층 (우편번호 06027)
대표전화 02-515-2000 | 팩시밀리 02-515-2007
홈페이지 www.minumsa.com

ISBN 978-89-374-8914-3 (03840)